A Morte de Empédocles

BIBLIOTECA PÓLEN

Para quem não quer confundir rigor com rigidez, é fértil considerar que a filosofia não é somente uma exclusividade desse competente e titulado técnico chamado filósofo. Nem sempre ela se apresentou em público revestida de trajes acadêmicos, cultivada em viveiros protetores contra o perigo da reflexão: a própria crítica da razão, de Kant, com todo o seu aparato tecnológico, visava, declaradamente, libertar os objetos da metafísica do "monopólio das Escolas".
O filosofar, desde a Antiguidade, tem acontecido na forma de fragmentos, poemas, diálogos, cartas, ensaios, confissões, meditações, paródias, peripatéticos passeios, acompanhados de infindável comentário, sempre recomeçado, e até os modelos mais clássicos de sistema (Espinosa com sua ética, Hegel com sua lógica, Fichte com sua doutrina-da-ciência) são atingidos nesse próprio estatuto sistemático pelo paradoxo constitutivo que os faz viver. Essa vitalidade da filosofia, em suas múltiplas formas, é denominador comum dos livros desta coleção, que não se pretende disciplinarmente filosófica, mas, justamente, portadora desses grãos de antidogmatismo que impedem o pensamento de enclausurar-se: um convite à liberdade e à alegria da reflexão.

Rubens Rodrigues Torres Filho

Friedrich Hölderlin

A MORTE DE EMPÉDOCLES

Tradução e estudo
Marise Moassab Curioni

Prefácio
Antonio Medina Rodrigues

Edição Bilíngue

ILUMI/URAS

Biblioteca Pólen
dirigida por Rubens Rodrigues Torres Filho e Márcio Suzuki

Copyright © 2008
Marise Moassab Curioni

Copyright © desta edição
Editora Iluminuras Ltda.

Capa
Fê
Estúdio A Garatuja Amarela
sobre *Dead Poet VI* (1992), bronze pintado [54 x 45 x 25 cm], Jim Amaral.

Revisão do português
Ariadne Escobar Branco
Virgínia Arêas Peixoto

Dados Internacionais de Catalogação na Publicação (CIP)
(Câmara Brasileira do Livro, SP, Brasil)

Hölderlin, Friedrich
 A morte de Empédocles / Friedrich Hölderlin
tradução e estudo Marise Moassab Curioni. —
São Paulo : Iluminuras, 2008.

 Título original: Der Tod Des Empedokles
 Edição bilíngue: português/alemão
 Bibliografia
 ISBN 978-85-7321-276-1

 1. Hölderlin, Friedrich, 1770-1843. A morte de
Empédocles - Crítica e interpretação 2. Teatro
alemão I. Título.

08-01145   CDD-832

Índices para catálogo sistemático:

1. Teatro : Literatura alemã 832

2020
EDITORA ILUMINURAS LTDA.
Rua Inácio Pereira da Rocha, 389 - 05432-011 - São Paulo - SP - Brasil
Tel./Fax: 11 3031-6161
iluminuras@iluminuras.com.br
www.iluminuras.com.br

ÍNDICE

A HORA DO ORAL: SOBRE HÖLDERLIN 11
Antonio Medina Rodrigues

SOBRE O EMPÉDOCLES DE HÖLDERLIN 17
Marise Moassab Curioni

AS VERSÕES DO DRAMA 81

A MORTE DE EMPÉDOCLES 83
Primeira versão

A MORTE DE EMPÉDOCLES 243
Segunda versão

A MORTE DE EMPÉDOCLES 297
Terceira versão

Dedico meu trabalho no drama A Morte de Empédocles *a Dora Ferreira da Silva a quem devo o incentivo, o estímulo e a ajuda. Com ela nos emocionamos na releitura do texto, vivenciando horas de encantamento. Quis o destino que ela se fosse e não escrevêssemos juntas a apresentação à tragédia.*

A HORA DO ORAL: SOBRE HÖLDERLIN

Antonio Medina Rodrigues

Este livro não traz apenas a grande poesia (trágica) de Hölderlin. Traz, por igual, uma tradução excelente. Por isso, quem o compulsar, talvez em livraria, poderá surpreender-se da expressão límpida e da fluência com que Marise Moassab Curioni passa do alemão ao português esta sua versão do Empédocles. *Há muitos tipos de tradução poética. Há traduções que são exatas, e por isso pode-lhes faltar certa elegância; há também as que são elaboradas, e se tornam difíceis por isso, como há também as redutoras, as elementares, em que o princípio da facilidade é do interesse alheio, e, portanto, alheio a todo princípio real. Quanto à naturalidade, muita coisa poderá ser dita, e inclusive contra ela. Vou falar apenas de uma ideia, que é a que mais me impressionou, e que é simples. Advirto que ela parecerá esquisita, mas como também é simples, espero mostrar isso aos que me leem. Ou então que me convençam do contrário disso um dia.*

A saber, há muito tempo venho reparando em como o povo fala bem. E não apenas o pobre. Os ricos também falam. E não estou dizendo que falam bem o que falam, pois isto é relativo à precisão das coisas transmitidas. Estou falando em falar bem, pouco importando o acerto ou desacerto do que se fale. Pois grandes tolices ou genialidades são ditas com a mesma qualidade musical. Então é disso que eu estou a falar: a qualidade musical da língua é a mais universal e a mais democrática possível. É a que ocorre na fala descontraída e livre, naquela fala em que não precisamos pensar em que estamos a falar. Portanto, este não é o caso dos que pensam para falar, dos que discutem, por exemplo, estética, fenomenologia, jurisprudência etc. Porque a estes se impõe que dominem uma técnica que atue pontualmente em sua fala. Então nesse caso o que nós temos é um tipo de arte ou manipulação de recursos. Quanto a isto, quem falou melhor que Cícero? Foi deslumbrante, um verdadeiro imperador do verbo, a crer que seus escritos foram feitos após ter haver ele falado. Outros, porém, e com a mesma erudição de Cícero, não conseguiram nada. Porque não foram criativos. De uma técnica, é possível se extrair paixões ou magias. O que significa que não é a técnica que determina a alta qualidade, é o talento criador que faz a técnica brilhar no palco. Eis aí, portanto, os dois aspectos de uma boa tradução: não contrariar a fala, essa fala em qualquer língua, tão modesta e eficaz que ninguém consegue percebê-la (só percebe quando o artista força, ou enfatiza, ou chama para si atenção etc). Tudo, afinal, que é belíssimo não se percebe. Ou só se perceberá depois. Claro, há belezas que encantam cara a cara. Impressionantes. Porém técnicas.

Quais técnicas, afinal, deve empregar um tradutor? Por certo as mínimas necessárias. Ou então aquelas que, por essência, participem da finalidade última do texto a traduzir-se. Não posso traduzir o impressionismo sem as artes dessa Escola. Tenho de curvar-me aos instrumentos. Pode-se traduzir Góngora sem hipérbatos, sem rimas? Góngora é o paraíso da técnica, e houve, por isso, muitos Góngoras, nas Espanhas e fora delas. Ora, toda técnica, em poesia, deve ser atravessada pela bênção criativa, caso contrário, fica nisso. E nem nisso às vezes. Nem pode um tradutor ter a mente voltada para uma fanática concentração nas formas, para os meios gramaticais e sígnicos por que se produzem os sentidos, uma vez que estas formas, sendo consideradas esteticamente, garantem o original no original, mas não o original numa outra língua. Depois, há formas fossilizadas. Traduzi-las é um bruto anacronismo, ou coisa pior.

Quando mencionei a qualidade extrema de toda e qualquer fala descontraída, não acrescentei que essa fala — nem sempre é tão natural quanto pensamos, pois tem duas coisas que podem falhar. São elas a sílaba sem música e o hiato asmático. Não o hiato no meio das palavras, mas aquele que se posta entre as palavras de uma frase. Esse hiato descarrila a frase inteira, por exemplo em A freirinha ora ao amanhecer. Creio ser impossível proferir essa frase de maneira natural, ou simples, ou atraente. E o fato de alguém perpetrá-la se funda no esquecimento do falar. Claro, um bom ator conseguiria dizê-la bem, mas com esforço artístico. No texto, entretanto, e escrita como está, indicará uma imperícia, um não saber, que, incluso e injustamente, se poderá atribuir ao próprio autor do original, que geralmente nada tem que ver com isso. Quando escrevemos, pensamos demais e perdemos o ritmo. Como foi sábia a tradução de Marise. Sem qualquer hiato e sem tropeço:

> *Não vos deixo perplexos,*
> *Caríssimos! Nada tendes a temer! Quase sempre*
> *Os filhos da terra temem o novo e o desconhecido,*
> *Só a vida das plantas e a do alegre animal*
> *Aspiram ficar em seu canto, encerrados em si mesmos.*
> *Confinados em seu âmbito, cuidam*
> *De subsistir; sua mente nada alcança*
> *Além, na vida. Mas devem sair por fim*

> *Os medrosos, e cada um na morte*
> *Retorna ao elemento; então*
> *Se reanima como no banho lustral para uma*
> *Nova juventude. Aos homens é concedida a grande*
> *Dádiva de retornarem, rejuvenescidos.*

A frase corre lisa, tudo concatenado a tudo, sem paradas para se rastrear alguma coisa secundária. Na verdade, um único pensamento existe aí, que vai crescendo, até chegar ao argumento da sensibilidade. É a sabedoria que fala, é o pensamento que se mostra. Hölderlin é poeta de pensamento, é um filósofo, que viveu entre filósofos. Então o pensamento flui, pois a poesia brota junto dele mesmo, em pleno e mútuo coração. Para que a tradução transcorra plena (e não se perca nada) a leitura deve ter uma iluminação da prosa (não prosa no original, é claro, mas força de prosa na tradução). O poema deve transparecer em sua neutralidade. Nada que for intencional serve no caso. Também nada que for muito fora dos hábitos comuns da boca.

A tradução agora apresentada segue verso a verso o original. Se nós quisermos entender como pôde a tradutora a ela chegar com eficácia tão visível, será preciso ver o que ela mesma viu de essencial. Ouçamos Empédocles:

> *Passemos o dia juntos e como*
> *Adolescentes, conversemos sem parar. Será fácil*
> *Encontrar uma sombra acolhedora,*
> *Onde despreocupados, fiéis,*
> *Manteremos uma conversa amável, como velhos e íntimos amigos! —*
> *Meu dileto! Muitas vezes saciamos o coração gentil*
> *Junto a Um cacho de uvas como meninos puros*
> *Num belo momento,*
> *E tinhas de acompanhar-me até aqui*
> *Para que nenhuma de nossas horas solenes,*
> *Tampouco esta se perdesse por completo?*
> *Por certo pagaste um alto preço,*
> *Mas também a mim os deuses pedem um pesado tributo.*

O principal deste momento (e que se repete, sem medo de repetir-se) é que os amigos são fiéis — (treuen) *à acolhedora sombra, à conversa, e àquelas solenes horas, assíduas todas, como alguma Ananke, alguma fatalidade, válida, por conseguinte, na poesia. Longe dos acordos, dos arbítrios, manifesta-se aqui uma radical fidelidade às coisas, — não porque pertençam a nós de modo que delas façamos gato e sapato, mas porque, ao contrário, nós é que pertencemos a elas. Despreocupados (*unbesorgt*) é que ficaremos, e o que vier — pois que então venha* sem excesso e sem carência. Cada coisa aí, cada elemento é só o que vier a ser, vale dizer, é sem mistura: a sombra, o momento, o prosseguido conversar, o infalível da presença, as solenes horas, tudo enfim que for da hora, e se a morte vier, não vem a morte em hora errada. Estranho mesmo nesse mundo é o pesado tributo que produz a cena trágica. Empédocles é, afinal, um perseguido.

Para sermos fiéis a Hölderlin, nada do que aí se escreveu poderá ser ou querer ser mais do que foi, ou, noutros termos, um absurdo viria a ser se ele quisesse, em qualquer hora, para melhorar o seu poema, fosse com retórica, ou qualquer outro condimento. O poema é o testemunho único da hora. O simples não pode ser planejado. Ou é ou não é. Em Hölderlin, não há "poesia ingênua", da que Schiller formulou, e que o poeta admirava. Também nele não existe uma euforia ingênua (dessas que a ideologia alimenta) nem se volta ele para os dados naturais como aos únicos possíveis, ou como aceitação do Iluminismo, para quem a verdade e a natureza tendem a ser o mesmo. Ele a rigor não entendia a verdade como um imitar, ou obedecer a natureza, nos cânones da revisão oitocentista de Aristóteles, e que sustentou uma poesia quase que sua contemporênea, nas Arcádias e nas Academias. A ideia de Hölderlin, diante desta situação, era diferenciar-se, porque a diferença era seu próprio impulso, era ele mesmo a diferença. Não era o dele um caso de substância ou de categoria final do conhecer, mas um caso de *werden*, de vir a ser da vida, onde o homem só determina por ser também determinado. Ele era como Empédocles, que sabia tudo, mas aceitava tudo, para que nada precisasse responder. Ele não responderia, por exemplo, à poesia de expressão verbal, aquela em que as palavras são a última palavra.

Na poesia de Hölderlin — muito mais do que verbais — os versos constituem vivas ideias. O sentido (ou o pensamento) e as palavras nascem do mesmo impulso. E tinha razão, dado aquilo que pensava. E a palavra prometeica é mais fácil de entender pelo contrário dela: ela é única possível por não mais se repetir tal como fora, por ter chegado a sua vez de dar seu salto para nunca mais, e, todavia, agora e sempre. E concluamos com Pausânias:

Sim, certo,
Homem excepcional! Tão intimamente ninguém
Jamais amou, nem viu o mundo
Eterno, seus espíritos e forças
Como o fizeste; eis porque só tu também
Pronunciaste a palavra temerária e também sentes
Tanto, como por Uma palavra altiva
Te apartaste do coração dos deuses
E por eles te sacrificas com amor,
Ó Empédocles!

SOBRE O EMPÉDOCLES DE HÖLDERLIN

Marise Moassab Curioni

Siglas utilizadas

Hjb: o anuário de Hölderlin
Kl StA: Kleine Stuttgarter Ausgabe: pequena edição de Stuttgart
(página, verso(s)): padrão para citação de *A Morte de Empédocles*
[   ]: Nota da autora

Edição utilizada
O texto da pequena edição de Stuttgart (Kl StA) serviu de base à tradução de Hölderlin.

Friedrich Hölderlin foi quase esquecido por mais de cinquenta anos, no século XIX, na Alemanha, apesar de haver sido aclamado calorosamente por algumas vozes de renome, como, por exemplo, Achim von Arnim, Bettina von Arnim, Clemens Brentano e Eduard Mörike. Em 1861, Friedrich Nietzsche, instado a escrever sobre seu poeta predileto, optou por Hölderlin. Em 1873, Nietzsche publicou *Reflexões Extemporâneas*[1], onde consta o esboço do drama *Empédocles*, baseado na tragédia hölderliniana. A escolha de Nietzsche do tema da obra de Hölderlin foi determinante para alterar o rumo e a profundidade da pesquisa sobre o artista suábio nos últimos decênios do século XIX.

No início do século XX, o círculo literário de Stefan George encetou estudos sobre os escritos de Hölderlin, resultando deles a publicação da produção completa do poeta, em 1913, por Norbert von Hellingrath. Mesmo após o falecimento de Hellingrath, em 1916, Friedrich Seebass e Ludwig von Pigenot continuaram a edição da mesma. Este acontecimento cultural propiciou a análise e o aprofundamento nos temas da obra do escritor, e, ao longo de quase três décadas, surgiram muitos estudos críticos sobre o mesmo: foi encarado, a princípio, após a Primeira Grande Guerra, como poeta da natureza; depois, durante o período nazista, como se encarnasse o ideal do povo alemão. George Lukács levantou a discussão em torno do trabalho artístico de Hölderlin, sob o ângulo político.

Dos anos cinquenta a setenta, nos círculos literários franceses, os pesquisadores Geneviève Bianquis, Maurice Delorme e Pierre Bertaux analisaram a composição literária hölderliniana na mesma linha de Lukács. Sobretudo o livro de Pierre Bertaux, *Hölderlin e a Revolução Francesa*[2], levantou intensa celeuma entre os pesquisadores alemães e estes prosseguiram a análise do escritor,

---

[1] NIETZSCHE, Friedrich. *Unzeitgemässe Betrachtungen*. I-III. Kröner, Stuttgart, 1873, pp. 18, 167 ss. e 228 ss. do v. 2. Id., 1861.
[2] BERTAUX, Pierre. *Hölderlin und die Französische Revolution*. 2. ed. Frankfurt/M., Suhrkamp, 1970.

em especial da tragédia, sob o prisma histórico e sociológico nos anos setenta e oitenta.

Nos dias atuais, a crítica especializada volta-se, mormente, aos aspectos filosóficos dos escritos de Hölderlin, a sua pertinência ao Idealismo alemão e a facetas da poesia tardia e do período de insânia do autor suábio. É forçoso lembrar, neste contexto, a afirmação de Martin Heidegger: "Não existe *o* único caminho verdadeiro para se chegar à grandeza da poesia hölderliniana"[3].

Em todo o mundo, continua-se a ler e a escrever, em número crescente, sobre Hölderlin, sua vida e obra. Peter Weiss escreve a peça *Hölderlin*[4], em 1971, no auge da efervescência em torno do aspecto político do trabalho literário hölderliniano e dedica uma cena do livro (segunda cena do segundo ato) ao drama *A Morte de Empédocles*. Peter Härtling, no romance *Hölderlin. Um Romance*[5], de 1976, elabora profundo processo de criação em base a criterioso material bibliográfico, reconstituindo a vida do autor suábio e toda a ebulição da época de 1789.

Ao longo do século XX, poetas de várias origens, entre eles, em língua alemã, Johannes R. Becher, Josef Weinheber e Rainer Maria Rilke, e em língua portuguesa, Henriqueta Lisboa e Dora Ferreira da Silva, escrevem versos ao escritor.

Toda esta exaltação em torno da produção literária de Friedrich Hölderlin já revela a importância de seus escritos em nossos dias. No tocante à tragédia *A Morte de Empédocles,* o dramaturgo transcende o real e revitaliza o mito em consonância com o pensamento expresso por Sócrates, no *Fédon*, de Platão, segundo o qual "um poeta para ser verdadeiramente um poeta deve empregar mitos e não raciocínios"[6]. Tanto Sócrates como Hölderlin tinham consciência da missão do artista e este a extravasa com poderosa força criadora.

Nas cartas de Hölderlin, elemento chave para a compreensão da vida e obra do compositor, revela-se uma tessitura em que existência e arte se entrelaçam. Os anseios mais intensos e os ideais do escritor exprimem-se nessas cartas, como sementes que florescem em sua criação artística. As vicissitudes existenciais e o fervor do pensamento hölderliniano que corre na linha fértil de uma plêiade de filósofos e poetas que lhe são contemporâneos, ou o precederam imediatamente, encontram-se na produção epistolar do teatrólogo. Esta evidencia o entusiasmo revolucionário de Hölderlin — subjacente ao tema de seu único drama, assim

---

[3] "*Den* einzig wahren Weg in die Grösse des Hölderlinschen Gedichtes gibt es nicht". HEIDEGGER, Martin. "Hölderlins Erde und Himmel". In: *Erläuterungen zu Hölderlins Dichtung*. 4. ed. Frankfurt/ M., Klostermann, 1971, p. 153. A partir de agora: HEIDEGGER. *Erläuterungen zu Hölderlins Dichtung*.
[4] WEISS, Peter. *Hölderlin*. Frankfurt/M., Suhrkamp, 1971.
[5] HÄRTLING, Peter. *Hölderlin. Ein Roman*. Darmstadt, Luchterhand, 1976.
[6] PLATÃO. *Diálogos. Fédon*. São Paulo, Abril, 1972, p. 67. A partir agora: PLATÃO. *Fédon*.

como à temática de parte de sua obra poética —, o interesse do autor pela Grécia antiga e pela Revolução Francesa e o paralelismo existente entre eles.

Ademais, os escritos do poeta demonstram a unidade de pensamento de Hölderlin, sua afinidade com o dos pré-socráticos, sobretudo no tocante à concepção de Tales de Mileto, defensor da ideia de que todas as coisas procedem da água, à de Heráclito, sobre a fluição de tudo, e à de Empédocles sobre os quatro elementos e o predomínio ora do ódio, ora do amor.

Na obra *A Morte de Empédocles* ressaltam-se duas características primordiais dentre os atributos do elemento água: a de purificação e a de motricidade do elemento. O movimento incessante e ascendente de todo o cosmo rumo à purificação, constitui a ideia central do drama hölderliniano.

Esta dinâmica ascensorial do arquétipo da água impulsiona o protagonista do estado de escuridão ou inconsciência ao de consciência, ao afloramento da missão poética, à amalgamação com o fogo e consequente alargamento da consciência. Passa, então, a preocupar-se com o bem-estar da comunidade, porquanto vislumbra o Um e Tudo ($\epsilon\nu$ $\pi\alpha\nu\iota\alpha$). Destarte, o artista logra configurar tanto nos ensaios como na peça *A Morte de Empédocles*, o ideal de atuar, de forma positiva, no coletivo, através da obra de arte, e, formular, com antecedência de século e meio, questões concernentes à integração do inconsciente-consciente, tão atuais.

A VIDA DE FRIEDRICH HÖLDERLIN

"O ROSTO DE HÖLDERLIN JOVEM
O rosto de jovem: é tãosomente um rosto estelar.
A terra está sepultada sob as estrelas. É como se delas o rosto manasse em profusão. Os olhos mal podem se abrir ante o chuvisco das estrelas. Mas a boca: um pouco aberta como a de uma criança querendo sorver as gotas da chuva — assim a boca está aberta a fim de sorver a chuva das estrelas e se detém no chuvisco que delas cai. E se demora: um pouco aberta —, como se procurasse permanecer assim para deter a estrela em seus lábios."[7]

---

[7] "HÖLDERLINS JÜNGLINGSGESICHT Das Jünglingsgesicht: es ist nur Sterngesicht. Die Erde ist vergraben unter den Sternen. Wie überrieselt von den Sternen ist es. Die Augen können kaum sich aufmachen vor dem Rieseln der Sterne. Aber der Mund: er ist ein wenig geöffnet wie bei einem Kind, das vom Regen die Tropfen einsaugen will —, so ist auch dieser Mund geöffnet, um den Regen der Sterne einzusaugen, und so hält er sich in das Rieseln, das von den Sternen auf ihn fällt. Und wie er sich hinhält: ein wenig geöffnet —, so sucht er zu bleiben, damit auch der Stern auf den Lippen ihm bleibe." PICARD, Max. *Das Menschengesicht*. Zürich, Rentsch, 1941, p. 190. A partir de agora: PICARD. *Das Menschengesicht*.

Esta caracteriologia fisiognômica de Johann Christian Friedrich Hölderlin como jovem, tal como a descreve Max Picard na obra *O Rosto Humano*, revela a maneira de ser do poeta nascido em Lauffen, na região da Suábia, a vinte de março de 1770. Com menos de dois anos de idade perdeu o pai, Heinrich Hölderlin e, em 1774, sua mãe, Johanna Christiana Heyn, desposou o prefeito de Nürtingen, Johann Christoph Gock, a quem Hölderlin venerou como a um pai; porém, este também veio a falecer cinco anos depois. A educação do poeta sofreu intensa influência das "duas mães" (mãe e avó). A primeira, imbuída de religiosidade pietista, enviou-o à escola clássica de Nürtingen, pois gostaria que o filho se tornasse pastor.

Pátio do convento em Lauffen às margens do Neckar, casa de nascimento de Hölderlin

Johanna Christiana Hölderlin
(1748-1828), mãe do poeta

Heinrich Friedrich Hölderlin
(1736-1772), pai do poeta

Em 1784, Hölderlin frequentou o convento preparatório, em Denkendorf e de 1786 a 1788, o colégio religioso superior de Maulbronn. Durante este período, leu obras de Klopstock, Schubart, Schiller, Rousseau e outros. As primeiras poesias hölderlinianas datam da época de Maulbronn, mas já antes fizera tentativas, em Denkendorf. Do outono de 1788 ao de 1793, estudou teologia em Tübingen. Neste convento, recebeu formação humanística, em companhia de Hegel, e, a partir de 1790, também de Schelling.

Nürtingen por volta de 1850

Denkendorf por volta de 1800

Pátio do convento de Maulbronn

*Friedrich Gottlieb Klopstock
(1724-1803)*

*Georg Wilhelm Friedrich Hegel
(1770-1831)*

Tübingen com a ponte sobre o Neckar, por volta de 1800

O convento evangélico de Tübingen, por volta de 1830

O interesse de Hölderlin voltou-se de modo especial para os estudos do mundo helênico. Colaborou no campo da filosofia com Schelling e Hegel, na formação inicial do Idealismo alemão. Escreveu os chamados "Hinos de Tübingen", época em que sofreu acentuada influência de Schiller.

Em setembro de 1791, viu quatro de suas poesias publicadas pela primeira vez no *Almanaque das Musas para o Ano de 1792* (*Musenalmanach für das Jahr 1792*) do amigo Stäudlin. No ano seguinte, em setembro de 1792, Stäudlin publicou os hinos mais importantes de Tübingen no *Florilégio Poético para o Ano de 1793* (*Poetische Blumenlese für das Jahr 1793*).

Em setembro de 1793, terminou o curso em Tübingen.

Por intermédio de Schiller e Stäudlin, o artista foi convidado a trabalhar em Waltershausen, nas proximidades de Iena, como preceptor do filho de Charlotte von Kalb, amiga de Schiller.

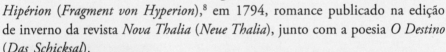

Friedrich Schiller
(1759-1805)

Hölderlin enviou a Schiller o *Fragmento de Hipérion* (*Fragment von Hyperion*),[8] em 1794, romance publicado na edição de inverno da revista *Nova Thalia* (*Neue Thalia*), junto com a poesia *O Destino* (*Das Schicksal*).

Gotthold Friedrich Stäudlin
(1758-1796)

Em 1794, dirigiu-se a Iena com o filho de Charlotte von Kalb, aí assistindo às preleções de Fichte. Já então percebera o pouco talento do pupilo e relatou o fato ao amigo e confidente, C. Ludwig Neuffer[9]. Ainda na mesma missiva de n. 88, o poeta contou-lhe do plano de escrever sobre a morte de Sócrates, segundo os ideais dos dramas gregos.

[8] HÖLDERLIN, Friedrich. *Briefe*, v. 6. Sämtliche Werke: Kleine Stuttgarter Ausgabe. Beissner, Friedrich (ed.). Stuttgart, Kohlhammer, 1965, carta 76, p. 124. A partir de agora: Kl StA.
[9] Ib., carta 88, p. 148 s., de dez de outubro de 1794. Hölderlin manteve por longos anos a correspondência com o ex-colega do convento de Tübingen, também poeta e mais tarde, pastor. Logo nos primeiros tempos no convento, Hölderlin, Neuffer e Rudolf F. H. Magenau, outro jovem que escrevia versos e depois tornou-se pastor, firmaram um pacto de amizade, nos moldes utópicos dos ideais de liberdade e amizade de Klopstock.

Estreitaram-se os laços de amizade entre Hölderlin e Schiller, porém, o primeiro sempre o considerou como mestre. Escreveu, em novembro de 1794, a Neuffer acerca do desastroso encontro com Goethe em casa de Schiller[10]. Sentiu-se cada vez mais desiludido com o discípulo; logo abandonou o cargo de mentor[11]. Ainda de Iena, a dezenove de janeiro de 1795, escreveu a Neuffer sobre o convívio com Herder, Goethe e Schiller[12].

No final de maio de 1795, refugiou-se em Nürtingen, abalado pela influência da filosofia de Fichte em seu espírito; deu vazão a esta emoção no poema intitulado *À Natureza* (*An die Natur*).

Escreveu de Nürtingen, a Schiller, a vinte e três de julho de 1795, analisando seus sentimentos de discípulo:

Revista de Stäudlin Almanaque das Musas para o Ano de 1792

"Tive de dizer a mim mesmo que nada sou para o senhor, de tanto querer significar-lhe algo."[13]

Frankfurt às margens do Meno

---

[10] Apresentado a um forasteiro em casa de Schiller, Hölderlin não percebera quem fosse, nem lhe dera atenção, entretendo-se apenas com Schiller, enquanto o desconhecido permanecia em silêncio. Schiller trouxe a revista *Nova Thalia* onde constavam o *Fragmento de Hipérion* e a poesia *O Destino* e mostrou-a a Hölderlin; porém o anfitrião ausentou-se da sala por uns intantes e o desconhecido, sem dizer uma palavra, apanhou a revista da mesa e a folheou. Hölderlin sentiu-se enrubescer e respondeu às perguntas da imponente personagem com frases monossilábicas. Só à noite, veio a saber que o forasteiro era Goethe. Apud: ib, carta 89, p. 152 s.

[11] Charlotte von Kalb, reconhecendo profundamente o valor de Hölderlin, escreveu a Schiller pedindo-lhe que recebesse o jovem poeta: "E que se transforme por fim em calma, moderação e estabilidade a inquietação desse homem. É uma roda que gira, rápida!!" "Und Ruhe, Selbstgenügsamkeit – und Stetigkeit werde doch endlich dem Rastlosen! Er ist ein Rad, welches schnell läuft!!" Ib., comentário à carta 92, p. 537.

[12] Ib., carta 93, p. 164-166.

[13] "Weil ich Ihnen so viel sein wollte, musst ich mir sagen, dass ich Ihnen nichts wäre." Ib., carta 102, p. 190.

Em fins de dezembro de 1795, assumiu o cargo de preceptor em casa do banqueiro Gontard, em Frankfurt/M. Escreveu a Neuffer, em março de 1796, e lamentou o fato de Schiller não haver publicado o poema *À Natureza* em sua revista:

> "parece-me que ele, Schiller, não teve razão nisso. Por sinal —, é-nos relativamente indiferente que uma poesia a mais ou a menos conste do Almanaque de Schiller. Seremos o que devemos ser, e assim nem a tua, nem a minha infelicidade nos afligirá."[14]

Hölderlin sentiu entretanto, no mais profundo do ser, o retraimento de Schiller em relação a ele, e exprimiu este sentimento ao artista eminente, em carta de vinte de novembro de 1796[15].

Por estranha coincidência escreveu no mesmo dia à mãe e pela primeira vez lhe revelou sem reservas a convicção de que só poderia ser poeta. Disse:

> "as ocupações que, por natureza e hábito, tornaram-se-me uma necessidade imprescindível e sem as quais não haveria para mim nenhuma ventura sobre a terra, estas ocupações felizes ou pelo menos inocentes teriam de ser quase totalmente interrompidas se eu não transformasse toda meia-noite em dia"[16]

Em carta a Schiller, de vinte de junho de 1797, de Frankfurt, expressou com toda a franqueza seus sentimentos para com o dramaturgo, enfatizando sobretudo apreensão pelo fato de sentir-se tão dependente da opinião do mestre maduro, conforme o texto da mesma missiva:

> "Tenho coragem e julgamento próprio suficientes para tornar-me independente de outros juízes de arte e mestres; sigo meu caminho com a calma necessária, mas

---

[14] "daran hat er, meines Bedünkens, nicht recht getan. Übrigens ist es ziemlich unbedeutend, ob ein Gedicht mehr oder weniger von uns in Schillers Almanache steht. Wir werden doch, was wir werden sollen, und so wird Dein Unglück Dich so wenig kümmern wie meines." Ib., carta 118, p. 221 s.

[15] "Venerabilíssimo: (...) o total silêncio que o senhor mantém em relação a mim, faz-me sentir um tolo (...) Lembro-me dos menores sinais de interesse do senhor para comigo. Certa vez, escreveu-me algumas palavras, quando eu ainda habitava em Franken; sempre as relembro, todas as vezes que sou mal compreendido. O senhor acaso modificou sua opinião sobre mim? Abandonou-me? (...) Sei que não descansarei até realizar algo de bem-sucedido e receber, de novo, um sinal de sua satisfação!"
"Verehrungswürdigster: (...) Ihr gänzlich Verstummen gegen mich macht mich wirklich blöde, (...) Ich erinnere mich noch sehr gut jedes kleinsten Zeichens Ihrer Teilnahme an mir. Sie haben mir auch, da ich noch in Franken lebte, einmal ein paar Worte geschrieben, die ich immer wiederhole, so oft ich verkannt bin. Haben Sie Ihre Meinung von mir geändert? Haben Sie mich aufgegeben? (...) Ich weiss, dass ich nicht ruhen werde, bis ich durch irgend etwas Errungenes und Gelungenes wieder einmal ein Zeichen Ihrer Zufriedenheit erbeute." Ib., carta 129, p. 240 s.

[16] "würden die Beschäftigungen, die durch Natur und Gewohnheit, mir unentbehrliches Bedürfnis geworden sind, und ohne welche für mich kein Glück auf der Erde geniessbar ist, diese frohen, wenigstens unschuldigen Beschäftigungen würden beinahe ganz unterbleiben müssen, wenn ich nicht jede Mitternacht zum Tage machen wollte," Ib., carta 130, p. 243.

dependo muito do senhor; e porque sinto quão invencivelmente me é decisiva uma palavra sua, muitas vezes procuro esquecê-lo para não me angustiar durante o trabalho. Pois estou certo de que justamente esta inquietação e este acanhamento representam a morte da arte; compreendo por isso muito bem porque é mais difícil exteriorizar a natureza com exatidão num período em que já nos encontramos diante de obras-primas do que em outro em que o artista quase só se confronta com o mundo vivo."[17]

Por outro lado, Hölderlin enviou junto a esta carta alguns poemas, entre eles: *Ao Éter* (*An den Aether*), além do primeiro volume do romance *Hipérion*. Schiller publicou este poema em sua revista literária *Almanaque das Musas de 1798* (*Musenalmanach 1798*), bem como *O Peregrino* e *Os Carvalhos* na revista *Horen* de 1797[18]. O primeiro volume do romance *Hipérion* saiu pela editora Cotta.

Susette Gontard (1769-1803)
escultor: Landolin Ohnmacht

O aedo apaixonou-se pela esposa do banqueiro Gontard, Susette. Concebeu sua figura como o exemplo da perfeição e do divino sobre a terra. No romance *Hipérion*, ele a encarna na figura de Diotima.

Acerca das ocupações deste período, Hölderlin escreveu uma carta ao irmão, dizendo:

"Perguntas-me sobre meu estado de ânimo, minhas ocupações. O primeiro é tecido de luz e sombra, como tudo (...) Minhas ocupações são cada vez mais iguais. (...) Quem nunca passou por privações como eu não sabe quão valioso é um dia em que se consegue trabalhar e permanecer de ânimo tranquilo."[19]

---

[17] "Ich habe Mut und eignes Urteil genug, um mich von andern Kunstrichtern und Meistern unabhängig zu machen, und insofern mit der so nötigen Ruhe meinen Gang zu gehen, aber von Ihnen dependier ich unüberwindlich; und weil ich fühle, wie viel ein Wort von Ihnen über mich entscheidet, such ich manchmal, Sie zu vergessen, um während einer Arbeit nicht ängstig zu werden. Denn ich bin gewiss, dass gerade diese Ängstigkeit und Befangenheit der Tod der Kunst ist, und begreife deswegen sehr gut, warum es schwerer ist, die Natur zur rechten Äusserung zu bringen, in einer Periode, wo schon Meisterwerke nah um einen liegen, als in einer andern, wo der Künstler fast allein ist mit der lebendigen Welt." Ib., carta 139, p. 259 s.

[18] Apud: ib., p. 560 e carta 144, p. 269, a Schiller, onde Hölderlin agradece-lhe pela acolhida das citadas poesias nestas revistas literárias.

[19] "Du fragst mich über meine Gemütsstimmung, über meine Beschäftigungen. Die erste ist aus Licht und Schatten gewebt, wie überall, (...) Meine Beschäftigungen sind um so mehr sich gleich. (...) Wer es nie entbehrt hat, wie ich, der weiss nicht, wie viel ein Tag, wo man so hinarbeitet, und ruhigen Gemüts bleibt, wert ist." Ib., carta 142, p. 265.

Revelou, em carta de doze de fevereiro de 1798[20], ao irmão, o desejo de criar uma grande obra de arte que pudesse saciar sua alma sedenta de perfeição. Ao mesmo tempo, sofria profundamente o contraste que separava sua personalidade do clima dos aristocratas de Frankfurt. Em novembro de 1797, confidenciou em carta à mãe:

> "devo lembrar-me sempre que a vida é uma escola, e que os momentos calmos, genuinamente ditosos, são apenas momentos (...) O ano todo tivemos visitas quase continuamente, festas e só Deus sabe mais quê! Por certo minha insignificância sempre arca com o pior, pois o preceptor, principalmente em Frankfurt, é sempre a quinta roda que, por decoro, deve estar presente. Amém! Não sei quantas vezes já lhe entoei estas lamentações. Tem-se mesmo de pensar que se tem sempre de pagar com uma quota de dor a honra de pertencer à classe mais culta. A ventura está atrás da charrua (...) Para que eu possa ser julgado agora e futuramente é preciso que conheça suficientemente as minhas circunstâncias."[21]

Ao fim da permanência do artista em Frankfurt, em agosto de 1798, relatou em carta a Neuffer:

> "Direi que se não produzir algo de excelente neste mundo será por não me haver compreendido o bastante."[22]

Tornou-se cada vez mais consciente da missão de poeta. A crença no divino que habita o homem permeia toda a poesia de Hölderlin e se manifesta também em suas cartas. Já em doze de março de 1795, escrevera à mãe, de Iena:

> "Quando aspiramos por algo e lutamos em consequência, vamos para onde nos impele o impulso sagrado [que brota] do fundo de nosso peito, então tudo nos pertence."[23]

---

[20] Apud: ib., carta 152, p. 283.
[21] "Vorzüglich muss ich eben in Gedanken haben und behalten, dass das Leben eine Schule ist, und dass die ruhigen, echtglücklichen Augenblicke auch nur Augenblicke sind. (...) dieses ganze Jahr haben wir fast beständig Besuche, Feste und Gott weiss! was alles gehabt, wo dann freilich meine Wenigkeit immer am schlimmsten wegkommt, weil der Hofmeister besonders in Frankfurt überall das fünfte Rad am Wagen ist, und doch der Schicklichkeit wegen muss dabei sein. Amen! ich weiss nicht, wie viele Blätter lang ich Ihnen einmal wieder ein Klagelied gesungen habe. Man muss eben denken, dass man die Ehre, unter die gebildetere Klasse zu gehören, überall mit etwas Schmerz bezahlen muss. Das Glück ist hinter dem Pfluge (...) Um mich für jetzt und künftig zu beurteilen, müssen Sie auch von meinen Umständen das Nötige wissen." Ib., carta 148, p. 277.
[22] "Ich werde sagen, dass ich mich nicht recht verstanden habe, wenn hienieden mir nichts Treffliches gelingt." Ib., carta 163, p. 299.
[23] "Wenn wir dahin trachten und ringen, wohin ein göttlicher Trieb in der Tiefe unserer Brust uns treibt, dann ist alles unser!" Ib., carta 96, 174.

Esta convicção e a da vocação poética levaram-no a privações financeiras, à luta incessante, de um lado, para agradar à mãe, e de outro, contra a alternativa de abraçar outra profissão. De Homburg vor der Höhe, a onze de dezembro de 1798, após haver abandonado a casa Gontard, manifestou à mãe o desejo de:

> "Durante um ano viver com força vital entregue às ocupações mais altas e mais puras, às quais Deus precipuamente me destinou."[24]

Homburg vor der Höhe

Em janeiro de 1799, na carta seguinte à mãe, de Homburg, disse:

> "pois o pendor talvez infeliz para a poesia, pelo qual desde a juventude lutei lealmente, por ele aceitando as assim ditas ocupações mais concretas, continua em mim e permanecerá enquanto eu viver."[25]

A dezesseis de novembro de 1799, expressou à mãe o seguinte:

> "Sinto-me profundamente consciente de que a causa à qual me dedico é nobre e salutar aos homens, enquanto orientada para uma expressão e um aperfeiçoamento corretos. E vivo com este intuito e com esta meta, em ocupação tranquila; quando às vezes me lembram (como é inevitável) que eu seria melhor aceito pelos homens se desempenhasse um cargo honesto na vida burguesa, suporto [esta situação] com facilidade e a compreendo; sinto-me pago pela alegria [encontrada] no belo e no verdadeiro, aos quais me dedico em silêncio desde a juventude, e aos quais retorno mais decididamente depois das experiências e dos ensinamentos da vida. Mesmo que

---

[24] "mit lebendiger Kraft ein Jahr lang in den höhern und reinern Beschäftigungen zu leben, zu denen mich Gott vorzüglich bestimmt hat." Ib., carta 170, p. 319.
[25] "weil nun einmal die vielleicht unglückliche Neigung zur Poesie, der ich von Jugend auf mit redlichem Bemühn durch sogenannt gründlichere Beschäftigungen immer entgegenstrebte, noch immer in mir ist und nach allen Erfahrungen, die ich an mir selber gemacht habe, in mir bleiben wird, so lange ich lebe." Ib., carta 173, p. 334.

nunca conseguisse exprimir bem a minha interioridade numa linguagem clara e exata, pois isto depende muito do acaso, sei que o que quis — e o quis mais do que revelam minhas poucas tentativas —, pode também esperar, pelo que me chega aos ouvidos, que minha causa, mesmo [vazada] numa expressão inadequada e realizada de vez em quando num estado de espírito profético e [ansioso] por reconhecimento, me assegura que minha existência deixará sua marca nesta terra."[26]

Em carta a Neuffer, de quatro de dezembro de 1799, de Homburg, Hölderlin exprimiu o seguinte:

"É quase como se o poeta tivesse de pagar mais caro de que qualquer outro, a ventura literária (...) Assim Deus me conceda boa disposição e tempo para alcançar o que sinto e compreendo."[27]

Em carta, sem data, a Susette Gontard, afirmou, de Homburg:

"Tenho de reevocar diariamente a divindade desaparecida. Quando penso nos grandes homens, nos grandes momentos, como eles propagaram o fogo sagrado e transformaram toda a coisa morta, a madeira e a palha do mundo em chama que com eles se elevou ao céu, e quando então [penso], muitas vezes, em mim, bruxuleante como uma pequena lâmpada a arder, gostaria de mendigar uma gota de óleo para, por algum tempo ainda, brilhar durante toda a noite —"[28]

Em poucas cartas do artista é possível constatar com tanta clareza o paralelo entre sua modesta figura de preceptor, animado por um espírito de poeta

---

[26] "Ich bin mir tief bewusst, dass die Sache, der ich lebe, edel, und dass sie heilsam für die Menschen ist, sobald sie zu einer rechten Äusserung und Ausbildung gebracht ist. Und in dieser Bestimmung und diesem Zwecke leb ich mit ruhiger Tätigkeit, und wenn ich oft erinnert werde (wie unvermeidlich ist), dass ich vielleicht billiger geachtet würde unter den Menschen, wenn ich durch ein honettes Amt im bürgerlichen Leben für sie erkennbar wäre, so trage ich es leicht, weil ichs verstehe, und finde meine Schadloshaltung in der Freude am Wahren und Schönen, dem ich von Jugend auf im stillen (sic) mich geweiht habe, und zu dem ich aus den Erfahrungen und Belehrungen des Lebens nur um so entschlossner zurückgekehrt bin. Sollte auch mein Inneres nie recht zu einer klaren und ausführlichen Sprache kommen, wie man dann hierin viel vom Glück abhängt, so weiss ich, was ich gewollt habe, — und dass ich mehr gewollt habe, als der Anschein meiner geringen Versuche vermuten lässt, kann auch hoffen, aus manchem, was mir zu Ohren kommt, dass meine Sache auch in einer ungeschickten Ausführung hie und da aus einem ahndenden Gemüte gefasst und gebilligt werden (sic), dass also in keinem Falle mein Dasein ohne eine Spur auf Erden bleiben wird." Ib., carta 199, p. 399 s.

[27] "Es ist fast, als müsste man durchaus kein Glück teurer zahlen als das schriftstellerische, besonders der Dichter. (...) Gäbe mir nur ein Gott so viel gute Stimmung und Zeit, dass ich ausrichten könnte, was ich einsehe und fühle. —" Ib., carta 202, p. 406-408.

[28] "Täglich muss ich die verschwundene Gottheit wieder rufen. Wenn ich an grosse Männer denke, in grossen Zeiten, wie sie, ein heilig Feuer, um sich griffen, und alles Tote, Hölzerne, das Stroh der Welt in Flamme verwandelten, die mit ihnen aufflog zum Himmel, und dann an mich, wie ich oft, ein glimmend Lämpchen, umhergehe, und betteln möchte um einen Tropfen Öl, um eine Weile noch die Nacht hindurch zu scheinen —" Ib., carta 182, p. 362.

prometêico e a grandiosa personagem de Empédocles, através da qual ele deixa seu legado e testemunho.

Em 1799, apareceu o segundo volume do romance *Hipérion*[29], pela editora Cotta.

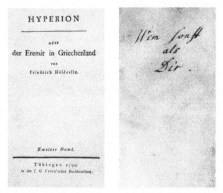

Hipérion, v. 2 (1799) com dedicatória a Susette Gontard: *"A quem senão a Ti"*

No final de 1799, escreveu *Assim como num Dia de Festa...* (*Wie wenn am Feiertage...*), só publicado em 1910.

Neuffer deu a lume cerca de vinte poemas do amigo na revista *Livro de Bolso para Moças de Cultura* (*Taschenbuch für Frauenzimmer von Bildung*), em 1799.

Revista Livro de Bolso para Moças de Cultura, *editada por C.L. Neuffer (1799)*

---

[29] Neste romance em forma de carta, *Hipérion* ou *O Eremita na Grécia* (*Hyperion* oder *der Eremit in Griechenland*), Hölderlin expressa o desencanto pela Alemanha de então e a nostalgia pela Grécia de um dia em unidade com os deuses e a natureza: o herói, idealista grego, incentivado pelo amor de Diotima (encarnação de Susette Gontard) e pela amizade de Alabama, luta pela libertação da Grécia do jugo turco (1770). Mas os horrores da guerra o repugnam, Diotima falece e o amigo se afasta. Enfim, Hipérion retira-se ao seio da natureza que o revivifica.

Em 1800, o escritor retornou a Nürtingen, passando o verão e o outono em Stuttgart onde continuou a produção poética, compondo, então, odes.

Entre 1801 e 1808, elegias e hinos do poeta aparecem publicados de forma esparsa em almanaques e livros de bolso.

Stuttgart: parte sul da cidade

No início de 1801, após ocupar por cerca de três meses o cargo de preceptor junto à família von Gonzenbach, em Hauptwil, na Suíça, regressou a Nürtingen. Tentou sem êxito ministrar aulas na Universidade de Iena. Escreveu, entre 1800/01, *As Grandes Elegias* e parte das chamadas *Canções Patrióticas* (*Die vaterländischen Gesänge*). As elegias e as canções patrióticas marcam o período áureo do artista.

Hauptwil por volta de 1800

Hölderlin compôs a poesia *Festa da Paz* (*Friedensfeier*), em 1801/02, tendo a publicação completa da mesma, apenas em 1954 — após o manuscrito haver permanecido sumido por quarenta anos —, causado sensação entre os pesquisadores e lançado luz sobre a representação da figura de Cristo para o poeta. A dez de dezembro de 1801, empreendeu misteriosa caminhada à França da qual não há documentação; chegou a Bordeaux a 28 de janeiro de 1802. Permaneceu como mentor em casa da família do cônsul Meyer, até junho, e então voltou a Nürtingen, já com sinais de desequilíbrio mental. A vinte e dois de junho de 1802, faleceu Susette Gontard.

Hölderlin completou a poesia *Patmos* (*Patmos*), escreveu outras composições poéticas e, talvez no outono de 1803, *Mnemósine* (*Mnemosine*). Também nesta época traduziu fragmentos de Píndaro. O editor Friedrich Wilmans publicou, em 1804, as tragédias de Sófocles: *Édipo, o Tirano* e *Antígona*.

Em junho de 1804, foi pela segunda vez a Homburg, lá permanecendo cerca de ano e meio. Em 1805, os médicos de Tübingen declararam-no doente mental incurável, aos 35 anos. De 1807 a sete de junho de 1843, data da morte de Hölderlin, foi tratado na casa do mestre marceneiro Zimmer, em Tübingen. Mesmo durante esse longo período de doença psíquica, continuou a produção poética.

Elegia Pão e Vinho, de Hölderlin

Seckendorf publicou no *Almanaque das Musas de 1807* (*Musenalmanach 1807*), a poesia Patmos (Patmos) e outras.

Em 1826, Gustav Schwab e Ludwig Uhland publicaram a primeira seleção da obra do escritor, nela incluindo cerca de sessenta poesias e fragmentos da tragédia. A segunda edição dos mesmos saiu em 1843.

Max Picard, no mesmo livro citado no início deste capítulo, também expôs o rosto de Hölderlin ancião, captando a essência de sua tragédia e as marcas deixadas por ela no semblante do artista:

Hölderlin ancião

O rosto de Hölderlin ancião: o raio derribou o rosto estelar. Vê-se ainda como golpeou duas vezes o rosto, ferindo a linha do perfil: primeiro, o olhar, e depois a boca. O rosto esfacelado no olhar e na boca. É como se o raio houvesse penetrado o olhar até às profundezas e lá derribado e queimado as estrelas da face —, e então tivesse voltado, hesitando, para ver se estrelas ainda haviam permanecido no rosto e pela segunda vez vibrasse neste derradeiro golpe, fazendo-o arder nas profundezas."[30]

---

[30] "HÖLDERLINSALTERSGESICHT

Das Altersgesicht: der Blitz hat in das Sterngesicht eingeschlagen. Man sieht noch, wie er herunterfuhr an der Profillinie, zweimal einschlagend in das Gesicht, zweimal das Gesicht brechend: an den Augen zuerst und dann am Mund. Eingestürzt ist hier das Gesicht am Auge und am Mund. Es ist, als hätte der Blitz, einfahrend in die Tiefe gerissen und sie dort verbrannt —, dann, zurückfahrend, als besänne er sich, das doch noch Sterne geblieben seien im Gesicht, holte er noch die letzten und schlug zum zweitenmal ein in das Gesicht, die letzten in der Tiefe verbrennend." PICARD. *Das Menschengesicht*, p. 191.

O ENTUSIASMO DO POETA PELOS IDEAIS DA REVOLUÇÃO FRANCESA E DA GRÉCIA

Quando Hölderlin estudava no convento de Tübingen, vivenciava com os amigos Hegel e Schelling um clima de entusiasmo pela Revolução Francesa. De acordo com a tradição corrente em Tübingen, os estudantes, entre eles os três amigos, teriam comemorado a queda da Bastilha erguendo uma árvore simbolizando a liberdade no pátio do convento, a quatorze de julho de 1793. Hölderlin sentia e reconhecia ser sua época a das grandes convulsões políticas. A carta do escritor ao irmão, do começo de setembro de 1793, demonstra claramente seu ideal de liberdade:

> "Meu amor é o gênero humano (...) Amo a geração dos séculos vindouros. Esta é minha mais bem-aventurada esperança, a crença que me mantém forte e ativo; nossos netos serão melhores do que nós, a liberdade tem de vir um dia, e a virtude prosperará melhor na liberdade, em luz que aquece mais do que no âmbito do despotismo. Vivemos numa época em que tudo procura atingir dias melhores. Estes germes de esclarecimento, estes anseios silenciosos e desejos de pessoas isoladas de formar a geração humana expandir-se-ão, fortalecerão e darão frutos maravilhosos. Vê, caro Carlos! É a isto que meu coração está afeiçoado agora. Esta é a meta sagrada de meus desejos e de minha atividade: desperto agora os germes que amadurecerão numa época futura. E por isso, creio, acontece que me associo com menos calor a pessoas isoladas. Gostaria de atuar no plano universal: o universal não permite que deixemos de lado o individual, porém não vivemos com toda a alma as coisas isoladas, quando o universal se torna objeto de nossos desejos e anseios."[31]

Os ideais de igualdade, liberdade e fraternidade marcaram intensamente o artista e toda a sua obra.

Outra constante ocupação de Hölderlin foi a dedicação aos gregos, como demonstram suas traduções de Píndaro e Sófocles. No prefácio da penúltima versão do romance *Hipérion*, declarou:

---

[31] Meine Liebe ist das Menschengeschlecht, (...) Ich liebe das Geschlecht der kommenden Jahrhunderte. Denn dies ist meine seligste Hoffnung, der Glaube, der mich stark erhält und tätig, unsere Enkel werden besser sein als wir, die Freiheit muss einmal kommen, und die Tugend wird besser gedeihen in der Freiheit heiligem erwärmenden Lichte als unter der eiskalten Zone des Despotismus. Wir leben in einer Zeitperiode, wo alles hinarbeitet auf bessere Tage. Diese Keime von Aufklärung, diese stillen Wünsche und Bestrebungen Einzelner zur Bildung des Menschengeschlechts werden sich ausbreiten und verstärken, und herrliche Früchte tragen. Sieh! lieber Karl! dies ists, woran nun mein Herz hängt. Dies ist das heilige Ziel meiner Wünsche, und meiner Tätigkeit — dies, dass ich in unserm Zeitalter die Keime wecke, die in einem künftigen reifen werden. Und so, glaub ich, geschieht es, dass ich mit etwas weniger Wärme an einzelne Menschen mich anschliesse. Ich möchte ins Allgemeine wirken, das Allgemeine lässt uns das Einzelne nicht gerade hintansetzen, aber doch leben wir nicht so mit ganzer Seele für das Einzelne, wenn das Allgemeine einmal ein Gegenstand unserer Wünsche und Bestrebungen geworden ist." Kl StA, v. 6, carta 65, p. 101 s.

"A Grécia foi meu primeiro amor e creio poder afirmar que será o meu último."[32]

O fervor do poeta pelos ideais dos gregos advém da época de seus estudos em Tübingen. Diziam até mesmo que parecia um deus helênico a caminhar pelas salas do convento[33].

Relatou ao cunhado Breunlin em carta, na festa de Pentecostes de 1794:

"reparto-me agora, no que concerne ao aspecto científico, unicamente entre a filosofia de Kant e os gregos, e também procuro produzir algo a partir de mim mesmo."[34]

Também se dirigiu a Hegel a dez de julho de 1794, na primeira carta ao filósofo após a despedida do convento:

"Minha ocupação está agora relativamente concentrada. Kant e os gregos são quase minha única leitura."[35]

Durante a primeira permanência de Hölderlin em Homburg vor der Höhe, de 1798 a 1800, quando se consagrou ao trabalho em seu único drama, aplicou-se, a par, ao estudo das tragédias dos antigos e dos modernos, e devotou-se de corpo e alma à elaboração da obra *A Morte de Empédocles*. De sua consagração ao trabalho resultaram o assim chamado plano de Frankfurt (*Frankfurter Plan*), três versões da tragédia, dois ensaios sobre o assunto, *O Transformar-se no Passar* (*Das Werden im Vergehen*) e o *Fundamento de Empédocles* (*Grund zum Empedokles*), compostos entre a segunda e a terceira versão, além de um esboço para continuação da terceira versão. Suspendeu, de todo, o trabalho na peça, na primavera de 1800, deixando-a incompleta, sem externar-se a respeito, em qualquer escrito.

Depositava todas as esperanças no texto dramático, como bem comprovam as suas cartas. De Frankfurt, confessou ao irmão, talvez em agosto ou setembro de 1797, não se sabe ao certo, pois a carta não registra a data:

---

[32] "Griechenland war meine erste Liebe und ich weiss nicht, ob ich sagen soll, es werde meine letzte sein." Ib., v. 3, p. 248
[33] Apud: HÄUSSERMANN, Ulrich. *Hölderlin*. 6. ed. Reinbek bei Hamburg, Rowohlt, 1970, p. 50.
[34] "Ich teile mich jetzt, was das Wissenschaftliche betrifft, einzig in die Kantische Philosophie und die Griechen, suche wohl auch zuweilen etwas aus mir selbst zu produzieren." Kl StA, v. 6, carta 81, p. 132.
[35] "Meine Beschäftigung ist jetzt ziemlich konzentriert. Kant und die Griechen sind beinahe meine einzige Lektüre." Ib., carta 84, p. 139.

"Fiz o plano bem detalhado de uma tragédia cujo assunto me arrebata."³⁶

De Homburg, enviou carta a Neuffer, a doze de novembro de 1798, dizendo:

"Estou aqui há pouco mais de um mês, em tranquilidade, trabalhando em minha tragédia, convivendo com Sinclair, e fruindo os belos dias de outono."³⁷

De Rastatt, revelou à mãe, em carta de vinte e oito do mesmo mês:

"Na próxima primavera, porém, quando estiver concluído um trabalho que tenho em mãos (...) Meu trabalho atual, cara mãe, deve ser minha última tentativa de seguir um caminho próprio, como a senhora diz, que me outorgue um valor; (...)"³⁸

Escreveu ainda ao irmão, no mesmo dia, aludindo à peça dramática³⁹. A vinte e quatro de dezembro de 1798, Hölderlin contou em carta ao grande amigo Isaac von Sinclair a leitura, naqueles dias, de Diógenes Laércio, ou seja, da principal fonte do drama hölderliniano⁴⁰. De novo em Homburg, referiu-se outra vez à tragédia, em longa carta à mãe em janeiro de 1799⁴¹. Na carta n. 177, sem data, narrou à mãe o seguinte:

"Por enquanto a senhora deverá considerar até mesmo uma simples visita como preciosa demais [em termos de tempo], na minha situação; tenho de dedicar-me à minha ocupação todo o tempo possível. Gostaria de permanecer aqui pelo menos até que o livro estivesse pronto, o que pode demorar ainda meio ano. O que empreenderei depois dependerá em parte, do sucesso ou insucesso de meu livro e em parte também de outras circunstâncias."⁴²

---

³⁶ "Ich habe den ganz detaillierten Plan zu einem Trauerspiele gemacht, dessen Stoff mich hinreisst." Ib., v. 6, carta 142, p. 266.
³⁷ "Es ist etwas über einen Monat, dass ich hier bin, und ich habe indessen ruhig, bei meinem Trauerspiel, im Umgang mit Sinclair, und im Genuss der schönen Herbsttage gelebt." Ib., carta 167, p. 310.
³⁸ "Nächsten Frühling aber, wenn ich mit einer Arbeit, die ich unter den Händen habe, fertig bin, (...) Meine jetzige Arbeit soll mein letzter Versuch sein, liebste Mutter, auf eignem Wege, wie Sie es nennen, mir einen Wert zu geben; (...)" Ib., carta 168, p. 314.
³⁹ Ib., carta 169, p. 317.
⁴⁰ Ib., carta 171, p. 323.
⁴¹ Ib., carta 173, p. 336.
⁴² "Für jetzt werden Sie einen blossen Besuch selber in meiner Lage, wo ich alle Zeit, wo möglich, meinem Geschäfte widmen muss, für zu kostbar halten. Ich möchte wenigstens so lange hier bleiben, bis ich mit meinem Buche fertig bin, was wohl noch ein halbes Jahr lang dauern kann. Was ich dann weiter vornehme, wird zum Teil von dem Gelingen oder Nichtgelingen meines Buchs, teils auch von andern Umständen abhängen." Ib., carta 177, p. 343.

Em carta de quatro de junho de 1799, Hölderlin relatou a Neuffer a intenção de publicar uma revista poética mensal:

> "Os primeiros números conterão uma tragédia minha, *A Morte de Empédocles* que já tenho pronta — menos o último ato — e poesias líricas e elegíacas."[43]

No mesmo dia, enviou ao irmão excerto da segunda versão (versos 397-430) da obra teatral, dizendo:

> "Por fim, quero transcrever-te um trecho de minha tragédia, *A Morte de Empédocles*, para que possas ver, mais ou menos, qual o espírito e o tom do trabalho ao qual estou atualmente afeiçoado, com moroso amor e esforço"[44]

Dirigiu-se também de Homburg a Friedrich Steinkopf, em missiva de dezoito de junho de 1799:

> "Utilizarei, no entanto, todo o tempo e todas as minhas forças para burilar e aperfeiçoar o drama, pois este, sobretudo por seu conteúdo particular, necessita destes esmeros mais que qualquer outro."[45]

Na carta de n. 189 a Neuffer, falou-lhe da impossibilidade de interromper o trabalho que tinha em mãos[46]. Reiterou à mãe, a quatro de setembro de 1799, o desejo de aplicar-se, ainda por algum tempo, ao texto dramático, a fim de revestir a obra de toda a perfeição possível[47]. Em missiva sem data, revelou a Schiller:

> "Acreditei poder adotar, na forma trágica, da maneira mais completa e mais natural, aquele tom que desejei precipuamente tornar meu e ousei escrever uma tragédia, *A Morte de Empédocles*; tenho dedicado o maior tempo de minha permanência aqui justo a esta tentativa."[48]

---

[43] "Die ersten Stücke werden von mir enthalten ein Trauerspiel, den Tod des Empedokles, mit dem ich, bis auf den letzten Akt, fertig bin, und Gedichte, lyrische und elegische." Ib., carta 178, p. 347.

[44] "Zum Schlusse will ich Dir noch eine Stelle aus meinem Trauerspiele, dem Tod des Empedokles, abschreiben, damit Du ungefähr sehen kannst, wes Geistes und Tones die Arbeit ist, an der ich gegenwärtig mit langsamer Liebe und Mühe hänge" Ib., carta 179, p. 355.

[45] "Ich werde indessen alle Zeit und alle Kraft dahin verwenden, besonders auch, um dem Trauerspiele die gehörige Feile und Gefälligkeit zu geben, der es, um der Eigenheit seines Stoffes willen, weniger als andere entbehren kann." Ib., carta 181, p. 361.

[46] Ib., p. 381.

[47] Apud: ib., carta 193, p. 387 s..

[48] "Ich glaubte jenen Ton, den ich mir vorzüglich zu eigen zu machen wünschte, am vollständigsten und natürlichsten in der tragischen Form exequieren zu können, und habe mich an ein Trauerspiel, den Tod des Empedokles, gewagt, und eben diesem Versuche habe ich die meiste Zeit meines hiesigen Aufenthalts gewidmet." Ib., carta 194, p. 391.

Em carta sem indicação de data, expressou também a Susette Gontard sua consagração ao texto teatral[49].

Hölderlin anela conciliar na tragédia *A Morte de Empédocles* a posição entre o homem grego e o cristão, porquanto comunga com o ideal grego de vida. A civilização helênica fundamenta-se na religião. Para o grego, o divino é convívio permanente: não se trata de ato voluntário da imaginação criadora, mas da sensibilidade particular do grego para a sacralidade das manifestações cósmicas. Os gregos foram singularmente dotados para perceber as súbitas manifestações do divino, as epifanias ou hierofanias.

O grego sente a presença do divino em si e na natureza. Hölderlin exprimiu a mesma vivência na já citada carta ao irmão de quatro de junho de 1799 de Homburg:

> "particularmente a religião [produz tal coisa]: que o homem a quem a natureza se doa como material de sua atividade, e que faz parte dela em sua organização infinita, como uma roda poderosa não se julgue mestre e senhor da mesma e se curve com toda a sua arte e atividade, devoto e modesto, ante o espírito da natureza, que ele traz em si, tem a seu redor, e lhe dá matéria e forças; pois a arte e a atividade dos homens, por mais que esta já tenha feito e possa fazer não conseguirá, no entanto, produzir algo de vivo — a matéria original — que ela transforma e trabalha — não pode criar de si mesma. Pode desenvolver a força criadora, mas a força mesma é eterna e não é trabalho das mãos dos homens."[50]

O teatrólogo alemão sentia-se fascinado pela "polis" grega do século V a.C.: então, o espírito grego resplandecia, pois, no fundo de seus corações, imperava o perfeito acordo entre religião, Estado e indivíduo. O homem vivia na presença do divino, no "dia dos deuses" (Gottestag). Para Hölderlin, Cristo teria sido a última aparição divina, anunciando a "noite" dos deuses mas, deixando, no entanto, a esperança de seu futuro retorno[51]. A humanidade teria, então, mergulhado na "noite dos deuses" (Gottesnacht), num abismo espiritual incapaz de extirpar a raiz de seus males.

---

[49] Ib., carta 195, p. 394.
[50] "besonders die Religion, dass sich der Mensch, dem die Natur zum Stoffe seiner Tätigkeit sich hingibt, den sie, als ein mächtig Triebrad, in ihrer unendlichen Organisation enthält, dass er sich nicht als Meister und Herr derselben dünke und sich in aller seiner Kunst und Tätigkeit bescheiden und fromm vor dem Geiste der Natur beuge, den er in sich trägt, den er um sich hat, und der ihm Stoff und Kräfte gibt; denn die Kunst und Tätigkeit der Menschen, so viel sie schon getan hat und tun kann, kann doch Lebendiges nicht hervorbringen, den Urstoff, den sie umwandelt, bearbeitet, nicht selbst erschaffen, sie kann die schaffende Kraft entwickeln, aber die Kraft selbst ist ewig und nicht der Menschenhände Werk." Ib., v. 6, carta 179, p. 354.
[51] *Pão e Vinho*, oitava estrofe. In: ib., v. 2, p. 98 s.

O poeta tentou dar resposta a esta questão na tragédia, como o fez, ao escrever, em 1800, a elegia *Pão e Vinho* (*Brot und Wein*). Nela anuncia o reinado da ação unificadora do amor, força esta que se poderia identificar com o *pneuma*, o espírito santo universal[52]. Hölderlin escolheu como modelo o protótipo do homem que prenunciaria tal revolução espiritual, o filósofo, poeta, taumaturgo e político grego Empédocles (495-435 a.C.), natural de Ácragas, atual Agrigento. O filósofo grego encarnou todos os atributos que o próprio dramaturgo alemão anelava possuir: foi homem de ação, porquanto livrou sua terra várias vezes de sucumbir ao jugo do despotismo em prol da democracia. Como médico, pôde dedicar-se à melhoria do povo, tendo sido famoso pelas curas milagrosas. A figura de Empédocles atraía a admiração e o respeito dos agrigentinos; julgavam-no um semideus. Ele próprio exigia a veneração dos discípulos como deidade. Expõe na obra *Purificações* (*Katharmoi*; Καθαρμοὶ):

"Eu, porém, caminho entre vós qual Deus imortal, e não mais como mortal, por todos honrado como me convém, coroado de guirlandas floridas."[53]

Hölderlin, outrossim, exteriorizou em cartas sua viva participação nos acontecimentos que convulsionavam a época. De Frankfurt, dirigiu-se a Johann Gottfried Ebel, a dez de janeiro de 1797:

"No que concerne ao universal, tenho Um consolo, ou seja, que toda efervescência e dissolução devem necessariamente conduzir à destruição ou a uma nova organização. Mas não há aniquilamento, assim a juventude do mundo deve retornar de nossa decomposição. Com certeza, pode-se dizer que o mundo nunca pareceu tão colorido como agora. É uma imensa multiplicidade de contradições e contrastes: velho e novo! cultura e rudeza! malícia e paixão! egoísmo em pele de carneiro, egoísmo em pele de lobo! superstição e descrença! servidão e despotismo! inteligência irracional, razão tola! sentimento insípido, espírito insensível! história, experiência, tradição sem filosofia, filosofia sem experiência! energia sem princípios, princípios sem energia! rigor sem caridade, caridade sem rigor! obsequiosidade hipócrita, insolência desavergonhada! jovens precoces, homens pueris! — Poder-se-ia continuar a litania desde o nascer do sol até a meia-noite e mal se teria enumerado uma milésima parte do caos humano. Mas tem de ser assim! Esta característica da parte mais conhecida do gênero humano é, sem dúvida, prenúncio

---

[52] *Pneuma*, palavra grega que significa vento, espírito, sopro vivificante, corresponde ao *Ruach* hebraico. Apud: JUNG, Carl Gustav. *El Yo y el Inconsciente*. 5. ed. Barcelona, Miracle, 1972, p. 62.
[53] BORNHEIM, Gerd (ed.). *Os Filósofos Pré-socráticos*. São Paulo, Cultrix, 1967, p. 79. A partir de agora: BORNHEIM. *Os Filósofos Pré-socráticos*.

de fatos excepcionais. Creio numa futura revolução de modos de pensar e de imaginar que fará tudo [o que foi] até aqui [realizado] enrubescer de vergonha."[54]

Ao irmão, afirmou em longa carta de janeiro de 1799:

"se o reino das trevas tentar irromper com violência, atiraremos a pena embaixo da mesa e dirigir-nos-emos, em nome de Deus, para onde a necessidade for mais premente, lá onde formos mais necessários."[55]

Apesar das manifestações hölderlinianas em cartas a amigos de uma possível participação ativa nos envolvimentos políticos da época, consagrou sua ação à poesia, nesta encontrando possibilidade de atuação. Revelou à mãe a vinte e nove de janeiro de 1800, de Homburg:

"no que concerne a motivos e pontos de vista mais elevados, acredito poder afirmar em sã consciência que em minha ocupação atual, sirvo aos homens pelo menos tanto como se estivesse no exercício piedoso de um sacerdócio, ainda que possa dar a impressão contrária."[56]

Emprestou toda a pujança de emoções que gostaria de suscitar nos concidadãos à personagem Empédocles. Para Hölderlin, o filósofo grego concentrava a característica essencial que permite transmitir à humanidade uma grande mensagem renovadora e vivificante: era poeta, o escolhido pelas musas, tal como o fora na Hélade, para entregar aos homens o raio divino, a

---

[54] "Und was das Allgemeine betrifft, so hab ich Einen Trost, dass nämlich jede Gärung und Auflösung entweder zur Vernichtung oder zu neuer Organisation notwendig führen muss. Aber Vernichtung gibts nicht, also muss die Jugend der Welt aus unserer Verwesung wiederkehren. Man kann wohl mit Gewissheit sagen, dass die Welt noch nie so bunt aussah wie jetzt. Sie ist eine ungeheure Mannigfaltigkeit von Widersprüchen und Kontrasten. Altes und Neues! Kultur und Roheit! Bosheit und Leidenschaft! Egoismus im Schafpelz, Egoismus in der Wolfshaut! Aberglauben und Unglauben! Knechtschaft und Despotism! unvernünftige Klugheit, unkluge Vernunft! geistlose Empfindung, empfindungsloser Geist! Geschichte, Erfahrung, Herkommen ohne Philosophie, Philosophie ohne Erfahrung! Energie ohne Grundsätze, Grundsätze ohne Energie! Strenge ohne Menschlichkeit, Menschlichkeit ohne Strenge! heuchlerische Gefälligkeit, schamlose Unverschämtheit! altkluge Jungen, läppische Männer! — Man könnte die Litanei von Sonnenaufgang bis um Mitternacht fortsetzen und hätte kaum ein Tausendteil des menschlichen Chaos genannt. Aber so soll es sein! Dieser Charakter des bekannteren Teils des Menschengeschlechts ist gewiss ein Vorbote ausserordentlicher Dinge. Ich glaube an eine künftige Revolution der Gesinnungen und Vorstellungsarten, die alles Bisherige schamrot machen wird." Kl StA, v. 6, carta 132, p. 246 s.
[55] "wenn das Reich der Finsternis mit Gewalt einbrechen will, so werfen wir die Feder unter den Tisch und gehen in Gottes Namen dahin, wo die Not am grössten ist, und wir am nötigsten sind." Ib., carta 172, p. 331.
[56] "was höhere Gründe und Gesichtspunkte betrifft, so glaube ich mit gutem Gewissen behaupten zu dürfen, dass ich den Menschen mit meinem jetzigen Geschäfte wenigstens ebenso viel diene und fromme als im Predigtamte, wenn auch der Anschein dagegen sein sollte." Ib., carta 204, p. 412.

chama de entusiasmo capaz de alterar essencialmente o espírito de um povo[57]. Como externou na poesia *Assim Como num Dia de Festa... (Wie wenn am Feiertage...)*[58]:

> "Mas vós, ó poetas, deveis permanecer,
> A fronte nua, expostos à tormenta;
> E tomando na mão o relâmpago divino
> Consagrá-lo, dádiva ao povo, envolto em canções."[59]

Hölderlin sentia-se imbuído da missão sagrada de, através do canto, transmitir ao povo a mensagem divina. Tanto o dramaturgo alemão na tragédia *A Morte de Empédocles* quanto o filósofo grego Empédocles, expressaram a força congregadora do amor.

Empédocles acreditava num estado pré-terreno da alma, em concórdia total com o Uno — o *sphairos* (σφαιροζ) (momento de perfeita harmonia). Todavia, por intervenção do ódio — o *neikos* (νεικοζ) (momento oposto ao *sphairos*, de total desarmonia), sempre ansioso por provocar a multiplicidade, a discórdia — a alma era lançada do estado celeste ao sofrimento da terra. Nesta tinha de passar por toda a sorte de provações e por transmigrações sucessivas: por planta, animal, homem. A alguns eleitos era concedida a graça de se elevarem gradualmente e retornarem à união do amor, tornando-se, assim, isentos do sofrimento humano e imperecíveis[60]. Hipérion, o herói do romance hölderliniano, assim se exprime:

> "Às plantas diz: também fui um dia como vós! E às estrelas puras: quero tornar-me como vós num outro mundo!"[61]

Por outro lado, o taumaturgo grego dizia de si mesmo:

---

[57] HEIDEGGER, Martin. *Erläuterungen zu Hölderlins Dichtung*. p. 33-48. No ensaio contido nestas páginas, "Hölderlin und das Wesen der Dichtung" ("Hölderlin e a Essência da Poesia"), Heidegger cita o trecho da carta 173 de Hölderlin à mãe, de janeiro de 1799, quando o poeta nomeia a poesia a "mais inocente de todas as ocupações" (*dies unschuldigste aller Geschäfte*) (Kl StA, v. 6, p. 335), e analisa um esboço fragmentário do poeta de 1800, onde diz ser "portanto, a linguagem o mais perigoso dos bens dados ao homem," (*darum ist* [sic.] *der Güter Gefährlichstes, die Sprache* [sic.] *dem Menschen gegeben,*) HEIDEGGER, op. cit., p. 35.
[58] Kl StA, v. 2, p. 122-124.
[59] "Doch uns gebührt es, unter Gottes Gewittern, / Ihr Dichter! mit entblösstem Haupte zu stehen, / Des Vaters Strahl, ihn selbst, mit eigner Hand / Zu fassen und dem Volk ins Lied / Gehüllt die himmlische Gabe zu reichen." Ib., p. 124, v. 3-7. Tradução de Dora Ferreira da Silva. In: *Cavalo Azul*, v. 6, p. 79.
[60] Apud: BORNHEIM. *Os Filósofos Pré-socráticos*, p. 81, Fragmento 147.
[61] "Zu den Pflanzen spricht er, ich war auch einmal, wie ihr! und zu den reinen Sternen, ich will werden, wie ihr, in einer andren Welt!" Kl StA, v. 3, p. 47.

"Pois eu já fui moço, e moça, e planta, e pássaro, e um mudo peixe do mar."[62]

O poeta suábio escreveu em uma de suas cartas:

"quando eu for um dia um menino de cabelos brancos, ainda deverão rejuvenescer-me um pouco, dia a dia, a primavera, a manhã e a luz do anoitecer, até que eu sinta o último alento e me liberte e de lá me afaste — rumo à juventude eterna!"[63]

Hölderlin deixa entrever no texto teatral *A Morte de Empédocles* a lei do eterno retorno; faz seu herói recordar-se dos tempos primordiais — chegar à unificação — no desenrolar da peça[64]. Hölderlin identifica-se, outrossim, com o pensamento do taumaturgo grego no tocante à intuição que nutria sobre as idades do mundo. Como se sabe, a *Teogonia* de Hesíodo foi decisiva para a evolução e configuração do pensamento grego e ocidental. O poeta do século VII a.C. relata o reinado de Saturno (Cronos) como o período em que o homem ainda não era subjugado pela cega força do destino, pela Moira, vivendo em paz e harmonia. Zeus, o filho de Cronos, arrebatou-lhe o trono e, desta forma, teve início o império dos deuses olímpicos, regidos pelo destino, instituidores de uma nova ordem do divino. Hölderlin, na poesia *Natureza e Arte ou Saturno e Júpiter* (*Natur und Kunst oder Saturn und Jupiter*), opta pelo deus mais antigo. E na primeira versão da tragédia *A Morte de Empédocles,* retoma o tema da era de Saturno, exaltando-a como a de um período de perfeição e concórdia.

Empédocles atinge o domínio de seu destino e torna-se livre para ingressar no âmbito da natureza divina em eterna renovação. Hölderlin, em identificação com sua personagem Empédocles, escreveu a Neuffer esta passagem:

"nas horas divinas, quando retorno do regaço da natureza sublime, ou do bosque de plátanos junto ao Ilissus quando, estendido entre os alunos de Platão, sigo o voo do Sublime que percorre as sombrias distâncias do mundo originário ou, em vertigem, acompanho as profundezas do profundo, aos mais recônditos confins da terra dos

---

[62] BORNHEIM. *Os Filósofos Pré-socráticos*, p. 79. Fragmento 117. Atualizou-se a acentuação do texto do livro.
[63] "und wenn ich einmal ein Knabe mit grauen Haaren bin, so soll der Frühling und der Morgen und das Abendlicht mich Tag für Tag ein wenig noch verjüngen, bis ich das Letzte fühle und mich ins Freie setze und von da aus weggehe — zur ewigen Jugend!" Kl StA, v. 6, carta 188, p. 380 s.
[64] O filósofo grego concebia a rememoração gradual através das transmigrações, até que o homem conseguisse ligar os fragmentos de sua história, obtendo a unificação. Há nesta diferença uma divergência entre o pensamento de Hölderlin e o do filósofo grego.

espíritos, onde a alma do mundo envia sua vida às mil pulsações da natureza, para onde as forças dispersas retornam, após seu ciclo incomensurável."[65]

A morte misteriosa do filósofo grego que se dirigiu ao Peloponeso e não mais regressou a Agrigento serviu de fonte inspiradora para a peça teatral. Porém, ao dar forma a esta obra, Hölderlin não se ateve à filosofia de Empédocles. Conduz a ação do drama a uma apoteose da festa nos bosques sagrados, estando implícito na celebração desta o culto através do cântico. A morte de Empédocles significava sua ressurreição na unificação da natureza. Esta era para Hölderlin a unidade de tudo o que vive, homens, deuses e animais, em consonância com o pensamento grego pré-socrático. Exprimiu esta visão do universo, através de toda a sua obra. Hölderlin escolheu metaforicamente Agrigento para figurar os eventos políticos e sociais de fins do século XVIII: descreve os agrigentinos desorientados e afastados do divino, enquanto Empédocles na pré-ação do drama, em comunhão com os deuses e a natureza, apaziguava-os. Advindo a cisão na alma do taumaturgo, este é afligido por provação extrema. Só após o despertar espiritual de Empédocles, ele fala das origens do ser ao povo, invadindo-o de harmonia interior. Vaticina a festa na natureza, onde, através do culto, todos os espíritos alçar-se-ão em uníssono, como nos tempos remotos.

O fervor hölderliniano pela Revolução Francesa no ideal de congraçamento dos povos e, numa equiparação de planos, de toda a humanidade, patenteia-se na personalidade do Empédocles grego, no mito de Empédocles.

O filósofo grego pugnava, de forma ativa, pela democratização da "polis".

O poeta alemão, por sua vez, lutava através da poesia, idealizando a volta ao espírito da "polis" congregadora, através do cântico. O herói hölderliniano torna-se renovador do culto, no sentido de novo sopro de vida expresso na canção e difuso no rito.

---

[65] "in den Götterstunden, wo ich aus dem Schosse der beseligenden Natur, oder aus dem Platanenhaine am Ilissus zurückkehre, wo ich unter Schülern Platons hingelagert, dem Fluge des Herrlichen nachsah, wie er die dunkeln Fernen der Urwelt durchstreift, oder schwindelnd ihm folgte in die Tiefe der Tiefen, in die entlegensten Enden des Geisterlands, wo die Seele der Welt ihr Leben versendet in die tausend Pulse der Natur, wohin die ausgeströmten Kräfte zurückkehren nach ihrem unermesslichen Kreislauf," Ib., v. 6, carta 60, p. 94.

Unidade de pensamento hölderliniano
O elemento água nos escritos teóricos e nas cartas

No longo período de solidão e devotamento à filosofia grega, em Homburg vor der Höhe, Hölderlin planejava representar, na revista literária que idealizara, a vida de Tales de Mileto (624 a.C.-547 a.C.), cuja doutrina ressalta que "a água é o elemento primordial de todas as coisas, e que a terra flutua sobre a água"[66]. Também em Homburg, porém pouco antes, o poeta salientara sua adesão ao caráter natural e simples da natureza, da água, origem de todas as coisas[67], assim como ao caráter afeito a este elemento, em poesia, no ensaio *Sobre os Diferentes Modos de Poetar (Über die verschiednen Arten, zu dichten)*:

> "Chamamos o caráter descrito, preferencialmente, de natural, e, rendendo-lhe homenagem, temos tanta razão quanto um dos sete sábios diz em sua linguagem e com suas imagens, que tudo — nasce da água. Pois, no mundo moral, a natureza, como de fato parece, parte sempre, em seu progredir, de relações e modos de vida mais simples, e com razão deve-se chamar aqueles caracteres de originais e os mais naturais"[68]

No romance Hipérion, o autor harmoniza-se com o conceito dos pré-socráticos, ao afirmar, de forma explícita, a unicidade diversificante de todos os seres:

> "A grande palavra, a εν διαφερον εαυτω (o Uno diverso em si mesmo) de Heráclito, só podia ser descoberta por um grego, pois é a essência da beleza."[69]

---

[66] BORNHEIM. *Os Filósofos Pré-socráticos*, p. 22.
[67] Também Nietzsche, mais tarde, filiou-se a este pensamento, quando no ensaio *A Filosofia na Época Trágica dos Gregos*, questiona esta posição, confirmando-a em seguida: "a *água* é a origem e a matriz de *todas* as coisas. Será mesmo necessário deter-nos nela e levá-la a sério? Sim, (...) porque nela, embora apenas em estado de crisálida, está contido o pensamento: 'Tudo é um'." CIVITA, Victor (ed.) *Os Pré-socráticos*. v. 1. São Paulo, Abril, 1973, p. 16.
[68] "Wir nennen den beschriebenen Charakter vorzugsweise natürlich, und haben mit dieser Huldigung wenigstens so sehr recht, als einer der sieben Weisen, welcher in seiner Sprache und Vorstellungsweise behauptete, alles sei — aus Wasser entstanden. Denn wenn in der sittlichen Welt die Natur, wie es wirklich scheint, in ihrem Fortschritt immer von den einfachsten Verhältnissen und Lebensarten ausgeht, so sind jene schlichten Charaktere nicht ohne Grund die ursprünglichen, die natürlichsten zu nennen." Kl StA, v. 4, p. 238.
[69] "Das grosse Wort, das εν διαφερον εαυτω (das Eine in sich selber unterschiedne) des Heraklit, das konnte nur ein Grieche finden, denn es ist das Wesen der Schönheit," Ib., v. 3, p. 85.

O escritor suábio evoca, assim, a teoria da motricidade de Heráclito[70]. Ademais, vagueia pelo conceito de tempo, visualizando a torrente da montanha e a nascente, ao declarar no fragmento *Palingênese*, isto é, eterno retorno, o seguinte:

> "Mas também mora um Deus no homem de modo que ele vê passado e futuro e passeia pelos tempos como da torrente à montanha acima à fonte"[71]

Neste trecho fragmentário, Hölderlin adere, de forma incontestável, à crença nos vários ciclos de vida, passando por sucessivas purificações.

Em Homburg vor der Höhe, no dia doze de novembro de 1798, na primeira carta a Neuffer, após a saída abrupta de Frankfurt, narra ao ex-colega sua ocupação desde a chegada à cidadezinha, ou seja, o trabalho no drama. Reflete sobre o artista, a produção literária, a importância da poesia em sua vida e revela o anseio por reproduzir o vivente na criação artística:

> "Mas eu não posso renunciar a meu primeiro amor, às esperanças de minha juventude; prefiro perecer sem proveito a separar-me da pátria suave das musas, (...) eu temo por demais o vulgar e o ordinário na vida real. (...) Por ser mais passível de ser aniquilado que muitos outros, procuro tanto mais tirar proveito das coisas que atuam em mim de forma destrutiva; tenho de aceitá-las não em si, mas pelo que possam ser úteis à minha vida mais verdadeira. Onde as encontro, tenho de aceitá-las de antemão, como material imprescindível, sem o qual meu ser mais íntimo nunca poderá representar-se inteiramente. Tenho de absorvê-las em mim para, no momento oportuno (como artista, se quero ser e tenho de ser artista, um dia), compô-las como sombra a minha luz, para reproduzi-las como tons subordinados sob os quais o vigor de minha alma pode jorrar com tanto mais vida. *O puro só pode ser representado no impuro* e, se tentares admitir o nobre sem o vulgar, resultará o mais afetado de tudo, o mais absurdo"[72]

---

[70] Consta, no fragmento n° 12 do filósofo grego: "Para os que entram nos mesmos rios, correm outras e novas águas." BORNHEIM. *Os Filósofos Pré-socráticos*, p. 36. Heráclito exprime ainda, a eterna fluidez de tudo, no fragmento n° 91: "Não se pode entrar duas vezes no mesmo rio. Dispersa-se e reúne-se; avança e se retira." (Ib., p. 41.), e no n° 49a: "Descemos e não descemos nos mesmos rios; somos e não somos." (Ib., p. 39.).

[71] "Aber es wohnet auch ein Gott in dem Menschen, dass er Vergangenes und Zukünftiges sieht und wie vom Strom ins Gebirg hinauf an die Quelle lustwandelt durch Zeiten" Kl StA, v. 2, p. 319.

[72] "Aber ich kann von meiner ersten Liebe, von den Hoffnungen meiner Jugend nicht lassen, und ich will lieber verdienstlos untergehen als mich trennen von der süssen Heimat der Musen, (...) ich scheue das Gemeine und Gewöhnliche im wirklichen Leben zu sehr. (...) Weil ich zerstörbarer bin als mancher andre, so muss ich um so mehr den Dingen, die auf mich zerstörend wirken, einen Vorteil abzugewinnen suchen, ich muss sie nicht an sich, ich muss sie nur insofern nehmen, als sie meinem wahrsten Leben dienlich sind. Ich muss sie, wo ich sie finde, schon zum voraus als unentbehrlichen Stoff nehmen, ohne den mein Innigstes sich niemals völlig darstellen wird. Ich muss sie in mich aufnehmen, um sie gelegenheitlich (als Künstler, wenn ich einmal Künstler sein will und sein soll) als Schatten zu meinem Lichte aufzustellen, um sie als untergeordnete Töne wiederzugeben, unter denen der Ton meiner Seele um so lebendiger hervorspringt. *Das Reine kann sich nur darstellen im Unreinen*, und versuchst Du, das Edle zu geben ohne Gemeines, so wird es als das Allerunnatürlichste, Ungereimteste dastehn" Ib., v. 6, p. 311 ss. Grifo da A.

Só embebendo-se de toda a gama de sensações, o poeta consegue transpô-las em plenitude e naturalidade para a obra de arte e, destarte, atingir o cerne dos seres.

No texto *Reflexão (Reflexion)*, proclama:

> "A partir da alegria, tens de entender o puro em geral, os seres humanos e os outros seres, captar 'tudo o de essencial e significativo' dos mesmos e reconhecer todas as circunstâncias uma após as outras,"[73]

Assim, Hölderlin preocupa-se com a compreensão, expressão do puro e a obtenção e o restabelecimento do estado de pureza, atributo fundamental da água. Concebe tanto o puro como o impuro como vertentes variadas convergindo para o caudal da natureza humana em si. Externa este pensamento na carta n. 179, de quatro de junho de 1799, enviada ao irmão:

> "Mas há muito estamos de acordo que todas as torrentes que se perdem da atividade humana correm para o oceano da natureza, assim como dela partem."[74]

Assim, tudo e todos, desempenham um papel no universo, e, afinal, tudo conflui para a natureza, bem como se origina dela.

Toda essa torrente do pensamento hölderliniano brota, por outro lado, de Platão (428 a.C.-348 a.C.). O poeta alemão nutria o desejo de representar a vida deste filósofo, de forma simples. Refere-se, seja a ele como a sua obra, repetidas vezes nas cartas, como na de n. 60[75], quando se declara discípulo do filósofo grego. Exprime-se, nesta última missiva, de maneira análoga à acima mencionada, de n. 179, ou seja, fala da alma do mundo aonde as forças torrenciais afluem, após ciclos desmedidos. Hölderlin filia-se, assim, aos pensamentos contidos nos diálogos de Platão. Como se sabe, este filósofo enuncia no *Fédon*[76] o ensinamento sobre a imortalidade da alma, descreve a morte como libertação do pensamento, purificação das almas[77]. E ainda, relata

---

[73] "Aus Freude musst du das Reine überhaupt, die Menschen und andern Wesen verstehen, 'alles Wesentliche und Bezeichnende' derselben auffassen, und alle Verhältnisse nacheinander erkennen," Ib., v. 4, p. 245.
[74] "Aber wir sind schon lange darin einig, dass alle die irrenden Ströme der menschlichen Tätigkeit in den Ozean der Natur laufen, so wie sie von ihm ausgehen." Ib., v. 6, p. 353.
[75] Ib., p. 94.
[76] PLATÃO. *Fédon*, pp. 61-132.
[77] "Talvez, muito ao contrário, a verdade nada mais seja do que uma certa purificação de todas essas paixões e seja a temperança, a justiça, a coragem; e o próprio pensamento outra coisa não seja do que um meio de purificação. (...) Todo aquele que atinja o Hades como profano e sem ter sido iniciado terá como lugar de destinação o Lodaçal, enquanto aquele que houver sido purificado e iniciado morará, uma vez lá chegado, com os Deuses." Ib., p. 77.
[78] "Lá [no lago Aquerúsia, aonde o Aqueronte se precipita], então, passam a morar e a submeter-se a

o mito do destino das mesmas. Nele, discrimina, de maneira circunscrita, os quatro mais importantes rios do Tártaro[78]. Também Platão explicita, no mesmo diálogo[79], a unidade de tudo o que vive. O escritor suábio, filho espiritual do filósofo, denomina-o "sagrado Platão"[80], no Hipérion; pouco antes, no mesmo romance, afirma:

> "Todos nós percorremos uma via excêntrica, e, não há outro caminho possível da infância à perfeição.
> A bem-aventurada unidade, o Ser, no sentido único da palavra, está perdido para nós, e tivemos de perdê-lo (...)
> A meta de toda a nossa aspiração é terminar aquele conflito eterno entre nosso Si-mesmo e o mundo, restabelecer a paz de toda a paz, maior que toda a razão, unir-nos com a natureza em Um todo infinito, queiramos entender isto ou não."[81]

Assim, nos textos em prosa, ou seja, no romance, nos ensaios, fragmentos, nas cartas, e, de forma inconteste, no drama, Hölderlin expressa a unicidade de tudo o que vive, da natureza humana e no mundo em derredor, através de imagens do elemento água.

O ELEMENTO ÁGUA NO TEXTO TEATRAL: PRIMEIRA VERSÃO

A água acompanha a ação do drama, como fio condutor do pensamento do poeta. Manifesta-se, desde eventos anteriores à abertura da peça, sob as mais diversas formas, seja em contexto positivo, no âmbito individual: o influxo do demiurgo sobre o cosmo e através da poção, quando cura Panteia, como na esfera coletiva, ao guiar a massa desorientada; seja em visão negativa, com imagens de transbordamento das águas e inebriamento do povo.

---

purificações, quer remindo-se pelas penas que sofrem das ações de que se tornaram culpados, quer obtido pelas boas ações que praticaram recompensas proporcionadas aos méritos de cada um (...) Aqueles, enfim, cuja vida foi reconhecida como de grande piedade, são libertados, como de cárceres, dessas regiões interiores da terra, e levados para as alturas da morada pura, indo morar na superfície da verdadeira terra!" Ib., p. 127 s.

[79] Ib., p. 79.
[80] "heiliger Plato" Kl StA, v. 3, p. 250.
[81] "Wir durchlaufen alle eine exzentrische Bahn, und es ist kein anderer Weg möglich von der Kindheit zur Vollendung. / Die selige Einigkeit, das Sein, im einzigen Sinn des Worts, ist für uns verloren und wir mussten es verlieren, (...) / Jenen ewigen Widerstreit zwischen unserem Selbst und der Welt zu endigen, den Frieden alles Friedens, der höher ist, denn alle Vernunft, den wiederzubringen, uns mit der Natur zu vereinigen zu Einem unendlichen Ganzen, das ist das Ziel all unseres Strebens, wir mögen uns darüber verstehen oder nicht." Ib., p. 249.
[82] Metanóia: "Transformação intelectual, mudança, conversão. Arrependimento ou penitência no sentido

Hölderlin concebe a vida da natureza e a do taumaturgo convergentes, uma só torrente de vida, originária do profundo, quando em harmonia com os deuses, pensamento este consoante com os escritos dos pré-socráticos, como exposto nos capítulos anteriores. Desfeita a concórdia em Empédocles, o poeta estanca, nos versos do primeiro solilóquio do protagonista, de golpe, esta exuberância de vida. Inicia-se, com o abandono dos deuses, a via-crúcis do filósofo como ser sem vida, tendo sido arremessado ao Tártaro a fim de submeter-se a purificações nos rios do inferno. A maldição de Hermócrates exclui a concessão de água ao peregrinante e este galga a montanha, como mendigo.

Porém, as nuvens formam o abrigo de Empédocles na natureza. Surge, com estas imagens, a primeira esperança de sobrevida, como tênue fio de vida a renascer. Mas, em seguida, Pantéia imagina a luta do herói nas rochas escarpadas; e a segunda cena do segundo ato assinala o momento de maior aridez espiritual para o peregrino. Transparece, nesta passagem, o deserto da natureza em si e o da alma. Escorre o sangue do taumaturgo vertido por causa do caminho íngreme; a corrente de vida quase se esvai. Na cena seguinte, ocorre a metanoia[82] do protagonista junto à nascente. Esta, prodigalizando-se no alto da montanha, denota o estado oposto ao da sequidão, o momento da purificação do filósofo.

A pureza também promana das nuvens, umedecendo as árvores e a eterna fluência da água em sua simplicidade e humildade pervaga toda a natureza. Macro e microcosmo alternam-se:

"/.../ Para dentro,
Para dentro de mim, vós, Fontes da Vida, outrora
Confluíeis das profundezas do mundo — e eles vinham,
Os sedentos, a mim /.../" (15, 12-15)[83]

A nascente mana das profundezas do universo, assim como o sangue permeia, em todos os recessos, o corpo humano[84]. Com o retorno dos deuses à alma da

---

mais forte, até a raiz de todas as faculdades do espírito humano (mentais, afetivas, volitivas), a fim de reencontrar a integridade da natureza." EVDOKIMOV, Paul. *A Mulher e a Salvação do Mundo*. São Paulo, Paulinas, 1986, p. 324.

[83] "/.../ in mir, / In mir, ihr Quellen des Lebens, strömtet ihr einst / Aus Tiefen der Welt zusammen und es kamen / Die Dürstenden zu mir /.../" (15, 12-15).

[84] No reino da imaginação, tudo o que flui — sangue, leite, lava de montanha — é água. Como assinala Bachelard: "para a fantasia materializante todos os líquidos são água, tudo o que corre é água, a água é o único elemento líquido. A liquidez é precisamente o caráter elementar da água" ("pour la rêverie matérialisante, tous les liquides sont des eaux, tout ce qui coule est de l'eau, l'eau est l'unique élément liquide. La liquidité est précisément le caractère élémentaire de l'eau.") BACHELARD. *L'Eau et les Rêves*. Essai sur l'imagination de la matière. 11. ed. Paris, Corti, 1973, p. 127. A partir de agora: BACHELARD. *L'Eau et les Rêves*.

[85] "A individuação é (...) um *processo de diferenciação* cujo objetivo é o desenvolvimento da personalidade

personagem, Hölderlin restabelece o fluxo de vida na poesia, ou seja, a força impetuosa que brota em exabundância do seio do profundo e harmoniza todo o universo. Desta profusão de vida dimana o conhecimento das origens: ocorre a individuação[85] do herói. O protagonista libera-se da *Moira*, do destino.

Flui do ser unificado a palavra. Esta se torna torrente livre rumo ao oceano, no mais profundo e no infinito. Propaga-se a todos e se espraia no oceano linguístico. Processa-se uma dinâmica no inconsciente mobilizadora de todas as forças do ser, conduzindo à ideia de transformação incessante:

"Perecer? Mas se a
Permanência é igual à torrente presa pelo
Gelo. Criatura insensata! Acaso dorme e se detém
O espírito da vida sagrada — o puro —
Nalguma parte para que o pudesses atar?" (84, 9-13)[86]

A torrente de vida, além de maleável, é livre e pura, como se observa nos dois trechos acima mencionados. A água sutiliza-se ainda mais: pureza absoluta, é insopitável, sem limites. Empédocles, personificação de Hölderlin, é tangido pela dinâmica do arquétipo[87] da água. Esta escoa, como caudal ininterrupto até à prefiguração da cena do filósofo atirando-se no vulcão. Incluso neste ato, há um dinamismo sem cessar.

---

individual. (...) Por individuação entende-se, pois, uma ampliação da esfera da consciência e da vida psicológica consciente." JUNG, Carl Gustav. *Tipos Psicológicos*. 2. ed. Rio de Janeiro, Zahar, 1974, pp. 525 e 527. A partir de agora: JUNG. *Tipos Psicológicos*.

[86] "Vergehn? ist doch / Das Bleiben, gleich dem Strome den der Frost / Gefesselt. Töricht Wesen! schläft und hält / Der heilge Lebensgeist denn irgendwo, / Dass du ihn binden möchtest, du den Reinen?" (84, 9-13).

[87] Segundo Jung, "os arquétipos são elementos estruturais numinosos da psique", constituindo-se o númino na "energia específica própria do arquétipo". (JUNG, Carl Gustav. *Símbolos da Transformação*. Análise dos prelúdios de uma esquizofrenia. 2. ed. Petrópolis, Vozes, 1989, p. 221. A partir de agora: JUNG. *Símbolos da Transformação*.). Esta energia psíquica torna-se dinâmica. Na obra *Das Raízes da Consciência*, Jung descreve o arquétipo: "ele não é tão só imagem em si, mas, ao mesmo tempo, dinâmica". ("er ist eben *nicht nur Bild an sich, sondern zugleich auch Dynamis*". (Ib. *Von den Wurzeln des Bewusstseins*. Studien über den Archetypus. v. 9, Zürich, Rascher, 1954, p. 573 s. A partir de agora: JUNG. *Von den Wurzeln des Bewusstseins*.). Marie-Louise von Franz, discípula de Jung, traça um histórico do conceito de arquétipo: "A noção de energia e sua relação com força e movimento foi também formulada pelos antigos pensadores gregos e desenvolvida pelos partidários do estoicismo. Postulavam a existência de uma espécie de 'tensão' criadora de vida (*tonos*) que seria o fundamento dinâmico de todas as coisas. É evidentemente um germe semimitológico do nosso moderno conceito de energia." FRANZ, Marie-Luise von. "A ciência e o inconsciente." In: *O Homem e seus Símbolos*. 9. ed. Rio de Janeiro, Nova Fronteira, s.d., p. 307.

[88] "Sein Schicksal stellt sich in ihm dar, als in einer augenblicklichen Vereinigung, die aber sich auflösen

Da dissolução do ser humano — microcosmo —, no fogo — macrocosmo —, sobrevém a liberdade absoluta no terceiro elemento, mais elevado, puro e universal, no éter. Os filósofos pré-socráticos consideram-no o elemento conciliador. Visualizam-no como quinto elemento, além dos quatro elementos, ou seja, ar, terra, água e fogo, o *Ruach* hebraico, espírito. Hölderlin filia-se a este pensamento. Postula no ensaio *Fundamento do Empédocles* (*Grund zum Empedokles*):

> "Seu destino representa-se nele [Empédocles] como numa conciliação momentânea que, porém, deve dissolver-se para tornar-se mais (...) assim também, aqui, o subjetivo e o objetivo trocam sua forma e tornam-se Unidade em um."[88]

Hölderlin desencadeia com os atributos de pureza e dinamicidade, primeiro da água, a nível individual, então do fogo, na esfera cósmica e, afinal, do éter, na dimensão do todo, revolução mais profunda e universal que a sublevação por meio das armas, porquanto *instrumentaliza* uma linguagem arquetípica. Movimenta camadas imas da alma do leitor, conseguindo por meio desta linguagem primordial alterar os fundamentos do ser, tornando o homem livre.

Água e as personagens: Ter e Ser

A desmedida, ou seja, *hybris*[89] do taumaturgo levou-o a esquecer a condição de mortal, conduzindo-o ao "deserto ilimitado" (*grenzenloser Öde*), à fase de ausência da água. Antevê a nascente; esta lhe restitui a harmonia com o mundo exterior e os deuses. Sobrevém, no tocante a Empédocles, um processo de purificação, induzindo-o à completitude do ser. Após a individuação do herói, ele se nomeia "nuvem da aurora" (*Morgenwolke*), sendo portador da transformação e da iluminação fecundante. O personagem-título seria o mensageiro dos deuses, espargindo aos agrigentinos, com a alocução a estes, a paz da qual eram tão sedentos. Opera-se, com esta imagem do protagonista como nuvem, um movimento dos céus para a terra, para o âmbito humano.

---

muss, um mehr zu werden. (...) so auch hierin das Subjektive und Objektive ihre Gestalt verwechseln, und Eines werden in einem." Kl StA, v. 4, p. 162 e 169.

[89] "HYBRIS(...) Com este termo, intraduzível para as línguas modernas, os gregos entenderam uma qualquer violação da *norma da medida*, isto é, dos limites que o homem deve encontrar em suas relações com os outros homens, com a divindade e com a ordem das coisas." ABBAGNANO, Nicola. *Dicionário de Filosofia*. Tradução coord. e rev. por Alfredo Bosi. 2. ed., Mestre Jou, São Paulo, 1982, p. 495. A partir de agora: ABBAGNANO. *Dicionário de Filosofia*.

Panteia e Pausânias — personagens afins ao filósofo — representam, como este, o Ser, na tragédia. Panteia vê-se como pálido reflexo de Empédocles, "nuvenzinha da alvorada" (*Morgenwölkchen*). A heroína, amante do puro, padecia entre os bárbaros e adoecera. O taumaturgo, por meio de uma "poção" (*Heiltrank*), solvera a enfermidade no corpo da jovem. O herói, mesmo atingido pelo anátema, suplica a Crítias para levar a filha à Hélade, onde o espírito terno de Panteia poderá florescer alegre e se tornar portador de concórdia, em meio aos semelhantes a ela. O filósofo empenha-se em libertá-lo do mundo de solidão, em Agrigento, consciente do valor superior de um único ser voltado ao belo, à essência, ao naufrágio de uma cidade inteira de indivíduos perdidos em aparências, no Ter. Empédocles compara Pausânias à nascente de onde provém o mais sábio e conclama o povo a seguir os conselhos do discípulo. O caráter deste é simples, direto e puro.

Já Hermócrates contrapõe-se a Empédocles, Pausânias e Pantéia, os três de caráter puro, natural. Hermócrates, sacerdote, e Crítias, arconte (no primeiro ato), figuram, outrossim, o Ter, o poder. O sacerdote, lacerado pela inveja, pelo temor de ser suplantado pelo filósofo, incita, com dissimulação, Crítias e o povo, à dissensão. Hölderlin revela este tormento na alma de Hermócrates pela imagem do pântano: traiçoeiro, impuro, promete um caminho que se revela enganoso e destruidor. Viscoso, escorregadio, o pântano é o elemento de junção entre terra e inferno. O sacerdote, antípoda de Empédocles[90], macula a veste sacerdotal, fazendo jus à crítica acerba de Hipérion aos alemães na penúltima carta deste ao amigo Belarmino, no romance *Hipérion*:

> "Ah, vós o que sabeis é matar e não dar vida! [...] Porque é que ninguém diz a esses ímpios que entre eles tudo é assim tão imperfeito porque eles corrompem tudo o que é puro, conspurcam tudo o que é sagrado com as suas desajeitadas mãos; que entre eles nada medra porque eles ignoram a raiz donde tudo nasce, a natureza divina, que entre eles a vida é realmente insípida, pesada e saturada de uma discórdia cortante e surda,"[91]

Este trecho corresponde ao teor da correspondência de Hölderlin a Neuffer, de doze de novembro de 1798, transcrita antes:

> "O puro só pode ser representado no impuro"[92]

---

[90] Até o nome Empédocles significa solidez. Apud: BINDER, Wolfgang. *Hölderlin-Aufsätze*. Frankfurt/M., Insel, 1970, p. 234. A imagem do filósofo é a do carvalho (*die Eiche*) (17, 16), elemento de ligação entre céu e terra, símbolo de firmeza, consistência, majestade.

[91] HÖLDERLIN, Friedrich. "Assim me Encontrei entre os Alemães..." In: *Literatura Alemã. Textos e Contextos (1700-1900)*. v. I: O século XVIII. Lisboa, Presença, 1989, p. 203 s. A partir de agora: HÖLDERLIN. "Assim me Encontrei entre os Alemães..." In: *Literatura Alemã*.

[92] "Das Reine kann sich nur darstellen im Unreinen" Kl StA, v. 6, carta 167, p. 313.

Apenas Hermócrates, por encarnar o mal absoluto, movimenta-se para baixo, rumo ao Tártaro, ou seja, ao lugar mais profundo do inferno.

Crítias, no primeiro ato, deixa-se seduzir pelas palavras insidiosas do sacerdote, receando o soçobro das estruturas sociais ante o impacto da ação de Empédocles junto aos agrigentinos. Aos olhos de Crítias de então, o protagonista teria armado uma tempestade, grande agitação aos donos do poder político e eclesiástico, ou seja, a ele e a Hermócrates. Porém, aos poucos (primeiro ato, 6ª cena), a pureza de Empédocles convence-o. Também a intercessão pura de Délia e Panteia a favor do filósofo ajuda a induzir o arconte rumo ao Ser. No segundo ato, Crítias desprende-se do Ter: contempla o ser diáfano do taumaturgo e implora-lhe perdão.

O povo move-se como torrente, ora convulsionado pelas forças desagregadoras, ora guiado pela força da harmonia. Opera-se um dinamismo por vezes transbordante, revolto, outras aplacador. Apenas por instantes, a ação benfazeja do herói servia de bálsamo aos agrigentinos, mas não chegava a atingir o âmago de suas almas. Logo o íntimo deles conturbava-se, de novo, e deixavam-se fascinar pelas artimanhas do sacerdote. Só com a mensagem de Empédocles, os agrigentinos tocados pela força originária da palavra, transformam-se no fundo do ser e passam, de "inebriados" (*trunken*) no primeiro ato a "crianças" (*Kinder*), isto é, puros, livres.

No camponês, protótipo de indivíduo seco, fenece o sentimento e impera a rudeza, pois seu egoísmo resseca a corrente de vida. É a única personagem estática que aparece por única vez no meio da tragédia e demarca o momento de maior crueza da peça. Natureza inóspita, seja a exterior como a interior, simboliza o indivíduo fechado em si mesmo, ao contato humano; não pertence, assim, a grupo social algum. Marca o contrário do sentimento de comunidade que institui a *polis*.

Délia não evolui na peça, mas por outro motivo. Como o campônio, ela escapa ao sistema de vida de Agrigento, mas, trata-se, neste caso, de personagem completa, harmônica. Délia encarna o espírito ateniense de congraçamento e confraternização; constitui-se, portanto, em personagem antípoda, em todos os sentidos, ao camponês. No ângulo histórico, floresceu em Atenas, como se sabe, o espírito de comedimento. A ateniense pondera sobre a moderação e argumenta, adiante, em prol do equilíbrio. Por outro lado, Délia também representa o estado oposto ao de Empédocles quando este incorre na *hybris* e ao espírito "inebriado" (*trunken*) dos agrigentinos, no primeiro ato da obra[93].

---

[93] A afirmação de Mircea Eliade, no livro *Mito e Realidade*, aplica-se ao povo de Agrigento, enquanto extasiado: "A ignorância e o sono são igualmente expressos em termos de 'embriaguez'." ELIADE, Mircea. *Mito e Realidade*. São Paulo, Perspectiva, 1963, p. 115. A partir de agora: ELIADE. *Mito e Realidade*. Atualizou-se a acentuação do texto do livro.

Na cidadã ateniense, reina a sobriedade, qualidade sublime para os gregos, e, para o dramaturgo alemão. Na Hélade, a alma pura nutre-se no belo e, como se exprime o escritor no romance *Hipérion*:

> "Oh, Belarmino! Quando um povo ama a beleza, quando sabe honrar o génio [sic.] dos seus artistas, anima-o, como sopro vital, um espírito envolvente, alargam-se-lhe as ideias [sic.], desaparece a presunção, e todos os corações se tornam piedosos e grandes e o entusiasmo faz nascer heróis. Um povo assim é a pátria de todos os homens e o forasteiro sente-se bem no meio dele."[94]

E, na mesma obra, proclama:

> "Pois a necessária disposição para a liberdade também resulta da beleza de espírito dos atenienses."[95]

Para Hölderlin, Atenas simbolizava o esplendor e a presença dos deuses no espírito de todos, onde os habitantes agiam livremente[96], havendo alcançado a liberdade interior. Tendo o homem adquirido o estado de equilíbrio, vive na região do belo e suas ações são pautadas pelo sentimento de profunda liberdade.

ÁGUA E ESPAÇO
ESPAÇO EXTERIOR. OS CENÁRIOS NA PEÇA: MICRO E MACROCOSMO

A tragédia propõe uma topologia simbólica, arquetípica, cujos marcos principais manifestam-se em correlação com o elemento água e, no alto da

---

[94] HÖLDERLIN. "Assim me Encontrei entre os Alemães..." In: *Literatura Alemã*, p. 204.
[95] "Aus der Geistesschönheit der Athener folgte denn auch der nötige Sinn für Freiheit."Kl StA, v. 3, p. 84.
[96] "Correspondendo à 'divindade' da 'criança', os 'atenienses' encontram-se em sua perfeição no estado de liberdade e, ao mesmo tempo, num relacionamento imediato para com o fundamento unitário do mundo, para com a natureza divina, não destruído por determinações e separações da consciência. Os homens (...) permanecem (...) no estado da 'unidade bem-aventurada' (STA III, 236) (...) Só o 'ateniense' pode criar uma sociedade livre de dominação em virtude do idealismo de seu desenvolvimento e não necessita de qualquer regulamento normativo do Estado, nem tampouco colocar-se em oposição ao todo."
"Entsprechend der 'Göttlichkeit' des 'Kindes' befinden die 'Athener' sich in ihrer Vollkommenheit im Zustand der Freiheit und zugleich in einer nicht durch Bestimmungen und Trennungen des Bewusstseins zerstörten, sondern unmittelbaren Beziehung zum Einheitsgrund der Welt, zur 'göttlichen Natur'. Die Menschen (...) verbleiben (...) im Zustand der 'seeligen Einigkeit' (STA III, 236) (...) Nur der 'Athener' kann aufgrund der Idealität seiner Entwicklung eine herrschaftsfreie Gesellschaft schaffen und bedarf keiner staatlich-normativen Regelung, als er sich nicht in Gegensatz zum Ganzen setzen kann."
PRILL, Meinhard. *Bürgerliche Alltagswelt und pietistisches Denken im Werk Hölderlins*. Zur Kritik des Hölderlin-Bildes von Georg Lukacs [sic.]. Tübingen, Niemeyer, 1983, pp. 127 e 130.

montanha, também com o elemento fogo. São eles: jardim com a nascente, caverna, encosta da montanha e nascente, cratera. Unificado, o protagonista vivia em *participation mystique* com a natureza, dela haurindo forças. Poder-se-á compreender este intercâmbio de energias, no contexto da concepção de micro e macrocosmo. Encontra-se em Paracelso esta interpretação do homem à imagem do cosmo. No ser humano, refletir-se-ia toda a constituição do universo. "O homem microcosmo é uma quintessência do universo-macrocosmo, (...) reúne em si as forças cósmicas, espelhando-as em seu íntimo"[97]. Assim, Empédocles serenava o povo, norteando-lhe o caminho, e se retemperava, de novo, no jardim. Sucumbindo à *hybris*, ou seja, à inflação, cai, por enantiodromia[98], no sentimento oposto: é preso de dor e desalento, dissocia-se, perdendo seus poderes.

A saída de Empédocles do jardim paradisíaco marca a perda da unidade anímica e o início da expiação do herói que o leva a refugiar-se na *grota*, e desta o impele à *encosta* da montanha. Galga o Etna, onde encontra a *fonte*; por fim, avizinha-se da *cratera*. A *caverna*, lugar escuro e profundo, sugere a *segregação* do protagonista a uma espécie de Hades. A montanha opõe-se à grota, na medida em que aponta para uma ação, se se considerar a dificuldade da subida, tanto no sentido físico como na acepção de elevação espiritual. Enquanto a caverna significa involução e ocultação do ser, a montanha indica evolução e mesmo *regeneratio*. A escalada empreendida pelo filósofo é o oposto da permanência tranquila no jardim, onde, em espaço íntimo e conhecido, ele sorvera energia espiritual da nascente; agora, encontra-se de passagem na encosta da montanha, em paisagem inóspita ao ser humano, curvado pelas dificuldades da subida, mortal ferido pelos tormentos da vida. Hölderlin, escreve à mãe, na carta n. 162:

> "E meu Hipérion diz: 'Resta-nos, em tudo, ainda uma alegria: o sofrimento autêntico exalta. Quem adentra o seu infortúnio, eleva-se. E é maravilhoso o fato de que só no sofrimento sentimos verdadeiramente a liberdade da alma'."[99]

O poeta enaltece o sofrimento, pois, através dele, o ser humano purifica-se e ascende a estágio superior, podendo, só então, desfruir de liberdade.

---

[97] "L'uomo microcosmo è una quintessenza dell'universo-macrocosmo (...) riunisce in sè le forze cosmiche, rispecchiandole nel suo interno". PARACELSO, Teofrasto. *Scelti Scritti*. Milano, Bocca, 1943, p. 93.
[98] Enantiodromia é uma expressão de Heráclito e significa "'passar para o lado oposto' (...) Um nítido exemplo de enantiodromia é a psicologia de São Paulo e sua conversão ao cristianismo," Ver: JUNG. *Tipos Psicológicos*, p. 496 s.
[99] "Und mein Hyperion sagt: 'Es bleibt uns überall noch eine Freude. Der echte Schmerz begeistert. Wer auf sein Elend tritt, steht höher. Und das ist herrlich, dass wir erst im Leiden recht der Seele Freiheit fühlen'." Kl StA, v. 6, p. 298.

Empédocles eleva-se da obscuridade da caverna à luz da *montanha*, do mais baixo ao mais alto, do fechado ao amplamente aberto[100].

No alto da montanha, surge a *fonte* de Mnemósine; em suas águas, o herói recuperará a harmonia e se remontará a estágio espiritual superior. Acredita-se que, no alto da montanha, a nascente indique as águas da memória, cuja virtude era a de despertar o espírito, sobretudo para o conhecimento das origens e das genealogias. Ela teria como atributo a onisciência e, segundo Hesíodo (Teogonia, 32, 38), ela sabe 'tudo o que foi, tudo o que é, tudo o que será"[101]. Ao contrário da fonte do Letes cujas águas sombrias mergulhavam o ser humano no sono e no esquecimento, as águas de Mnemósine restituíam a lembrança das vidas passadas, conferindo-lhe a clara visão de seu destino e a coragem de abandonar-se a ele. Prodigiosa transformação transfigura-o.

O peregrino encaminha-se à derradeira morada: integrar-se-á na totalidade sacra da natureza. A vida do protagonista encontra seu fim e cumprimento na cratera do Etna. A *cratera* sugere um centro que a personagem atinge no alto da montanha. A harmonia vivenciada por Empédocles no jardim era circunscrita, tanto assim que necessitava voltar a seu silêncio profundo, enquanto a tranquilidade alcançada no alto do vulcão é ilimitada. No último monólogo, nos versos finais do herói em cena, entretecem-se micro e macrocosmo. A imagem do arco-íris, junção de todas as cores, símbolo da paz após a tormenta, consubstancia-se na alegria do filósofo.

Espaço interior do homem e do cosmo

Para Hölderlin, a natureza capta a essência da existência. O jardim da casa de Empédocles é paisagem real, e, ao mesmo tempo, exteriorização da própria interioridade do taumaturgo, lugar de reflexão sobre si mesmo e a vida.

O jardim desperta a sensação de fecundidade, opulência da vegetação, presença de água farta. Nele, à sombra, jorra uma nascente oculta de energia espiritual. O ser humano, desunindo-se das forças do divino, perde a pujança, a clarividência; o mesmo ocorre com a natureza ao redor: a saída, em definitivo, do herói do jardim assinala a cisão no íntimo do protagonista e a simultânea instauração do clima seco. O filósofo, no primeiro monólogo da peça, procura

---

[100] Encontra-se na oitava elegia de Duino, de Rainer Maria Rilke, a concepção do aberto, *das Offene*, estado que exclui a divisão entre sujeito e objeto. É uma visão superior, quase sobre-humana em que homem e objeto se identificam. Ver: RILKE, Rainer Maria. *Ausgewählte Gedichte*. Frankfurt/M., Suhrkamp, 1966, p. 127.

[101] Apud: ELIADE. *Mito e Realidade*, p. 108.

conjurar o deserto interior, conclamando o espírito das águas: antes, ele mesmo, fora fonte da vida. O deserto "ilimitado" (*grenzenloser*) existe na alma de Empédocles e se expressa no despojamento crescente a que se submete.

O reaparecimento da água, após a expiação, na nascente da montanha é presságio de que o caminho árduo e árido chegou ao fim. O "deserto áspero" (*öde Wildnis*) secara anseios terrenos, assim, a alma do herói está predisposta a receber as revelações: sente ora sede, sobretudo espiritual, anseio de restabelecer a fonte interior. A nascente no alto da montanha, lugar das grandes revelações e de intensa claridade, reunifica e purifica a alma da personagem. A fonte do jardim edênico, morada primeira do taumaturgo, encontrava-se à sombra. A nascente do alto resplandece, não mais às escondidas, mas nítida, "clara, / Fresca e viva" (*Klar und kühlUnd rege /.../*) como agora a alma do filósofo. Este momento é precedido por uma transformação da natureza que, do externo, prepara o advento de uma metamorfose interior.

Tal como a água eternamente se renova e mana à guisa de nascimento contínuo, renasce para a vida o herói hölderliniano marcado na aridez da morte. O canto maduro empedocliano aos agrigentinos denota perfeita simbiose entre as manifestações de sentimento do protagonista e os elementos da natureza: o cântico, ofertado com ramalhetes de amor, metamorfoseia-se em torrente, seguindo o itinerário da natureza, desde a nascente ao oceano. Assim, a canção enternecida e livre de Empédocles, num crescendo, ressoa nas bordas, estremece-as e as transfaz, arrebatando as profundezas, as imagens primordiais da psique humana.

Sobrevém o movimento dos extremos na paisagem interior da personagem: da desventura interior do protagonista, brota-lhe a alegria, assim como o fruto precioso advém do sombrio. Ou, expresso de outra forma: do fundo do inconsciente — elemento material, ctônico —, irrompe o fruto precioso; como na natureza externa, na interna, surge do sofrimento, a individuação da pessoa. Ocorre uma interiorização da natureza. Entrelaçam-se, assim, natureza exterior e interior numa exuberância de imagens que se unem no profundo.

A este aspecto individual das correspondências externas-internas da tragédia, homologa-se um ângulo coletivo. Impera um relacionamento entre o taumaturgo e os agrigentinos, de início positivo, interpretado com malevolência pelos inimigos. Rompido o elo de Empédocles com o divino, o povo perde qualquer direção e erra pelas ruas. A desordem e a loucura estão ligadas à ideia do erradio, enquanto o conceito de peregrinação — roteiro exterior e interior da personagem, desde sua ida à caverna —, indica tensão para uma meta, cujas etapas não são alheias a um anseio de ordenação.

A ida dos agrigentinos ao alto da montanha e o discurso do filósofo transforma-os, de seres erráticos, "inebriados" (*trunken*), em peregrinos: "a nova alma" (*die neue Seele*), ou seja, a paz, viceja agora no ânimo dos cidadãos. Assim como toda a natureza concilia os elementos e suas manifestações entre si, também os homens e as obras destes unir-se-ão em concórdia, igualdade de condições e propósitos.

Numa homologação de planos, poder-se-ia observar como o protagonista, os agrigentinos e a humanidade perderam, no início, o esplendor do espírito, da época da presença dos deuses (*Gottestag*). O começo do drama assinala um período de obscurecimento e sequidão (*Gottesnacht*). O destino do herói simboliza o da humanidade. No final da obra teatral, eles voltam à plenitude da vida: o âmbito da harmonia do jardim com a nascente de energia espiritual do filósofo expande-se ao espaço universal do santuário da floresta, na festa da natureza. Não mais uma fonte com excepcional claridade — Empédocles —, mas, nascentes vindo à luz do penhasco. Poder-se-ia ousar dizer: outros seres individuados cujas vidas, como nascentes, começam a manifestar-se, propagando o espírito de paz universal.

Água e tempo
Tempo psicológico

Segundo a psicologia das profundezas, a psique rege-se por dois princípios: pelo princípio masculino, ou *animus*, quando imperam a vontade, as preocupações, os projetos. Nele dominam o consciente, o dia, o sol, o racionalismo, a ação; quando o consciente se exacerba de forma excessiva, sobrevém a aridez. Empédocles, no início do segundo ato, andrajoso, traspassado de cansaço e sede, vivencia a ação nefanda do sol em demasia, ou seja, a consequência da luz da consciência em excesso coibindo o florescimento da vida. Estes momentos de desabrigo na natureza externa e humana são, outrossim, de provação espiritual e sinal do desprendimento do herói de toda vaidade humana, do ego. Na rudez espiritual prevalecente, o demiurgo evoca a época de ouro da humanidade, da harmonia, ressaltando assim o contraste do tempo atual em relação ao anterior: é a primeira alusão, no texto, à abundância daquele estágio de perfeição da humanidade e, ao simbolismo cristão do pão ("cereais preciosos") e do vinho ("a uva purpúrea"). Esta invocação reaparecerá, no meio da tragédia, no seu momento mais cruel e quando da reinstalação da idade de ouro.

O outro princípio da psique humana é o feminino, ou o da *anima*, quando reinam as imagens tranquilas, a suavidade, o devaneio. Nele vigem o inconsciente, a noite, a lua, a água, o húmus fecundo, a criatividade, a fluidez da linguagem. Na noite, a umidade fecunda as plantas: durante o sono, no domínio do inconsciente, os doentes recuperam-se de enfermidades, como no caso de Pantéia. Empédocles aderia, de forma incondicional, a esta esfera noturnal, quando se sentia envolvido pelo *pneuma*. O universo inteiro co-participava da exaltação profética da personagem:

"Tantas vezes, nas noites serenas, quando o mundo
Harmonioso se expandia sobre mim e o ar santo
Me circundava com todo o firmamento —
O espírito repleto de alegres pensamentos —
Sentia-me vibrante de vida;" (68, 19-23)[102]

O taumaturgo lucubrava as grandes revelações, antes do princípio do drama, e se imaginava trasladá-las ao povo "nuvem dourada da aurora" (*goldne Morgenwolke*), ainda sob o império noturno, com o orvalho fecundando a terra.

Unidades temporais no drama

Poder-se-ia, ainda, dividir a criação teatral em quatro unidades temporais. A primeira, anterior ao começo da ação, consiste na rememoração do clima de exabundância de água, dos elementos. A segunda, marca a vivência atual de escassez. A terceira unidade temporal, a do domínio do elemento água, sobrévem após a metanoia do pensador. A quarta unidade temporal é ulterior ao enredo da peça. O dramaturgo projeta o tempo para após o sacrifício do protagonista no Etna e o prefigura no discurso da personagem-título aos agrigentinos. Na última aparição do filósofo em cena, ele acha-se no limiar para este quarto estágio: o tempo futuro já está se convertendo em realidade. O microcosmo, Empédocles, funde-se no macrocosmo, ou seja, no fogo. Este instante constitui-se como dinamismo puro, fulminante, alcançando, de forma tautócrona, os extremos das alturas, culminando no éter.

---

[102] "In heitern Nächten oft, wenn über mir / Die schöne Welt sich öffnet', und die heilge Luft / Mit ihren Sternen allen als ein Geist / Voll freudiger Gedanken mich umfing, / Da wurd es oft lebendiger in mir;" (68, 19-23).

Tempo interior — estrutura quaternária do drama

No primeiro momento, no predomínio do elemento ar, o demiurgo deslizara pelo espaço-tempo num plano alto, permanecendo no jardim edênico semelhante a um deus, daí ausentando-se, apenas para ajudar a turba, mas a ele retornando a fim de revigorar-se, reequilibrar-se, em quietude e paz. O tempo transcorrera de forma suave, sem se fazer sentir, em atmosfera atemporal. No segundo estágio, o filósofo desce à terra, e, em desassossego, move-se em ato contínuo; o peso da culpa verga-o à terra. O clima causticante, oposto ao anterior, perdura como por séculos: este tempo carente de deuses, de profusão, delonga-se em aflição e dor. Instaura-se a terceira etapa, quando o personagem-título bebe a água da nascente e volta a vibrar em uníssono com a natureza eviterna, conscientizando-se da missão profética: flui, a partir da terceira cena, no segundo ato, em toda a pujança, a limpidez, como se ele próprio escoasse rumo ao destino de homem de exceção e poeta.

O tempo e o protagonista, como rios, confluem em incessante devir, decorrendo em plena liberdade em rumo da amplidão do mar. O taumaturgo passa ao quarto instante ao lançar-se nas labaredas do Etna e amalgamar-se, em ato simultâneo, com a natureza, ascendendo ao éter, como próprio do espírito liberto, em energia puríssima, expansão infinita. O tempo, como Empédocles, revolteia-se como num vórtice: é devir. O inconsciente, fundindo-se com o consciente, atinge o Si-mesmo: estabelece-se a harmonia do ser humano nas profundezas, ele ausculta as raízes da alma, capta a pureza do ser e vibra em sintonia com toda a natureza em si e humana, infundindo em todos, ou seja, a nível coletivo, esta atmosfera interior de amor e paz, através da canção.

Tempo interior — terceiro momento

Importa ao aedo o tempo como expressão, poder-se-ia dizer, da água, ou melhor, de um vir-a-ser, sempre em metamorfose, efêmero, inapreensível. Nesta perspectiva, o presente apresenta-se, de forma síncrona, como estado de perda e de transformação rumo ao futuro auspicioso. O passado fora época da presença, do "dia dos deuses" (*Gottestag*), conforme mencionado antes, de bem-aventurança e equilíbrio, seja no âmbito da humanidade, seja no do texto teatral — infância e primavera tanto da vida humana como da natureza. No contexto da peça, fora o período da atuação do demiurgo igual à era de Saturno, quando o povo gozara de sobreabundância e paz. O instante atual, de desagregação, ausência, "noite dos deuses" (*Gottesnacht*), equivale à privação destes e da água. Nele, predomina o elemento terra no aspecto negativo, isto é, infértil, árido[103] na natureza humana e exterior. Constitui-se este momento, por outro lado, no devir da história em torrente caudalosa a impulsionar-se em direção ao mar (tempo de mudança). O contínuo transformar-se deste líquido, das situações sinalizam, outrossim, para a efemeridade seja do momento de recrudescência do racional, como para a transitoriedade da existência. Hölderlin acredita, no recesso do ser, na aurora de dias melhores, como proclama na carta n. 132:

> "Creio numa futura revolução de modos de pensar e de imaginar que fará tudo [o que foi] até aqui [realizado] enrubescer de vergonha."[104]

E o futuro — época do retorno do dia dos deuses, domínio do fogo, entusiasmo, mas em interação com a água, vida —, povoa o imaginário do poeta, como a fase de amálgama entre indivíduo e sociedade, do renascimento do homem em nível mais elevado, quando as relações sociais, alicerçadas no amor, propiciarão a vigência dos ideais da Revolução Francesa, isto é, da fraternidade, igualdade e liberdade. É como se a obra, como torrente, fosse transmudando-se nesse devir da História.

Tempo profano e sagrado

Observa-se, ainda, na criação dramática, outro tipo de tempo: para o poeta, o momento atual dos agrigentinos, o da criação dramática, é profano. Impera a inarmonia no coração dos seres humanos afastados do convívio dos deuses; dessacralizou-se o mundo, decorrendo deste fato enorme perda para a humanidade, o sentimento de desavoramento dos agrigentinos e de Empédocles, no início da tragédia. Quando se reinstala a harmonia no interior do protagonista e no seio da comunidade, restaura-se o tempo sagrado.

No tornar-se Um com tudo e todos, Hölderlin visualiza o herói não mais restrito ao jardim paradisíaco, mas em unidade expandida a todo o universo — este transmuta-se em Éden —, e, concebe o regresso da época de ouro da

---

[103] No romance *Hipérion*, conforme visto antes, assim como nas elegias *Pão e Vinho*, *O Arquipélago*, Hölderlin lamenta-se inconformado, da aridez vigente no momento presente. Anuncia, porém, nas duas elegias, a volta dos deuses.

[104] "Ich glaube an eine künftige Revolution der Gesinnungen und Vorstellungsarten, die alles Bisherige schamrot machen wird." Kl StA, v. 6, p. 247.

humanidade. O jardim edênico ocorrerá, então, em todo o tempo, no âmago da natureza humana e cósmica. Já prenuncia no romance *Hipérion*:

> "Ser Um com Tudo, esta é a vida da deidade, o céu dos homens. Ser Um com tudo o que existe para retornar ao todo da natureza em venturoso esquecimento de si mesmo, este é o ápice dos pensamentos e das alegrias, o cume sagrado da montanha, o lugar da calma eterna. (...) Ser Um com tudo o que existe! (...) e todos os pensamentos desaparecem ante a imagem do mundo eterno e uno como as regras do artista que anela por sua Urânia, e o destino de bronze renuncia à dominação e, da união dos seres, desaparece a morte, e, não separação e juventude eterna tornam ditoso o mundo, embelezam-no."[105]

O teatrólogo sacraliza o universo; assim fazendo, transcende, de forma simultânea, o tempo profano, voltando à experiência religiosa dos tempos arcaicos, repetidos sempre em ritos e festas. Com a perpetuação da palavra empedocliana no rito, ela sedimenta-se no inconsciente das pessoas, como goteira a pingar. Assim, mantém a força, e, ao mesmo tempo, unifica todos em torno de um ideal:

> "Participamos da ideia da festa como evento de comunhão, no qual se instaura a unidade. Um encontro onde todas as forças se reunem [sic.] numa vivência totalizante."[106]

A palavra vivífica do taumaturgo atingirá a "nascente calma" (*stillen Quelle*) de onde surgiu o cântico e, todos consagrar-se-ão, de mãos dadas, na festa sacral. Restabelecido o tempo sacro, Empédocles torna-se ser no tempo. Quando os seres pulsam em sintonia, eles *são*, vislumbram a perfeição. Como a água existente desde sempre, una, contendo o universo em si, sendo de todos e de ninguém, fecundante, assim, a palavra revivificadora do poeta, universal e livre. Não é mais *estar* no mundo, é *ser*, puro e dinâmico, igual à água, à criança. Neste estado de limpidez, onipresença, aplica-se o texto fragmentário, *Palingênese*:

---

[105] "Eines zu sein mit Allem, das ist Leben der Gottheit, das ist der Himmel des Menschen. Eines zu sein mit Allem, was lebt, in seliger Selbstvergessenheit wiederzukehren ins All der Natur, das ist der Gipfel der Gedanken und Freuden, das ist die heilige Bergeshöhe, der Ort der ewigen Ruhe, (...) Eines zu sein mit Allem, was lebt! (...) und alle Gedanken schwinden vor dem Bilde der ewigeinigen Welt, wie die Regeln des ringenden Künstlers vor seiner Urania, und das eherne Schicksal entsagt der Herrschaft, und aus dem Bunde der Wesen schwindet der Tod, und Unzertrennlichkeit und ewige Jugend beseliget, verschönert die Welt." Kl StA, v. 3, p. 9.

[106] SILVA, Azevedo da Idalina. *A Linguagem da Festa*. Uma leitura de Hölderlin. UFRJ, Rio de Janeiro, 1983, p. 9.

"Mas também mora um Deus no homem de modo que ele vê passado e futuro e passeia pelos tempos como da torrente à montanha acima e à fonte"[107]

Recorrências linguísticas
Recorrências de caráter pietista

A energia incessante do arquétipo da água impulsiona o ser humano, o mais das vezes, para o alto, ou esparge-se como bênção, cântico, por sobre a terra, levando à dinamização do texto poético. Os prefixos verbais de direção constituem-se em resquícios da linguagem de cunho pietista, porquanto Hölderlin absorveu este patrimônio cultural, religioso no ambiente familiar e na formação no convento de Tübingen.

Todo o vocabulário hölderliniano manifesta-se no sentido de despertar o ser do profundo, como a nascente promana da terra, o sangue do coração. Observa-se a unidade em toda a natureza — tudo convergindo à luz, ao alto. Assim mescla-se à imaginação do leitor a chama humana à da natureza, como no texto seguinte:

"/.../ Mas a chama brota
Com alegria de peito intrépido. /.../" (85, 22-23)[108]

Micro e macrocosmo correspondem-se; também na escolha dos vocábulos, das imagens, patenteia-se o enlaçamento dos elementos, de todo o cosmo. Jorram da escuridão da terra, a água fresca e viva e a flor, sobressaindo-se no estado de pureza original.

Por outro lado, a escassez da água conduz ao despojamento, a privações, no período de distanciamento dos deuses, com o comparecimento no texto de vocábulos como sede, deserto e correlatos. Deserto

"é, no pietismo, primeiro, metáfora para o afastamento de Deus (...), mas, segundo, para a união mística no fundo da alma"[109],

disposição de espírito que propicia o ressurgimento da nascente.

---

[107] "Aber es wohnet auch ein Gott in dem Menschen, dass er Vergangenes und Zukünftiges sieht und wie vom Strom ins Gebirg hinauf an die Quelle lustwandelt er durch Zeiten" Kl StA, v. 2, p. 319.
[108] "/.../ Aber freudig quillt / Aus mutger Brust die Flamme./.../" (85, 22-23).
[109] "ist im Pietismus einmal Metapher für die Gottesferne (...), zweitens aber für die *Unio mystica* im Seelengrund." LANGEN, August. *Der Wortschatz des deutschen Pietismus*. 2. ed. Tübingen, Niemeyer, 1968, p. 171.

O poeta serve-se do vocábulo "água" (*Wasser, Gewässer*), em pontos-chave do texto: ao descrever o poder demiúrgico de Empédocles, depois, no primeiro monólogo do herói, onde próximo às nascentes sacras as "águas se unificam" (*Wasser sich sammeln*) e após a reunificação da alma do taumaturgo, quando este deseja descortinar todos os elementos unificados, do alto do Etna.

Com o vocábulo "nascente" (*Quelle*), Hölderlin denota ainda a irrupção do profundo e a confluência da paisagem externa com a interna, como no trecho seguinte:

> "A alegria chegou-me do infortúnio e da penúria
> E forças do céu desceram amavelmente.
> Unem-se no profundo, Natureza,
> As fontes de teus cimos e as tuas alegrias;
> Todas vieram aquietar-se no meu peito:
> Eram um único deleite.(...)" (74, 22-27)[110]

A representação pietista da chuva conclama-se com o escrito da peça:

> "/........./Seu teto
> São as nuvens, o chão
> Seu leito. Ventos eriçam-lhe os cabelos
> E a chuva desliza em sua face com
> As lágrimas; o sol seca-lhe
> As roupas no ardente meio-dia,
> Quando segue pela areia sem sombras."[111]

Sobrevém, nesta passagem, a união mística com o mundo: os pingos da chuva misturam-se às lágrimas de Empédocles. Pela dinamicidade das imagens — nuvem, chuva — todo o cosmo interpenetra-se de modo harmônico.

---

[110] "So kam aus Müh und Not die Freude mir / Und freundlich stiegen Himmelskräfte nieder, / Es sammeln in der Tiefe sich, Natur, / Die Quellen deiner Höhn und deine Freuden, / Sie kamen all in meiner Brust zu ruhn, / Sie waren Eine Wonne, /.../" (74, 22-27).

[111] "/.../ Sein Dach / Sind Wetterwolken und der Boden ist / Sein Lager. Winde krausen ihm das Haar / Und Regen träuft mit seinen Tränen ihm / Vom Angesicht, und seine Kleider trocknet / Am heissen Mittag ihm die Sonne wieder / Wenn er im schattenlosen Sande geht."(47, 20-26).

Recorrências outras
Musicalidade da água e da poesia

A água, como poesia e vida, penetra em todos os reinos da criação interligando e integrando-os num substrato único.

Assim, o fluxo da água da maré corresponde ao do sangue esparramando-se pelo corpo no movimento de sístole e diástole, aos intercâmbios necessários entre consciente e inconsciente, produzindo os ritmos da vida. Espelha-se também na poesia este movimento alternado, que imprime uma cadência na própria estrutura da cena, como no primeiro monólogo de Empédocles: esta introduz-se de manso, cresce em exuberância de imagens, aliterações e musicalidade; a seguir, diminui o movimento, quase interrompendo-o. Forma-se, assim, uma cadência tal que vivifica o texto.

Na água está contido todo o universo: insinua-se nos mundos subterrâneos, como a poesia e o inconsciente e se estende a todo o cosmo, corroborando, assim, o axioma da unicidade de tudo, do eterno. Sendo a água o mais ruidoso dos elementos, ela espalha alegria, porquanto sua dinamismo e musicalidade contagiantes movem as entranhas do ser e a todos une.

Hölderlin emprega versos anacolúticos no texto, tornando-o ainda mais serpeante e musical. Ademais, emprega vocábulos provenientes de frescor e purificação, os quais concorrem para a dinamização e musicalidade da composição. Outrossim, palavras ligadas ao espessamento e à opacidade aquáticos demarcam a situação inversa, a da estagnação e morte, contrapondo-se ao movimento e à vida. Estas dicções impregnam a peça de forte colorido visual.

Assim, as imagens repercutem nos arcanos da alma, pois dimanam das forças profundas do inconsciente. A água, como a poesia, defluindo de mansinho, pertence ao princípio feminino. Quando ela se transfaz em torrente vigorosa, torna-se viril, masculiniza-se, podendo tudo levar de roldão. Hölderlin marca no próprio ritmo do drama e nos ápices do contexto, a veracidade desta idéia.

O ritmo da poesia reverbera o estado de perfeita simbiose entre natureza externa e interna.

Como diz Gaston Bachelard:

> "A água é a soberana da linguagem fluida, da linguagem sem tropeço, da linguagem contínua, continuada, da linguagem que abranda o ritmo, dá uma forma uniforme aos diferentes ritmos. Não hesitaremos, portanto em dar seu sentido pleno à expressão

que fala da qualidade de uma poesia fluida e animada, de uma poesia que corre da fonte. (...) Pensamos que a *liquidez* é o desejo mesmo da linguagem. A linguagem quer fluir. Ela flui naturalmente."[112]

Recorrências de caráter mitológico

Figuras e imagens arquetípicas aquárias comparecem ao longo do drama, e demonstram, de sobejo, a dinâmica ascencional em rumo da purificação gradual, seja de Empédocles como dos agrigentinos. Hölderlin traça, sob outra roupagem, em paralelo à ação da peça, o roteiro interior do herói.

No primeiro comparecimento do protagonista em cena, ele, só, na grota, menciona o "Tártaro opressivo" (*scheuen Tartarus*). Ao fazê-lo, o poeta insinua na mente do leitor o conjunto de circunstâncias envolvendo este lugar abissal no reino dos mortos, onde os amaldiçoados sofrem tormentos, em oposição à morada dos bem-aventurados. Esta alusão ao Tártaro marca o início da caminhada da personagem, ou seja, do processo de purificação empedocliano; na parte final do monólogo, o peregrino reconhece-se a si mesmo como Tântalo[113].

Em correspondência de planos, enquanto o filósofo está em desagregação e tormento, sucede o mesmo com o íntimo dos agrigentinos. Hölderlin explicita o grau de desarmonia reinante no ânimo do povo, através de imagens mitológicas, como na metáfora das harpias.

---

[112] "L'eau est la maîtresse du langage fluide, du langage sans heurt, du langage continu, continué, du langage qui assouplit le rythme, qui donne une matière uniforme à des rythmes différents. Nous n'hésiterons donc pas à donner son plein sens à l'expression qui dit la qualité d'une poésie fluide et animée, d'une poésie qui coule de source. (...) la *liquidité* est, d'après nous, le désir même du langage. Le langage veut couler. Il coule naturellement." BACHELARD. *L'Eau et les Rêves*, p. 250 s.

[113] Tântalo era amigo de Zeus e este lhe permitiu participar das festas olímpicas regadas a néctar e ambrosia. A ventura subiu-lhe à cabeça e Tântalo roubou o alimento divino para dividi-lo com os amigos mortais, denunciando os segredos de Zeus a estes. Foi castigado pelo deus a tormentos eternos no Tártaro, ficando dependurado, consumido pela sede e fome, dos ramos de uma árvore frutífera que se inclinava por sobre um lago pantanoso. As ondas atingiam seus quadris e, às vezes, o queixo, mas, ao inclinar-se para beber, elas desapareciam; quando ele conseguia juntar a mão cheia de água, ela escapava-lhe pelos dedos, ficando com mais sede. Um ramo, carregado de frutas reluzentes, pendia até suas costas; porém, sempre ao tentar pegá-las, um vento soprava e as lançava longe de seu alcance. A água e os frutos inalcançáveis a Tântalo simbolizam sua perda do sentido do real, o homem que havendo querido nivelar-se aos deuses, foi punido pelo sentimento atroz de sua impotência. Apud: CHEVALIER, Jean e GHEERBRANT, Alain. *Dictionnaire des Symboles*. Mythes, rêves, coutumes, gestes, formes, figures, couleurs, nombres. Paris, Laffont, 1969, p. 734. A partir de agora: CHEVALIER. *Dictionnaire des Symboles*; GRANT, Michael e HAZEL, John. *Lexikon der antiken Mythen und Gestalten*. 5. ed. München, DTV/List, 1987, p. 381 ss. A partir de agora: GRANT/HAZLE. *Lexikon der antiken Mythen*; GRIMAL. *Dictionnaire de la Mythologie grecque et romaine*. 4. ed. Paris, PUF, 1969, p. 435 s. A partir de agora: GRIMAL. *Dictionnaire de la Mythologie*; JENS, Hermann. *Mythologisches Lexikon*. Gestalten der griechischen, römischen und nordischen Mythologie. 2. ed. München, Goldmann, 1960, p. 86; RANKE-GRAVES, Robert von. *Griechische Mythologie*. Quellen und Deutung, 24. ed. Reinbek bei Hamburg, Rowohlt, 1987, pp. 352-358. A partir de agora: RANKE-GRAVES. *Griechische Mythologie*.

O dramaturgo também circunscreve o âmbito próprio de Hermócrates e seu elemento, o pântano, na esfera mitológica — o Aqueronte.

Como "fúrias" (*Furien*)[114], demônios do mundo infernal, o sacerdote dissemina o mal. Enlameia o taumaturgo e macula a própria alma com pensamentos turvos; assim, a alma hermocratiana só pode direcionar-se para baixo, ao Hades, centro nodoso e lodoso da terra.

Os seres entorpecidos, em escuridão e cativeiro, ao perceberem seu estado, padecerão como Níobe[115]. A deusa foi castigada por sua presunção, assim como o personagem-título. Este, no decorrer do texto teatral, alça do estado de Tântalo, ctônico, no Tártaro, ao de Níobe, telúrico, e continua a trilha rumo ao autoconhecimento. No alto da montanha, sobrévem a conscientização do destino empedocliano, quando ele bebe a água da memória, Mnemósine.

> "MNÉMOSYNÉ. (Μνημοσμνη.) (...) é a personificação da memória. É filha de Urano e de Gaia, pertence ao grupo das titanides. (...) Zeus une-se a ela, no Pireu, durante nove noites seguidas, e, ao cabo de um ano, ela lhe dá nove filhas, as musas."[116]

As musas inspiram o herói e ele recorda-se de sua missão, a de profeta, a de espalhar ao povo a mensagem retida, há tempos, no peito; a de unificar o homem com o divino. Despertará os agrigentinos para a vida.

As musas conferem a Empédocles o dom do canto,

> "o poeta (...) tem por função gloriar, i.e. desvelar o que por essência reclama a desvelação. — Mas por que o futuro e o passado? — Porque esta proclamação desveladora que o poeta exerce como o seu poder próprio é por excelência a profecia"[117].

O demiurgo nomeia-se "a nuvem da aurora" (*die Morgenwolke*), correspondendo a palavra nuvem a profeta.

---

[114] "As Eríneas (...) são deusas violentas que os romanos identificaram com suas Fúrias. (...) castigam (...) a desmedida, a Hybris, que leva o homem a esquecer sua condição de mortal." Les Erinyes (...) sont des déesses violentes, que les Romains identifièrent avec leurs Furies. (...) elles châtient (...) la démesure, l'*Hybris*, qui tend à faire oublier à l'homme sa condition de mortel." GRIMAL. *Dictionnaire de la Mythologie*, p. 146.

[115] Por ter quatorze filhos, Níobe julgava-se superior a Leto, com apenas dois, Apolo e Ártemis e provocou-a. Estes vingam-na e matam todos os filhos e o marido de Níobe. Transformada em rocha pelos deuses, seus olhos choravam, pois da rocha corria uma fonte. Apud: GRANT/HAZEL. *Lexikon der antiken Mythen*, p. 294; GRIMAL. *Dictionnaire de la Mythologie*, p. 317; RANKE/GRAVES. *Griechische Mythologie*, p. 234 ss.

[116] "MNÉMOSINÉ. (...) est la personnification de la Mémoire. Elle este fille d'Ouranos et de Gaia, et appartient au groupe des Titanides. (...) Zeus s'unit à elle, en Piérie, pendant neuf nuits de suite, et, au bout d'un an, elle lui donna neuf filles, les Muses." GRIMAL. *Dictionnaire de la Mythologie*, p. 300.

[117] TORRANO, José Antonio Alves. *O Mundo como Função de Musas*. São Paulo, Faculdade de Filosofia, Letras e Ciências Humanas da USP, 1980, p. 17.

Pela força instituidora da palavra, a personagem vislumbra a imersão dos agrigentinos na "água da vida", como Aquiles. Nota-se, neste excerto, a profunda convicção de Hölderlin na palingênese e como o pensamento hölderliniano filia-se ao de Herder. Este escreve no livro *Idéias para a Filosofia da História da Humanidade*[118].

> "Sempre rejuvenescido em suas formas, o gênio da Humanidade volta a florescer e prossegue em sua palingênese nos povos, nas gerações e nas estirpes."[119]

Por outro lado, este trecho herderiano evoca o fragmento de Hölderlin *Palingênese*[120]. No artigo "A Ideia Vital de Hölderlin", Clemens Heselhaus lembra a influência de Klopstock no espírito hölderliniano, no tocante à imagem do rejuvenescimento; ademais, em base ao ensaio herderiano, *Iduna, ou a Maçã do Rejuvenescimento (Iduna oder der Apfel der Verjüngung)*, publicado no *Horen* de 1796, o estudioso destaca o entrelaçamento entre as idéias de Herder e as de Klopstock. Outrossim, salta à vista o intercâmbio destes conceitos com os de Hölderlin, quando se pensa na intenção do mesmo de publicar uma revista literária, como mencionado antes, com o título Iduna, ou seja, rejuvenescimento. Heselhaus vincula, ainda no ensaio acima citado, a ideia de rejuvenescimento a uma raiz mais longínqua, à de Paracelso, e de forma indireta, ao pietista Oetinger. Heselhaus, aprofunda a explanação da concepção de rejuvenescimento para o poeta:

> "A ideia de rejuvenescimento toca intimamente com a ideia de transformação. (...) Rejuvenescimento e transformação podem tornar-se ideias intercambiáveis, a saber, quando se entende o anterior como estado de vida, no fundo, completo. Isto está ligado ao significado da palavra transformação que, àquela época, significa metamorfose. (...) Em especial, a metamorfose é um sinal e uma promessa de imortalidade. (...) Em seu legado, ele [Empédocles] anuncia aos agrigentinos a experiência divina do renascimento na ideia da vida. A transformação empedocliana no Etna ganha a certeza íntima e vencedora da imortalidade do espírito no retorno ao elementário."[121]

---

[118] Idee per la Filosofia della Storia dell'Umanità.
[119] "Sempre ringiovanito nelle sue forme, il genio dell'Umanità torna a fiorire e prosegue nella sua palingenesi nei popoli, nelle generazioni e nelle stirpi." HERDER, Johann Gottfried. *Idee per la Filosofia della Storia dell'Umanità*. Roma, Laterza, 1992, p. 162.
[120] HÖLDERLIN, Johann Christian Friedrich. *Palingenesie*. Kl StA, v. 2, p. 319, citado antes.
[121] "Die Vorstellung von der Verjüngung berührt sich damit eng mit der Vorstellung von der Verwandlung (...) Verjüngung und Verwandlung können vertauschbare Vorstellungen werden, wenn nämlich der frühere Zustand als der eigentliche volle Stand des Lebens begriffen wird. Das hängt mit der Sinnbedeutung des Wortes Verwandlung zusammen, die damals Metamorphose meint (...) Im besonderen ist die Metamorphose ein Zeichen und ein Versprechen der Unsterblichkeit (...) In seinem Vermächtnis verkündet er den Agrigentinern die göttliche Erfahrung der Wiedergeburt in der Idee des Lebens. Die empedokleische Verwandlung auf dem Ätna gewinnt die innere Erfahrung und siegende Gewissheit von der Unsterblichkeit des Geistes in der Rückkehr ins Elementische.", HESELHAUS, Clemens. "Hölderlins Idea Vitae". In: *Hölderlin-Jahrbuch*. v. 6, 1952. BEISSNER, Friedrich e KLUCKHOHN, Paul (eds.). Tübingen, Mohr, 1952, pp. 40-42.

O trecho do drama *A Morte de Empédocles* revela como Hölderlin, com a morte purificada dos povos, vislumbra o universo em perfeita sintonia com as forças cósmicas e reinstaura a festa ritual na natureza.

Empédocles encaminha-se, então, à "ação mais alta" (*das Grössre*). Mas, antes o povo, desperto para a vida através da mensagem do filósofo, deseja coroá-lo rei, como o Numa Pompílio dos agrigentinos. Atribui-se a este último, segundo rei de Roma, a introdução do culto a Júpiter Elíseo, nesta cidade. Segundo a lenda, o relacionamento de Numa Pompílio com a ninfa Egeria outorgava-lhe poderes mágicos.

Empédocles pressagia sua ida à longínqua Ilha dos Bem-aventurados, aonde se dirigem os heróis após a morte e onde reina o deus Saturno.

O protagonista antevê sua sorte de homem extraordinário, a transfiguração após o fim corporal; este caminho do ser humano passa pelo fenecimento e pode ser entendida como morte espiritual para o renascimento do ser, na origem.

As musas ungem Empédocles seu filho e Júpiter, como livrou os titãs do Tártaro abissal, libera, agora, a personagem para além da morte. O demiurgo conclama Júpiter a preparar-lhe o banquete.

O dramaturgo alude à elegia *Pão e Vinho* onde anuncia o retorno da época de ouro da humanidade e a vinda de Dioniso, deus do vinho, do êxtase, da inspiração, renovação da vida e conhecedor dos mistérios da morte. Ao mesmo tempo, o teatrólogo aventa o ritual da missa, o simbolismo da transubstanciação do pão e do vinho. A imagem da videira, arbusto consagrado a Dioniso na Grécia, associa-se à ideia de pureza, imortalidade e vida, e, ainda ao renascimento. Ela prefigura o iminente sacrifício do herói na natureza.

Hölderlin finaliza esta apologia ao espírito infindo, incitando Júpiter a louvarem juntos, com cânticos, as musas, na festa da poesia.

Arredondando o quadro das evocações mitológicas, o poeta ainda insere Urânia, uma das nove musas, segundo Hesíodo a "celestial", no entrecho da peça: Pausânias ao despedir-se do mestre, reconhece-o por filho da musa e Urânia significa a harmonia; Empédocles, como filho desta musa, prenuncia, na alocução ao povo de Agrigento, o retorno da era de Saturno, da presença dos deuses, da era de ouro da humanidade.

Portanto, no âmbito mitológico, a alma do filósofo ascende, de forma progressiva, das camadas ctônicas do Tártaro, passando pelas telúricas, às urânias, à região de harmonia absoluta, além do tempo.

Recorrências de caráter psicológico

Segundo relato de Panteia, na pré-ação, o taumaturgo salvara-a da doença por meio de uma poção; esta pertence ao âmbito de cura, à simbólica do feminino, da lua, ao tempo do sono, restabelecimento e da cura, à atuação do inconsciente com seu poder regenerativo, sem interferência do consciente, da vontade[122]. O sofrimento físico panteiano é prenúncio do padecimento físico e espiritual do protagonista e da subsequente purificação deste. A ação da bebida de Panteia corresponde à da água de Mnemósine para Empédocles.

Em linguagem psicológica, a imagem de Panteia como "nuvenzinha da alvorada" (*Morgenwölkchen*) na forma carinhosa de diminutivo, relacionar-se-ia à de *anima,* ou seja, à disposição íntima, do filósofo. Por outro lado, a figura de Panteia no leito de morte — espaço restrito —, sendo salva pelo demiurgo — microcosmo através da poção — macrocosmo —, já conjura a de Empédocles — microcosmo, no Etna, sendo curado pelo cosmo, posterior à ação da peça, em etapa — seja espacial como simbólica e psicológica — muito mais elevada.

Panteia prediz, como sacerdotisa, o fim do herói. Vendo-o no crepúsculo do bosque, ou seja, no lusco-fusco entre consciente e inconsciente, ela nota a perda da unidade da alma do protagonista. Pelo direcionamento do olhar, expressão viva da alma empedocliana, ora para baixo, ora para o alto, o leitor pressente, como Panteia, a ação do texto teatral, isto é, o movimento posterior da alma do taumaturgo, a senda a ser trilhada por ele, da caverna ao alto da montanha: ambos vivenciam, na medida de cada um, um processo de purificação.

Ainda de acordo com a narrativa panteiana, o personagem-título, como timoneiro indômito pusera, tantas vezes, a multidão encapelada a salvo. O filósofo era o piloto a conduzir o navio, o condutor das almas pela viagem através do inconsciente — o mar equivale a inconsciente, segundo a psicologia das profundezas:

"O navio é, como símbolo da salvação, um símbolo universal da humanidade."[123]

Esta alusão ao navio, símbolo do caminho, já prefigura o do herói; como Homero na *Odisseia* representa a viagem simbólica de cada ser humano, assim elucida Jung, na obra *Psicologia e Alquimia*: "O navio constitui o veículo que conduz o sonhador através do mar e das profundezas do inconsciente."[124]

---

[122] Apud: NEUMANN, Erich. "Über den Mond und das matriarchale Bewusstsein". In: *Aus der Welt der Urbilder.* Eranos-Jahrbuch. v. 18. Zürich, Rhein, 1950, p. 360.

[123] "Als Symbol der Rettung ist das Schiff ein allgemeines Menschheitssymbol." Ib., *Die grosse Mutter*. Eine Phänomelogie der weiblichen Gestaltungen des Unbewussten. 8. ed. Olten/Freiburg, Walter, 1988, p. 245. A partir de agora: NEUMANN. *Die grosse Mutter.*

[124] JUNG, Carl Gustav. *Psicologia e Alquimia*, v. 12. Petrópolis, Vozes, 1991, p. 212.

A heroína descreve, ainda, a ação de então, de Empédocles sobre o cosmo: o simples contato de seu cajado, sua força vital exercia forte atração sobre as plantas e as águas. O mero olhar do demiurgo dissolvia as nuvens, entendidas como atividade celeste, de natureza confusa e maldefinida[125], símbolo do indeterminado. As nuvens representam, ainda, a formação de inquietude no seio da sociedade: o protagonista desanuviava o ambiente, com sua atuação, constituindo-se, destarte, em propulsor do equilíbrio cósmico, seja a nível ctônico como urânico.

Panteia relata o jardim, símbolo de espaço espiritual, interior do filósofo, com a fonte do taumaturgo: esta já brotava, então, em sentido figurado, no seio de Empédocles. Infla-se e sai do aconchego do jardim, representação do centro, ou seja, do *temenos* interno. Só, o peregrino, refugia-se na caverna, símbolo do inconsciente, como se voltasse, em linguagem psicológica, ao útero materno. Mergulha no eu profundo. Na obscuridão, profundez e subjetividade da grota, começa o movimento inverso em direção à luz, ao pressentir a aproximação da morte física e psíquica "pó" (*Staub*). Refuta a ameaça de volta ao estado de dissolução, ao inorgânico, e inicia o processo de individuação.

Na antevisão de Panteia, a natureza oferece abrigo ao demiurgo: é envolto pelo cosmo.

Visto sob o aspecto psicológico, quando a ação da peça principia, o herói já se encontra fora de casa: no início da peregrinação, ele passa pela casa paterna, sem entrar; a imagem da moradia furta-se a apresentar o aspecto de familiaridade e proteção. Despede-se dos escravos, liberta-os e liberta-se, aos poucos, das lembranças da infância. Trata-se de ato de desprendimento e libertação material e afetivo-psicológica. Empédocles contrapõe-se à imagem do cosmo imutável das árvores e da casa — símbolos de permanência e estabilidade — como microcosmo mutável, fugaz em seu eterno passar: esvazia-se e despe-se das ilusões do ego. Sobe a escarpada montanha, o caminho do autoconhecimento, no domínio do princípio negativo masculino; este está implícito até na aparição da cabana e do campônio, negando-se a oferecer guarida aos viandantes. O filósofo aceita mais esta provação e encontra paz em si mesmo; vê, então, a nascente. A natureza doa ao taumaturgo a água "viva" (*rege*), na "*caneca*, cabaça côncava" (*Trinkgefäss, die hohle Kürbis*). A *caneca*, como recipiente[126] para a bebida, constitui um dos mais antigos símbolos do feminino. Trata-se do momento de transfiguração do herói. Empédocles liberta-se.

---

[125] Apud: CHEVALIER. *Dictionnaire des Symboles*, p. 543 s.
[126] Trata-se de equação arquetípica entre corpo e vaso, correspondendo o interior deste ao inconsciente.

Hölderlin expressa, na criação teatral, a dinâmica ascensorial da água, correspondendo ao caminho da alma das trevas da inconsciência para a luz. No instante da reunificação do demiurgo, é-lhe dado o dom da linguagem. Forças criativas impelem à luz e a inspiração, até então em fecundação, aflora. A palavra vigorosa e espontânea do protagonista pode, como a nascente do cume da montanha[127], espraiar-se planície abaixo, como torrente poética, rumo ao mar e atingir o oceano, ou seja, o inconsciente coletivo, fundindo-se com ele. Condiz com este pensamento, o enunciado de Hölderlin no ensaio *Fundamento de Empédocles* (*Grund zum Empedokles*):

> "Tudo nele representa o poeta nato, parece assim já ter sua natureza subjetiva mais ativa aquela tendência excepcional à universalidade que, em outras circunstâncias, ou quando se compreenda ou se evite sua influência forte demais, torna-se aquela contemplação tranqüila, aquela completitude e determinação contínua da consciência com a qual o poeta olha a uma totalidade."[128]

A poesia, sendo experiência totalizante, engloba presente, passado e futuro, comove a todos, pulsa em todos, como o inconsciente e o sangue.

Empédocles caminha rumo à integração total; cabe ao espírito purificado eterna dinamicidade. A dinâmica do arquétipo vibra, desde a pré-ação da peça, até o precipitar-se do herói, no Etna, na pós-ação.

Por outro lado, a cratera do vulcão poderia simbolizar a mandala, isto é, o caminho que conduz ao centro, à individuação.

Na última imagem de Empédocles em cena, a do arco-íris que liga céu e terra e o taumaturgo formando uma unidade, este já está sendo absorvido, por assim dizer, pela natureza. Dá-se a junção dos elementos fogo e água em pleno ar, uma prefiguração no âmbito da natureza cósmica, da iminente união de Empédocles com as chamas do Etna.

Esta imagem lembra, ainda, no leitor, o extremo movimento oposto ascencional iniciado na caverna: lá o herói sentia-se envolto pela escuridão e desesperança, ocluso, agora, rodeado pela luz, nas alturas, liberto, em sentimento de júbilo intenso.

---

[127] A nascente, ou seja, a palavra empedocliana jorra a todos, do alto da montanha, do lugar mais alto, também como autoconhecimento a fim de elevar a massa, o inconsciente coletivo. Em verdade, os agrigentinos sobem até o taumaturgo, também no aspecto simbólico, melhorando como seres humanos.

[128] "Er scheint nach allem zum Dichter geboren, scheint also in seiner subjektiven tätigern Natur schon jene ungewöhnliche Tendenz zur Allgemeinheit zu haben, die unter andern Umständen, oder durch Einsicht und Vermeidung ihres zu starken Einflusses, zu jener ruhigen Betrachtung, zu jener Vollständigkeit und durchgängiger Bestimmtheit des Bewusstseins wird, womit der Dichter auf ein Ganzes blickt," Kl StA, v. 4, p. 162.

Como diz Bachelard: "A morte no vulcão é a menos solitária das mortes. É realmente uma morte cósmica"[129]. Ao jogar-se de ponta-cabeça, Empédocles, num segundo faz o movimento oposto ao que fizera em sua *peregrinatio*: agora, de forma ativa, lança-se à base do vulcão, ao magma, e se transforma em centelhas que se elevarão aos ares e espargirão por todo o universo, concebendo o mistério da união dos opostos (água-fogo) — *unio oppositorum* e transfazendo-se em outro ser, mais elevado. Este casamento[130] alquímico, harmoniza os opostos, o consciente com o inconsciente e se eleva ao Si-mesmo. Neste contexto, insere-se a afirmação de Jung:

> "A personalidade nova não é absolutamente algo de intermediário entre o consciente e o inconsciente, ela é os dois. Como ela transcende a consciência, ela não deve ser designada como eu, mas como *Si-mesmo*. (...) o Si-mesmo é eu e não eu, sujeito e objeto, individual e coletivo. É, enquanto grau supremo da total união dos opostos, o *'símbolo unificador'*."[131]

Estas palavras de Jung remetem, de imediato, ao pensamento de Hölderlin expresso no final do ensaio *Fundamento de Empédocles* (*Grund zum Empedokles*):

> "assim, também, aqui, o subjetivo e o objetivo trocam sua forma e tornam-se Unidade em um."[132]

Do mesmo modo, arrisca-se a afirmar que se trate, no ensaio O *Transformar-se no Passar* (*Das Werden im Vergehen*) da dinâmica da água, do inconsciente, como símbolo da vida, do individual fundindo-se com o fogo, consciente,

---

[129] "La mort dans la flamme est la moins solitaire des morts. C'est vraiment une mort cosmique (...)" BACHELARD, Gaston. *La Psychanalyse du Feu*. France, Gallimard, 1972, p. 39.

[130] Subsiste na psique humana a idéia original, ou seja, o arquétipo do rei e da rainha, impregnada em todos os indivíduos e personificada nos pais terrenos, representam o princípio masculino, o *animus*, e o feminino, a *anima*, em todo ser humano. Constitui-se o símbolo de cópula, par de opostos. A junção do princípio ativo, fogo, com o passivo, a água, forma um casamento e leva à sublimação em nível mais elevado. Do mesmo modo, a união do consciente com o inconsciente conduz à elevação do nível de consciência do indivíduo, à integração do ser humano. Apud: JUNG, Carl Gustav. *Aion. Estudos sobre o simbolismo do Si-mesmo*. v. IX/2, Petrópolis, Vozes, 1982, pp. 9-20 e 29-66; ib., *Von den Wurzeln des Bewusstseins*, pp. 59-85; ib. *Tipos Psicológicos*, pp. 476-482; ib. *La Psychologie du Transfert*. Paris, Michel, 1980, pp. 9-57 e 69-97. A partir de agora: JUNG. *La Psychologie du Transfert*; BACHELARD, Gaston. *La Poétique de la Rêverie*. 5. ed. Paris, PUF, 1971. pp. 15-19 e 48-83.

[131] "La personnalité nouvelle n'est nullement quelque chose d'intermédiaire entre le conscient et l'inconscient, elle est les deux. Comme elle transcende la conscience, elle ne doit plus être désignée comme moi, mais comme Soi. (...) le Soi est moi et non-moi, subjectif et objectif, individuel et collectif. Il est, en tant que degré suprême de la totale union des contraires, le *'symbole unificateur'*." JUNG. *La Psychologie du Transfert*, p. 130.

[132] "so auch hierin das Subjektive und Objektive ihre Gestalt verwechseln, und Eines werden in einem." Kl StA, v. 4, p. 169.

espírito e atingindo a "unidade harmonicamente oposta"[133], o almejado *mysterium coniunctionis* dos alquimistas:

> "a compreensão (...) do incompreensível (...) por meio do qual a vida percorre todos os seus pontos, e para ganhar a soma toda não se demora em nenhum, diluindo-se em cada um, para se estabelecer no seguinte; (...) até, por fim, resulte da soma destas sensações de desvanecimento e de surgimento percorridos infinitamente num momento, um sentimento de vida plena (...) e depois que esta lembrança do diluído, individual for reunido com o sentimento de vida infinito (...) resultará então desta união, (...) o novo estado em si."[134]

O ser humano adentra no eu mais profundo, efetuando intenso trabalho de introspecção, de integração das múltiplas camadas da personalidade, em meio ao silêncio. Só através da morte espiritual surge o homem novo: libera-se do eu antigo e vivencia um eu mais desenvolvido. Empédocles, havendo ultrapassado os estágios da evolução espiritual, prepara o caminho para os mortais, anunciando-lhes a necessidade de integrarem-se ao Ser, a fim de, também eles, poderem pertencer ao Todo, sem espaço nem tempo, em vibração uníssona. Volta-se ao trecho do romance *Hipérion*:

> "Ser um com tudo, isto é a vida da divindade, é o céu do ser humano."[135]

A ideia do *Um e Tudo* (Εν χαιΠαν) ressoa na concepção do esboço do "*mais antigo programa do Idealismo alemão*" (*Das älteste Systemprogramm des deutschen Idealismus*)[136] onde a

> "poesia recebe uma dignidade mais alta, torna-se, de novo, no fim o que era no começo — mestra da humanidade."[137]

Empédocles, tendo se individuado configura na palavra vivificativa as aspirações do inconsciente coletivo. É puro ser. Como a água e a música, a

---

[133] "harmonisch entgegengesetzt Eines". Ib., p. 298.
[134] "das Begreifen (...) des unbegreifbaren (...) wodurch das Leben alle seine Punkte durchläuft, und um die ganze Summe zu gewinnen, auf keinem verweilt, auf jedem sich auflöst, um in dem nächsten sich herzustellen; (...) bis endlich aus der Summe dieser in einem Moment unendlich durchlaufenen Empfindungen des Vergehens und Entstehens, ein ganzes Lebensgefühl (...) und nachdem diese Erinnerung des Aufgelösten, Individuellen mit dem unendlichen Lebensgefühl durch die Erinnerung der Auflösung vereiniget (...) ist, so gehet aus dieser Vereinigung (...) der eigentlich neue Zustand (...) hervor." Ib., p. 295 s.
[135] "Eines zu sein mit Allem, das ist Leben der Gottheit, das ist der Himmel des Menschen." Ib., v. 3, p. 9.
[136] Ib., v. 4, pp. 309-311.
[137] "Poesie bekömmt dadurch eine höhere Würde, sie wird am Ende wieder, was sie am Anfang war — Lehrerin der Menschheit;" Ib., p. 310.

poesia perpassa o imo da alma em experiência arquetípica, desde épocas imemoriais, em fluidez e transformação contínua. Livre e arrebatadora, a palavra poética transmuta a realidade, elevando e harmonizando os semelhantes. Então

"reina liberdade geral e igualdade dos espíritos"[138]

postula Hölderlin no final do esboço acima mencionado.

Como Jung afirma reiteradas vezes, tão só a partir do ser individual[139] pode-se, de fato, melhorar todo o conjunto dos seres humanos. A força do ser individuado é imensurável. Hölderlin persegue esta meta de:

"atuar no plano universal (...), objeto de nossos desejos e anseios"[140]

em todo o seu trajeto de vida, como consta na carta n. 65, transcrita antes. Ele refuta aceitar o mundo regido pelo princípio masculino, árido, racionalista. Anuncia o equilíbrio dos dois princípios, do feminino, da *anima* e do masculino, *animus*, convergindo para o amor. O dramaturgo manifesta, de forma clara, entusiasmo pelo reinado da harmonia, quando o discípulo nomeia Empédocles "filho de Urânia" (*Sohn Uraniens*), musa da harmonia, sendo, portanto, missão sacra do poeta a de espelhar, através do canto, concórdia no seio dos homens. Ressoa, neste contexto, o trecho da poesia *Buonaparte*:

"Os poetas são vasos sagrados
Onde o vinho da vida, o espírito
Dos heróis, se conserva"[141]

---

[138] "herrscht allgemeine Freiheit und Gleichheit der Geister" Ib., p. 311.
[139] Erich Neumann, discípulo de Jung, escreve na introdução ao livro *A Grande Mãe* o seguinte: "O desenvolvimento de cada ser individuado a uma totalidade psíquica na qual seu consciente esteja ligado criativamente com os conteúdos do inconsciente é o ideal educativo da psicologia das profundezas do futuro. Só esta totalização do ser isolado possibilita um estar vivo fecundo da comunidade." ["Die Entwicklung jedes Einzelmenschen zu einer psychischen Ganzheit, in der sein Bewusstsein schöpferisch mit den Inhalten des Unbewussten verbunden ist, ist das tiefenpsychologische Erziehungsideal der Zukunft. Erst diese Ganzwerdung des Einzelnen ermöglicht ein fruchtbares Lebendigsein der Gemeinschaft."] NEUMANN. *Die grosse Mutter*, p. 16.
[140] "ins Allgemeine wirken, (...) ein Gegenstand unserer Wünsche und Bestrebungen" Kl StA, v. 6, p. 102.
[141] "Heilige Gefässe sind die Dichter, / Worin des Lebens Wein, der Geist / Der Helden, sich aufbewahrt," Ib., v. 1, p. 245.

Considerações finais

Persiste, ao longo dos escritos do poeta suábio, a uniformidade de pensar quanto às questões primordiais acerca de renascimento individual e dos povos, da missão do poeta e de poesia. O teatrólogo visualiza esta como o brotar das águas profundas e puras do inconsciente, capaz de, com a força da palavra primeva, num crescendo, juntar-se ao oceano linguístico, às experiências e aos símbolos ancestrais de toda a humanidade, e ecoar, repercutindo, de forma benévola, em todos abalando as margens, libertando o ser humano de limitações.

O dinamismo do arquétipo da água, inconsciente, desvela-se, ao longo do drama, do mais profundo ao sublime, e se funde com a labareda, o consciente. O ato de Empédocles lançar-se vulcão adentro corresponde, na imaginação criadora, ao entranhar-se no imo da natureza para, ato tautócrono, "irromper", com todo o ímpeto daí aos ares excelsos do cosmos, em processo perfeito de integração no todo, suscitando a esfera do éter, o todo movente, expandindo-se ao universo, configurando o *unus mundus,* micro e macrocosmo a um só tempo. Todos os reinos da criação, purificados, fluem no dinamismo próprio da Vida, rumo ao alto, em liberdade, em todos os sentidos.

Esta trajetória ascensionária rumo à consciência e à liberdade coaduna-se, por inteiro, com a ideia de renascimento contínuo a caminho da purificação da alma, dos povos, de toda a natureza, de Herder e à concepção leibniziana da alma, como espelho do universo, liberta de tempo e espaço, em estado de diafaneidade, enfim, ao conceito do homem como microcosmo de Paracelso. O pensamento da unicidade de todo o vivente, legado dos pré-socráticos, crença mais arraigada do poeta, perpassa toda a tragédia. Como escreve Vicente Ferreira da Silva na "Nota sobre Heráclito":

> "Tudo faz parte de um só tecido, tudo é ligado e uno. (...) 'tudo flui'. (...) Heráclito advoga um 'fluidismo' absoluto em relação às províncias particulares do real, dissolvendo todas as concreções rígidas e materializadas, todas as ilhas do ser, no rio ilimitado do vir a ser. Dilui o mundo em acontecer, num processo evolutivo infinito."[142]

Neste contexto, poder-se-ia compreender toda a ação do drama. Ela se origina do dinamismo da água e esta caminha rumo ao fogo. Integra-se neste, e, os dois juntos, transfazem-se em éter. Constitui-se quase personagem, seu simbolismo expressa-se de *per si.*

---

[142] SILVA, Vicente Ferreira da. "Nota sobre Heráclito". In: *Obras Completas.* v. 1. São Paulo, Instituto Brasileiro de Filosofia, 1964, p. 58.

Hölderlin salienta, em sua linguagem poética, o afloramento do arquétipo, nas múltiplas imagens aquáticas, surdindo da terra, no jardim, no alto da montanha e, ainda, da inspiração, nas noites criativas de êxtase. Mas, o taumaturgo espera a maturação do fruto, assim, como a da palavra até o momento propício, como cabe ao espírito regido pelo princípio feminino. Todo o universo co-participa deste processo de crescimento envolvendo a totalidade do ser. Provindo das entranhas do inconsciente, a mensagem poética aglutina, como num caleidoscópio, traços de imagens primordiais coletivas, e possui, destarte, força transformadora e arrebatadora. Por este motivo, a poesia deixa a marca no leitor, porquanto, fluindo em sintonia com os arcanos da alma, roça o inconsciente coletivo, sendo como a música, a água, universal. Daí também se explica o caráter profético e imortal da poesia.

Infinitude de ideias jorram do inconsciente quando a pessoa, centrada, atingiu o Si-mesmo. Vivenciando no âmago da alma as agruras e alegrias dos semelhantes, ela integra, de modo harmônico, toda a multifacetada realidade do universo. Os ideais de igualdade, fraternidade e liberdade passam a pautar, de forma espontânea as ações do homem. Este, autoestimulado, age criativamente em prol da comunidade, utilizando o potencial insondável do inconsciente para elevar o nível dos concidadãos. Autênticos guias, transformadores da sociedade, norteados por valores oriundos da raiz do ser, despontam, então; eles espalham vida conjugada com a chama do entusiasmo, preservando o bem-estar de todos, em ambiente de amor. Todos comungando de um só fluir, tornando-se cidadãos do Universo, agora e sempre. Como diz Hölderlin:

> "Tornar-se-á Uma beleza só; e humanidade e Natureza unir-se-ão em Uma divindade toda abrangente."[143]

---

[143] "Es wird nur Eine Schönheit sein; und Menschheit und Natur wird sich vereinen in Eine allumfassende Gottheit." Kl StA, v. 3, p. 94.

BIBLIOGRAFIA

1. BIBLIOGRAFIA DO AUTOR

HÖLDERLIN, Friedrich. *Briefe.* v. 6. Sämtliche Werke: Kleine Stuttgarter Ausgabe. BEISSNER, Friedrich (ed.). Stuttgart, Kohlhammer, 1965.
_____. *Gedichte vor 1800.* v. 1. Id.. Id. (ed.). Id., id, 1944.
_____. *Gedichte nach 1800.* v. 2. Id.. Id. (ed.). Id., id, 1961.
_____. *Hyperion.* v. 3. Id.. Id. (ed.). Id., id, 1965.
_____. *Der Tod des Empedokles. Aufsätze.* v. 4. Id. Id. (ed.). Id., id., id.

2. BIBLIOGRAFIA SUBSIDIÁRIA

ABBAGNANO, Nicola. *Dicionário de Filosofia.* 2. ed. São Paulo, Mestre Jou, 1982.
BACHELARD, Gaston. *L'Eau et les Rêves.* Essai sur l'imagination de la matière. 11. ed. Paris, Corti, 1973.
_____. *La Poetique de la Rêverie.* 5. ed. Paris, PUF, 1971.
_____. *La Psychanalyse du Feu.* France, Gallimard, 1972.
BARRENTO, João (seleção, tradução, introdução). *Literatura Alemã, Textos e Contextos. (1700-1900).* v. I: O século XVIII. Lisboa, Presença, 1989.
BERTAUX, Pierre. *Hölderlin und die Französische Revolution.* 2. ed. Frankfurt/M., Suhrkamp, 1970.
BINDER, Wolfgang. *Hölderlin-Aufsätze.* Frankfurt/M., Insel, 1970.
BORNHEIM, Gerd. *Os Filósofos Pré-Socráticos.* São Paulo, Cultrix, 1967.
CHEVALIER, Jean e GHEERBRANT, Alain. *Dictionnaire des Symboles.* Mythes, rêves, coutumes, gestes, formes, figures, couleurs, nombres. Paris, Laffont, 1969.
CIRLOT, Juan-Eduardo. *Diccionario de Símbolos.* Barcelona, Labor, 1969.
CIVITA, Victor (ed.) *Os Pré-socráticos.* v. 1. São Paulo, Abril, l973.
DELORME, Maurice. *Hölderlin et la Révolution Française.* Monaco, Rocher, 1959.
ELIADE, Mircea. *Mito e Realidade.* São Paulo, Perspectiva, 1972.
EVDOKIMOV, Paul. *A Mulher e a Salvação do Mundo.* São Paulo, Paulinas, 1986.
GRANT, Michael e HAZEL, John. *Lexikon der antiken Mythen und Gestalten.* 5. ed. München, DTV/List, 1987.
GRIMAL, Pierre. *Dictionnaire de la Mythologie grecque et romaine.* 4. ed. Paris, PUF, 1969.
HÄRTLING, Peter. *Hölderlin.* Ein Roman. Darmstadt, Luchterhand, 1976.
HÄUSSERMANN, Ulrich. *Hölderlin.* 6. ed. Reinbek bei Hamburg, Rowohlt, l970.
HEIDEGGER, Martin. *Erläuterungen zu Hölderlins Dichtungen.* 4. ed., Frankfurt/M., Klostermann, 1971.
HERDER, Johann Gottfried. *Idee per la Filosofia della Storia dell'Umanità.* Roma, Laterza, 1992.
HESELHAUS, Clemens. "Hölderlins Idea Vitae". In: *Hölderlin-Jahrbuch.* v. 6. Ano 1952. BEISSNER, Friedrich e KLUCKHOHN, Paul (ed.). Tübingen, Mohr, 1952.
JENS, Hermann. *Mythologisches Lexikon.* Gestalten der griechischen, römischen und nordischen Gestalten. 2. ed. München, Goldmann, 1960.
JUNG, Carl Gustav. *Aion.* Estudos sobre o simbolismo do Si-mesmo. v. IX/2. Petrópolis, Vozes, 1982.
_____. *El Yo y el Inconsciente.* 5. ed. Barcelona, Miracle, 1972.
_____. *Psicologia e Alquimia.* v. 12. Petrópolis, Vozes, 1991.

_____. *La Psychologie du Transfert*. Illustrée à l'aide d'une série d'images alchimiques. Paris, Michel, 1980.
_____ *Símbolos da Transformação*. Análise dos prelúdios de uma esquizofrenia. v. 5. 2. ed. Petrópolis, Vozes, 1989.
_____. *Tipos Psicológicos*. 2. ed. Rio de Janeiro, Zahar, 1974.
_____. *Von den Wurzeln des Bewusstseins*. Studien über den Archetypus. v. 9. Zürich, Rascher, 1954.
JUNG, Carl Gustav (org.-ed.) e FRANZ, Anne Marie von (ed. após a morte de Jung). *O Homem e seus Símbolos*. 9. ed. Rio de Janeiro, Nova Fronteira, s/d.
LANGEN, August. *Der Wortschatz des deutschen Pietismus*. 2. ed. Tübingen, Niemeyer, 1968.
NEUMANN, Erich. "Über den Mond und das matriarchale Bewusstsein". In: *Aus der Welt der Urbilder*. Eranos-Jahrbuch. v. 18. FRÖBE-KAPTEYN, Olga (ed.). Zürich, Rhein, 1950.
_____. *Die grosse Mutter*. Eine Phänomenologie der weiblichen Gestaltungen des Unbewussten. 8. ed. Olten/ Freiburg, Walter, 1988.
NIETZSCHE, Friedrich. *Unzeitgemässe Betrachtungen*. I-III. Stuttgart, Kröner, 1873.
PARACELSO, Teofrasto. *Scelti Scritti*. Milano, Bocca, 1943.
PICARD, Max. *Das Menschengesicht*. Zürich, Rentsch, 1941.
PLATÃO. *Diálogos. Fédon*. São Paulo, Abril, 1972.
PRILL. Meinhard. *Bürgerliche Alltagswelt und pietistisches Denken im Werk Hölderlins*. Zur Kritik des Hölderlin-Bildes von Georg Lukacs [sic.]. Tübingen, Niemeyer, 1983.
RANKE-GRAVES, Robert von. Griechische *Mythologie*. Quellen und Deutung. 24. ed. Reinbek bei Hamburg, Rowohlt, 1987.
RILKE, Rainer Maria. *Ausgewählte Gedichte*. Frankfurt/M., Suhrkamp, 1966.
SILVA, Dora Ferreira da. *Recordação (Andenken), Assim Como num Dia de Festa... (Wie wenn am Feiertag...)*. In: *Cavalo Azul*. v. 6. São Paulo, s. ed., 1970.
SILVA, Idalina Azevedo da. *Hölderlin. A Linguagem da Festa*. Uma leitura de Hölderlin. Rio de Janeiro, Universidade Federal do Rio de Janeiro, 1983.
SILVA, Vicente Ferreira da. "Nota sobre Heráclito". In: *Obras Completas*. v. 1. São Paulo, Instituto Brasileiro de Filosofia, 1964.
TORRANO, José Antonio Alves. *O Mundo como Função de Musas*. São Paulo, Faculdade de Filosofia, Letras e Ciências Humanas da USP, 1980.
WEISS, Peter. *Hölderlin*. Frankfurt/M., Suhrkamp, 1971.

AS VERSÕES DO DRAMA

O plano de Frankfurt (*FrankfurterPlan*)[1]
Hölderlin concebeu o chamado plano de Frankfurt em 1797 com riqueza de detalhes, dividindo a peça teatral em cinco atos. Discriminou o primeiro: nele, comparecem alguns alunos além do povo, a mulher, os filhos; surge uma desavença familiar, quando o herói decide deixar a cidade. No segundo ato, especifica as quatro primeiras cenas: Empédocles recebe a visita dos alunos e do discípulo dileto, no Etna, e despede-se deles, por último do predileto, de forma afetiva. No terceiro ato, esposa e filhos visitam-no, na região do vulcão. A mulher do taumaturgo participa-lhe a intenção dos agrigentinos de erguer uma estátua em sua honra. No quarto ato, os inimigos de Empédocles, com inveja, instigam os agrigentinos contra Empédocles; estes derrubam a estátua do taumaturgo e expelem-no da cidade; nova despedida da mulher e dos filhos e, no último ato, o filósofo prepara-se para a morte no vulcão. Seu discípulo favorito aproxima-se, mas sucumbe à força espiritual de Empédocles e o deixa a sós. Encontra, pouco depois, as sandálias do filósofo e mostra-as à família de Empédocles e a seus sequazes; reúnem-se junto ao Etna para homenagear a morte do grande homem. Todos estes elementos — mulher, filhos, alunos, contrução de estátua, sandálias — desaparecem na primeira versão da tragédia.

A PRIMEIRA VERSÃO

A primeira versão, em particular, traça — em linguagem moderna — um processo de individuação; nela concentram-se os temas básicos do pensamento hölderliniano.

---

[1] Kl. StA, v. 4, pp. 151-154.

A SEGUNDA VERSÃO

Hölderlin, das personagens da primeira versão, troca Crítias por Mécades e nomina três agrigentinos — na primeira versão eram anônimos.

A TERCEIRA VERSÃO

Nesta versão surgem as personagens: Manes, o egípcio, e Strato, senhor de Agrigento, irmão de Empédocles, o séquito e o coro dos agrigentinos. Desaparecem: Hermócrates, Crítias — Mécades, na segunda versão —, Délia. Panteia torna-se irmã de Empédocles.

Na segunda e na terceira versões, o poeta restringe-se, cada vez mais, ao essencial, eliminando todo elemento acidental com o objetivo de atingir "o ideal de um todo com vida, tão curto e, ao mesmo tempo, tão completo e substancioso quanto possível"[2]. Procurando cingir-se ao essencial Hölderlin perde, sobretudo na segunda versão, por um lado, o colorido metafórico do texto, porém por outro, ganha em intensidade da linguagem, em modernidade. Na terceira versão, o teatrólogo desloca o ângulo de visão da natureza em si e humana para a visão histórica da personagem central. Empédocles passa a ser encarado como personificação do "espírito da época" (*Zeitgeist*).

OBSERVAÇÃO: Seguindo o manuscrito original de Hölderlin, mantivemos os mesmos espaços em branco deixados por ele.

---

[2] "das Ideal eines lebendigen Ganzen so kurz und zugleich so vollständig und gehaltreich wie möglich" Kl StA, v. 6, carta 183, p. 364 s.

A MORTE DE EMPÉDOCLES[*]

Primeira versão

DER TOD DES EMPEDOKLES

Erste Fassung

---

[*] Tradução da primeira versão do drama *A Morte de Empédocles*, de Friedrich Hölderlin, originalmente apresentada como anexo à tese de doutoramento na Universidade de São Paulo, em 1995.

ERSTER AKT

ERSTER AUFTRITT

Panthea. Delia

PANTHEA
Dies ist sein Garten! Dort im geheimen
Dunkel, wo die Quelle springt, dort stand er
jüngst, als ich vorüberging — du
hast ihn nie gesehn?

DELIA
O Panthea! Bin ich doch erst seit gestern mit dem
Vater in Sicilien. Doch ehmals, da
ich noch ein Kind war, sah ich
ihn auf einem Kämpfer-
wagen bei den Spielen in Olympia.
Sie sprachen damals viel von ihm, und immer
ist sein Name mir geblieben.

PANTHEA
Du mußt ihn jetzt sehn! jetzt!
Man sagt, die Pflanzen merkten auf
ihn, wo er wandre, und die Wasser unter der Erde
strebten herauf da, wo sein Stab den Boden berühre!
Das all mag wahr sein!
und wenn er bei den Gewittern in den Himmel blicke,
teile die Wolke sich und hervorschimmre der
heitere Tag. —
Doch was sagts? du mußt ihn selbst sehn! einen
Augenblick! und dann hinweg! ich meid ihn selbst —
ein furchtbar, allverwandelnd Wesen ist in ihm.

PRIMEIRO ATO

Primeira Cena

Panteia. Délia

PANTEIA
Eis seu jardim! Lá, naquela sombra
secreta onde brota a fonte, estava ele,
há pouco, quando passei.
Nunca o viste?

DÉLIA
Ó Pantéia! Se só ontem cheguei
com meu pai, à Sicília. Mas outrora quando
ainda criança, vi-o
como auriga
nos jogos de Olímpia.
Falavam então muito nele e nunca mais
esqueci seu nome.

PANTEIA
Precisas vê-lo agora! Precisas!
Dizem que por onde anda, as
plantas, atentas, o observam, e as águas sob a terra
aspiram saltar fora lá, onde seu cajado toca o solo!
Deve ser tudo verdade!
e quando nos temporais olha o céu,
a nuvem se abre e cintila
o dia sereno.
Mas, o que importa? Deves vê-lo com teus próprios olhos. Por um
Instante! Depois, vamos embora! Eu mesma o evito —
há nele uma essência terrível que tudo transforma.

DELIA
Wie lebt er denn mit andern? Ich begreife nichts
von diesem Manne,
Hat er wie wir auch seine leeren Tage,
Wo man sich alt und unbedeutend dünkt?
Und gibt es auch ein menschlich Leid für ihn?

PANTHEA
Ach! da ich ihn zum letztenmale dort
Im Schatten seiner Bäume sah, da hatt er wohl
Sein eigen tiefes Leid — der Göttliche.
Mit wunderbarem Sehnen, traurigforschend
Wie wenn er viel verloren, blickt' er bald
Zur Erd hinab, bald durch die Dämmerung
Des Hains hinauf, als wär ins ferne Blau
Das Leben ihm entflogen, und die Demut
Des königlichen Angesichts ergriff
Mein ringend Herz — auch du mußt untergehn,
Du schöner Stern! — und lange währets nicht mehr.
Das ahnte mir —

DELIA
                Hast du mit ihm auch schon
Gesprochen, Panthea?

PANTHEA
O daß du daran mich erinnerst! Es ist nicht lange,
daß ich todeskrank daniederlag. Schon dämmerte
der klare Tag vor mir, und um die Sonne
wankte, wie ein seellos Schattenbild, die Welt.
Da rief mein Vater, wenn er schon
ein arger Feind des hohen Mannes ist, am hoff-
nunglosen Tage den Vertrauten der Natur,
und als der Herrliche den Heiltrank mir
gereicht, da schmolz in zaubrischer Versöhnung
mir mein kämpfend Leben ineinander, und wie
zurückgekehrt in süße sinnenfreie
Kindheit schlief ich wachend viele Tage fort,

DÉLIA
Como viverá com os outros? Não consigo compreender
este homem.
Terá ele também, como nós, seus dias vazios
Quando a gente se julga velha e sem valor?
Também para ele existirá a dor humana?

PANTEIA
Ah, quando o vi pela última vez, lá,
à sombra de suas árvores devia sentir —
O divino — uma dor profunda, peculiar.
Com nostalgia estranha, perscrutando tristonho,
Olhava ora para baixo, a terra, como se muito
Houvesse perdido, ora levantava os olhos através do
Crepúsculo do bosque, como se a vida lhe houvesse
fugido no azul longínquo... e a humildade
Do semblante real tocou
Meu coração revolto — também conhecerás o ocaso,
Belo astro! e não durarás muito mais.
Foi o que pressenti —

DÉLIA
                Também já falaste
Com ele, Panteia?

PANTEIA
Ah, do que me fazes lembrar! Não há muito,
eu estava de cama, à beira da morte. O dia claro
escurecia diante de meus olhos e o mundo,
como um espectro sem alma, vacilava em torno do sol.
Embora meu pai fosse inimigo
atroz do taumaturgo — confidente da natureza —
chamou-o nesse dia sem esperança;
e quando o poderoso estendeu-me a
poção, dissolveu-se em mim, em harmonia
prodigiosa, a vida fremente e como se
devolvida à doce infância
despreocupada, continuei meio adormecida por muitos dias,

*Und kaum bedurft ich eines Othemzugs — wie
nun in frischer Luft mein Wesen sich zum erstenmale
wieder der langentbehrten Welt entfaltete, mein
Auge sich in jugendlicher Neugier dem Tag er-
schloß, da stand er, Empedokles! o wie göttlich
und wie gegenwärtig mir! am Lächeln seiner Augen
blühte mir das Leben wieder auf! ach
wie ein Morgenwölkchen floß mein Herz dem
hohen süßen Licht entgegen, und ich war der zarte
Widerschein von ihm.*

DELIA
O Panthea!

PANTHEA
*Der Ton aus seiner Brust! in jede Silbe
klangen alle Melodien! und der
Geist in seinem Wort! — zu seinen Füßen
möcht ich sitzen, stundenlang, als seine Schülerin,
sein Kind, in seinen Aether schaun, und
zu ihm auf frohlocken, bis in seines Himmels
Höhen sich mein Sinn verrirte.*

DELIA
Was würd er sagen, Liebe, wenn ers wüßte!

PANTHEA
*Er weiß es nicht. Der Unbedürftge wandelt
In seiner eignen Welt; in leiser Götterruhe geht
Er unter seinen Blumen, und es scheun
Die Lüfte sich, den Glücklichen zu stören,
              und aus sich selber wächst
In steigendem Vergnügen die Begeisterung
Ihm auf, bis aus der Nacht des schöpfrischen
Entzückens, wie ein Funke, der Gedanke springt,
Und heiter sich die Geister künftger Taten
In seiner Seele drängen, und die Welt,
Der Menschen gärend Leben und die größre*

Quase sem precisar respirar — quando
agora com nova alegria meu ser pela primeira vez de novo
brotou para o mundo que por tanto tempo me faltou, e com
curiosidade juvenil, meus olhos se abriram para
o dia, lá estava ele, Empédocles! Tão divino
e próximo! Em seus olhos sorridentes,
minha vida de novo floresceu! Ah!
como nuvenzinha da alvorada, fluiu meu coração
ao encontro da luz alta e suave e eu era seu
tímido reflexo.

    DÉLIA
Oh, Panteia!

    PANTEIA
O tom de sua fala! Em cada sílaba
soavam todas as melodias! E o espírito
que animava suas palavras — gostaria de sentar-me
horas a fio a seus pés, discípula
e criança, contemplar o Éter,
e alegrar-me com ele, até minha alma perder-se
no céu que lhe pertence!

    DÉLIA
O que ele diria, querida, se soubesse?!

    PANTEIA
Não sabe. De nada necessita, caminha
Em seu mundo próprio e, tranqüilo como um deus, vai
Por entre as flores; a aragem
Receia perturbar o abençoado,
              e de si propaga-se
O entusiasmo em júbilo crescente,
Até que, tal uma faísca, salta
O pensamento da noite de êxtase fecundo.
Alegres, os espíritos de feitos vindouros
Impulsionam sua alma; e o mundo,
A vida borbulhante dos homens e a Natureza

Natur um ihn erscheint — hier fühlt er, wie ein Gott
In seinen Elementen sich, und seine Lust
Ist himmlischer Gesang, dann tritt er auch
Heraus ins Volk, an Tagen, wo die Menge
Sich überbraust und eines Mächtigern
Der unentschlossene Tumult bedarf,
Da herrscht er dann, der herrliche Pilot
Und hilft hinaus und wenn sie dann erst recht
Genug ihn sehn, des immerfremden Manns sich
Gewöhnen möchten, ehe sie's gewahren,
Ist er hinweg, — ihn zieht in seine Schatten
Die stille Pflanzenwelt, wo er sich schöner findet,
Und ihr geheimnisvolles Leben, das vor ihm
In seinen Kräften allen gegenwärtig ist.

DELIA

O Sprecherin! wie weißt du denn das alles?

PANTHEA

Ich sinn ihm nach — wie viel ist über ihn
Mir noch zu sinnen? ach! und hab ich ihn
Gefaßt; was ists? Er selbst zu sein, das ist
Das Leben und wir andern sind der Traum davon. —
Sein Freund Pausanias hat auch von ihm
Schon manches mir erzählt — der Jüngling sieht
Ihn Tag vor Tag, und Jovis Adler ist wohl
Nicht stolzer, denn Pausanias — ich glaub es!

DELIA

Ich kann nicht tadeln, Liebe, was du sagst,
Doch trauert meine Seele wunderbar
Darüber und ich möchte sein, wie du,
Und möcht es wieder nicht. Seid ihr denn all
Auf dieser Insel so? Wir haben auch
An großen Männern unsre Lust, und Einer
Ist itzt die Sonne der Athenerinnen,
Sophokles! dem von allen Sterblichen
Zuerst der Jungfraun herrlichste Natur

Mais alta surgem à sua volta — aí se acha, como um deus,
Em seus elementos; e sua alegria
É cântico celeste; às vezes caminha
Entre o povo, em dias em que a multidão
Se conturba, quando o tumulto incerto
Pede a força de um ser mais forte:
Então, ele, o piloto sublime domina o leme
E o socorre; nessas horas podem vê-lo
Bastante e gostariam de habituar-se a este
Homem sempre estranho, mas antes que se apercebam,
Já se foi — atraem-no, às suas sombras,
O mundo silencioso das plantas — onde sente-se mais belo —
E sua vida misteriosa, presente a ele
Na plenitude de suas forças.

DÉLIA
Ó sibila! Como sabes tudo isto?

PANTEIA
Meu pensamento persegue-o — quanto me falta ainda
Para compreendê-lo? Ah! Mesmo se o compreendesse,
De que serviria? Ele em si é
A vida e nós somos apenas o sonho dela. —
Além do mais seu amigo, Pausânias, já me
Contou muito dele — o jovem o vê
Dia após dia e não creio que a
Águia de Júpiter seja mais orgulhosa que Pausânias —

DÉLIA
Não posso censurar-te, querida, pelo que dizes,
Mas minha alma se entristece estranhamente,
Ora gostaria de ser como tu,
Ora não. Sois todos assim
Nesta ilha? Nós também
Alegramo-nos com os grandes homens, e agora
Um deles é o sol das atenienses:
Sófocles, que dentre os mortais foi
O primeiro a reconhecer a natureza excelsa

Erschien und sich zu reinem Angedenken
In seine Seele gab —
              jede wünscht sich, ein Gedanke
Des Herrlichen zu sein, und möchte gern
Die immerschöne Jugend, eh sie welkt,
Hinüber in des Dichters Seele retten
Und frägt und sinnet, welche von den Jungfraun
Der Stadt die zärtlichernste Heroide sei,
Die er Antigonä genannt; und helle wirds
Um unsre Stirne, wenn der Götterfreund
Am heitern Festtag ins Theater tritt,
Doch kummerlos ist unser Wohlgefallen,
Und nie verliert das liebe Herz sich so
In schmerzlich fortgerißner Huldigung —
Du opferst dich — ich glaub es wohl, er ist
Zu übergroß, um ruhig dich zu lassen,
Den unbegrenzten liebst du unbegrenzt,
Was hilft es ihm? dir selbst, dir ahndete
Sein Untergang, du gutes Kind und du
Sollst untergehn mit ihm?

PANTHEA
              O mache mich
Nicht stolz, und fürchte wie für ihn, für mich nicht!
Ich bin nicht er, und wenn er untergeht,
So kann sein Untergang der meinige
Nicht sein, denn groß ist auch der Tod der Großen
              was diesem Manne widerfährt,
Das, glaube mir, das widerfährt nur ihm,
Und hätt er gegen alle Götter sich
Versündiget und ihren Zorn auf sich
Geladen, und ich wollte sündigen,
Wie er, um gleiches Los mit ihm zu leiden,
So wärs, wie wenn ein Fremder in den Streit
Der Liebenden sich mischt, — was willst du? sprächen
Die Götter nur, du Törin kannst uns nicht
Beleidigen, wie er.

Das donzelas e de alma se entregou
À sua memória virginal —
      todas desejam ser um pensamento
Do sublime, tentando
Salvar, antes que feneça,
Na alma do poeta a juventude sempre bela.
E perguntam a si mesmas, qual delas
Seria a heroína terna e grave
Que ele chamou Antígona; e nossa fronte
Ilumina-se, quando o amigo dos deuses
Surge no teatro em dia de festa;
Nosso contentamento é sem preocupação
E o amável coração jamais se entrega
À homenagem arrebatada pela dor —
Ofereces-te em sacrifício — bem vejo, ele é
Imensurável e só pode inquietar-te;
Mas de que te serve amar sem limite
O ilimitado? Tu mesma pressentiste
Seu declínio; e deves, criança,
Desaparecer com ele?

    PANTEIA
               Oh, não me
Envaideças, nem temas por mim como por ele.
Eu não sou ele e se ele sucumbir,
Seu declínio não será igual
Ao meu; pois grande é a morte dos Grandes;
      o que acontece a este homem,
Acredita-me, só a ele pode acontecer.
E se ele houvesse pecado contra todos os
Deuses e descarregado o ódio deles
Sobre si; e quisesse eu pecar
Como ele, para sofrer a mesma sorte dele,
Seria como se entre amantes em litígio
Um estranho se imiscuísse, — o que queres? diriam
Os deuses apenas, não podes, tola,
Ofender-nos, como ele.

DELIA
                    Du bist vielleicht
Ihm gleicher als du denkst, wie fändst du sonst
An ihm ein Wohlgefallen?

PANTHEA
                        Liebes Herz!
Ich weiß es selber nicht, warum ich ihm
Gehöre — sähst du ihn! — Ich dacht, er käme
Vielleicht heraus,
            du hättest dann im Weggehn ihn
Gesehn — es war ein Wunsch! nicht wahr? ich sollte
Der Wünsche mich entwöhnen, denn es scheint,
Als liebten unser ungeduldiges
Gebet die Götter nicht, sie haben recht!
Ich will auch nimmer — aber hoffen muß
Ich doch, ihr guten Götter, und ich weiß
Nicht anderes, denn ihn —
Ich bäte gleich den Übrigen, von euch
Nur Sonnenlicht und Regen, könnt ich nur!
O ewiges Geheimnis, was wir sind
Und suchen, können wir nicht finden; was
Wir finden, sind wir nicht — wie viel ist wohl
Die Stunde, Delia?

DELIA
                    Dort kommt dein Vater.
Ich weiß nicht, bleiben oder gehen wir —

PANTHEA
Wie sagtest du? mein Vater? komm! hinweg!

DÉLIA
                    Assemelhas-te
A ele talvez mais do que pensas, senão, como
Nele encontrarias aprazimento?

PANTEIA
                        Amado coração!
Eu mesma não sei por que lhe
Pertenço — se o visses! — Pensei que ele
Talvez saísse,
        tê-lo-ias visto, então,
Saindo — foi um desejo! Não é verdade? Deveria
Desabituar-me dos desejos, pois parece
Que aos deuses não agrada
Nossa prece impaciente; têm razão!
Tentarei evitá-lo e — o espero,
Mas, ó bons deuses, a nada mais
Conheço senão a ele —
Se pudesse vos rogaria, como
Os outros, apenas a luz do sol e a chuva!
Oh, eterno mistério, o que somos
E procuramos não nos é dado encontrar; o que
Encontramos, não é o que somos — que horas
Serão, Délia?

DÉLIA
                Lá vem teu pai.
Não sei, devemos ir ou ficar? —

PANTEIA
O que disseste? Meu pai?! Vem! Vamos embora!

ZWEITER AUFTRITT

Kritias. Hermokrates
Archon   Priester

HERMOKRATES
Wer geht dort?

KRITIAS
           Meine Tochter, wie mir dünkt,
Und Delia, des Gastfreunds Tochter, der
In meinem Hause gestern eingekehrt ist.

HERMOKRATES
Ists Zufall? oder suchen sie ihn auch
Und glauben, wie das Volk, er sei entschwunden?

KRITIAS
Die wunderbare Sage kam bis itzt wohl nicht
Vor meiner Tochter Ohren. Doch sie hängt
An ihm wie alle: wär er nur hinweg
In Wälder oder Wüsten, übers Meer
Hinüber oder in die Erd hinab — wohin
Ihn treiben mag der unbeschränkte Sinn.

HERMOKRATES
Mit nichten! Denn sie müßten noch ihn sehn,
Damit der wilde Wahn von ihnen weicht.

KRITIAS
Wo ist er wohl?

HERMOKRATES
           Nicht fern von hier. Da sitzt
Er seelenlos im Dunkel. Denn es haben
Die Götter seine Kraft von ihm genommen,

Segunda Cena

*Crítias. Hermócrates
Arconte   Sacerdote*

HERMÓCRATES
Quem está indo ali?

CRÍTIAS
                Minha filha, parece-me,
E Délia, a filha do hóspede que
Ontem chegou em minha casa.

HERMÓCRATES
É acaso? Ou elas também o procuram
Acreditando tal como o povo que tenha desaparecido?

CRÍTIAS
A fábula singular não deve ter chegado
Ainda aos ouvidos de minha filha. Mas como todos
Afeiçoou-se a ele: tivesse ao menos
Se afastado, por florestas ou desertos,
Atravessando mares ou descido à terra — aonde quer que
O ânimo ilimitado o pudesse impelir.

HERMÓCRATES
Nunca! Pois teriam ainda de vê-lo
Para neles esmaecer a ilusão desenfreada.

CRÍTIAS
Onde estará?

HERMÓCRATES
           Está lá sentado, não longe daqui,
Exausto, no escuro. Os
Deuses o despojaram da força,

Seit jenem Tage, da der trunkne Mann
Vor allem Volk sich einen Gott genannt.

KRITIAS
Das Volk ist trunken, wie er selber ist.
Sie hören kein Gesetz, und keine Not
Und keinen Richter; die Gebräuche sind
Von unverständlichem Gebrause gleich
Den friedlichen Gestaden überschwemmt.
Ein wildes Fest sind alle Tage worden,
Ein Fest für alle Feste und der Götter
Bescheidne Feiertage haben sich
In eins verloren, allverdunkelnd hüllt
Der Zauberer den Himmel und die Erd
Ins Ungewitter, das er uns gemacht,
Und siehet zu und freut sich seines Geists
In seiner stillen Halle.

HERMOKRATES
Mächtig war
Die Seele dieses Mannes unter euch.

KRITIAS
Ich sage dir: sie wissen nichts denn ihn
Und wünschen alles nur von ihm zu haben,
Er soll ihr Gott, er soll ihr König sein.
Ich selber stand in tiefer Scham vor ihm,
Da er vom Tode mir mein Kind gerettet.
Wofür erkennst du ihn, Hermokrates?

HERMOKRATES
Es haben ihn die Götter sehr geliebt.
Doch nicht ist er der Erste, den sie drauf
Hinab in sinnenlose Nacht verstoßen,
Vom Gipfel ihres gütigen Vertrauns,
Weil er des Unterschieds zu sehr vergaß
Im übergroßen Glück, und sich allein
Nur fühlte; so erging es ihm, er ist

Desde o dia em que, inebriado, diante de
Todo o povo, se disse um deus.

   CRÍTIAS
O povo está tão inebriado, como ele próprio.
Não atendem às leis, a nenhum perigo,
A juiz algum; os costumes,
Como as praias pacíficas, estão
Submersos pelo tumulto revolto.
Todos os dias se transformaram numa festa selvagem.
Uma festa por todas e as
Festividades discretas dos deuses
Perderam-se numa só; o mago, tudo
Obscurecendo, envolve o céu e a terra
Em temporal que nos armou,
Olha-nos e alegra-se do próprio espírito
Em seu átrio silencioso.

   HERMÓCRATES
               Poderosa era
A alma deste homem entre vós.

   CRÍTIAS
Digo-te: além dele nada sabem
E só dele desejam obter tudo,
Deve ser seu deus, seu rei.
Senti-me, eu mesmo, profundamente envergonhado diante dele
Quando salvou minha filha da morte.
Por quem o reconheces, Hermócrates?

   HERMÓCRATES
Muito amaram-no os deuses.
Mas não é o primeiro que expulsam
Do ápice de sua benévola confiança
Ao fundo da noite insensata;
Em sua desmedida felicidade esqueceu-se
Demais da diferença, pensando apenas
Em si mesmo; foi assim, e ei-lo

Mit grenzenloser Oede nun gestraft —
Doch ist die letzte Stunde noch für ihn
Nicht da; denn noch erträgt der Langverwöhnte
Die Schmach in seiner Seele nicht, sorg ich
Und sein entschlafner Geist entzündet
Nun neu an seiner Rache sich
Und, halberwacht, ein fürchterlicher Träumer spricht
Er gleich den alten Übermütigen,
Die mit dem Schilfrohr Asien durchwandern,
Durch sein Wort sein die Götter einst geworden.
Dann steht die weite lebensreiche Welt
Wie sein verlornes Eigentum vor ihm,
Und ungeheure Wünsche regen sich
In seiner Brust und wo sie hin sich wirft,
Die Flamme, macht sie eine freie Bahn.
Gesetz und Kunst und Sitt und heilge Sage
Und was vor ihm in guter Zeit gereift
Das stört er auf und Lust und Frieden kann
Er nimmer dulden bei den Lebenden.
Er wird der Friedliche nun nimmer sein.
Wie alles sich verlor, so nimmt
Er Alles wieder, und den Wilden hält
Kein Sterblicher in seinem Toben auf.

KRITIAS

O Greis! Du siehest namenlose Dinge.
Dein Wort ist wahr und wenn es sich erfüllt,
Dann wehe dir, Sicilien, so schön
Du bist mit deinen Hainen, deinen Tempeln.

HERMOKRATES

Der Spruch der Götter trifft ihn, eh sein Werk
Beginnt. Versammle nur das Volk, damit ich
Das Angesicht des Mannes ihnen zeige,
Von dem sie sagen, daß er aufgeflohn
Zum Aether sei. Sie sollen Zeugen sein
Des Fluches, den ich ihm verkündige,
Und ihn verstoßen in die öde Wildnis,

Condenado agora ao deserto ilimitado —
Mas para ele, ainda não chegou a
Última hora; pois temo, o há tanto mimado
Não tolerará a calúnia em sua alma
E seu espírito entorpecido inflamar-se-á
De novo em vingança.
Meio desperto, visionário temível, fala
Como os arrogantes de outrora
Atravessavam a Ásia com o bordão de junco:
Por sua palavra os deuses teriam um dia nascido.
O vasto mundo de vida crepitante estende-se
Diante dele — riqueza perdida;
Desejos imensos agitam-se em
Seu peito e a chama, para onde quer que se
Lance, força um trajeto livre.
E o que antes dele maturou em hora propícia:
Lei, arte, costumes e santa tradição
Repele; nunca mais poderá tolerar
Paz e alegria entre os vivos.
Nunca mais será o homem pacífico.
Assim como tudo perdeu, tudo
Retomará; e nenhum mortal
Deterá a fera em seu bramido.

CRÍTIAS
Oh, ancião. Vês coisas inomináveis,
Tua palavra é verdadeira e, se cumprir-se,
Pobre de ti, Sicília, tão bela
Com teus bosques e templos.

HERMÓCRATES
Antes que inicie sua obra, a sentença dos deuses
O alcançará. Conclama o povo! Mostrar-lhe-ei
A face deste homem que
Dizem ter transposto o
Éter divino. Devem testemunhar
A maldição que lhe anuncio,
E expulsá-lo para o áspero deserto;

Damit er nimmerwiederkehrend dort
Die böse Stunde büße, da er sich
Zum Gott gemacht.

    KRITIAS
                      Doch wenn des schwachen Volks
Der Kühne sich bemeistert, fürchtest du
Für mich und dich und deine Götter nicht?

    HERMOKRATES
Das Wort des Priesters bricht den kühnen Sinn.

    KRITIAS
Und werden sie den Langgeliebten dann,
Wenn schmählich er vom heilgen Fluche leidet,
Aus seinen Gärten, wo er gerne lebt,
Und aus der heimatlichen Stadt vertreiben?

    HERMOKRATES
Wer darf den Sterblichen im Lande dulden,
Den so der wohlverdiente Fluch gezeichnet?

    KRITIAS
Doch wenn du wie ein Lästerer erscheinst
Vor denen, die als einen Gott ihn achten?

    HERMOKRATES
Der Taumel wird sich ändern, wenn sie erst
Mit Augen wieder sehen den sie jetzt schon
Entschwunden in die Götterhöhe wähnen!
Sie haben schon zum Bessern sich gewandt.
Denn trauernd irrten gestern sie hinaus
Und gingen hier umher und sprachen viel
Von ihm, da ich desselben Weges kam.
Drauf sagt ich ihnen, daß ich heute sie
Zu ihm geleiten wollt; indessen soll
In seinem Hause jeder ruhig weilen.
Und darum bat ich dich, mit mir heraus

Que nunca mais regresse,
Expiando a hora fatídica em que
Se disse um deus.

    CRÍTIAS
           Mas se o temerário
Se impuser ao povo fraco, não temes
Por mim, por ti e por teus deuses?

    HERMÓCRATES
A palavra do sacerdote quebra o pensamento temerário.

    CRÍTIAS
Expulsarão então aquele há tanto amado
De seus jardins aprazíveis,
Da cidade natal,
Quando sofrer, injuriado, o anátema sagrado?

    HERMÓCRATES
Quem poderá tolerar no país este mortal,
Assinalado por tão merecido anátema?

    CRÍTIAS
E se apareces como blasfemo
Aos que o veneram como deus?

    HERMÓCRATES
O delírio será outro quando virem de novo,
Com os próprios olhos, quem já agora
Julgam desaparecido nas alturas divinas!
Mas já se voltaram para melhor.
Ontem, enquanto vagavam aflitos
De um lado para outro, falavam muito
Dele, e eu seguia pelo mesmo caminho,
Dizendo-lhes que hoje os acompanharia
Aonde ele estivesse; no momento,
Ficassem tranqüilos em suas casas.
Eis porque te pedi que viesses

Zu kommen, daß wir sähen, ob sie mir
Gehorcht. Du findest keinen hier. Nun komm.

KRITIAS
Hermokrates!

HERMOKRATES
Was ists?

KRITIAS
Dort seh ich ihn
Wahrhaftig.

HERMOKRATES
Laß uns gehen, Kritias!
Daß er in seine Rede nicht uns zieht.

DRITTER AUFTRITT

EMPEDOKLES
In meine Stille kamst du leise wandelnd,
Fandst drunten in der Grotte Dunkel mich aus,
Du Freundlicher! du kamst nicht unverhofft
Und fernher, oben über der Erde, vernahm
Ich wohl dein Wiederkehren, schöner Tag
Und meine Vertrauten euch, ihr schnellgeschäftgen
Kräfte der Höh! und nahe seid ihr
Mir wieder, seid, wie sonst, ihr Glücklichen,
Ihr irrelosen Bäume meines Hains!
Ihr wuchst indessen fort und täglich tränkte
Des Himmels Quelle die Bescheidenen
Mit Licht und Lebensfunken säte
Befruchtend auf die Blühenden der Aether. —
O innige Natur! ich habe dich
Vor Augen, kennest du den Freund noch

Comigo, para ver se me
Obedeceram. Não há ninguém aqui. Vem, agora!

    CRÍTIAS
Hermócrates!

    HERMÓCRATES
        O que é?

    CRÍTIAS
                Lá, ei-lo,
De fato!

    HERMÓCRATES
    Vamos, Crítias!
Que não nos envolva em seu discurso!

        Terceira Cena

    EMPÉDOCLES
Acorreste a meu silêncio, perpassando de leve
E me achaste no fundo na escuridão da gruta,
Dia benigno; não vieste porém de longe
E de improviso por sobre a terra; senti
Teu retorno belo dia
E vós, minhas confidentes, forças do alto
Ativas e velozes! Como outrora, vos
Tenho de novo junto a mim, vós ditosas
Árvores imperturbáveis do meu bosque!
Enquanto isto crescíeis e o manancial celeste
Banhava todos os dias as discretas criaturas;
Com luz e faísca de vida o Éter
Semeava, fecundando florescências. —
Ó íntima Natureza! Tenho-te ante
Meus olhos, e conheces ainda o amigo,

Den Hochgeliebten, kennest du mich nimmer?
Den Priester, der lebendigen Gesang,
Wie frohvergoßnes Opferblut, dir brachte?

O bei den heilgen Brunnen, wo sich still
Die Wasser sammeln, und die Dürstenden
Am heißen Tage sich verjüngen! in mir,
In mir, ihr Quellen des Lebens, strömtet ihr einst
Aus tiefen der Welt zusammen und es kamen
Die Dürstenden zu mir — vertrocknet bin
Ich nun, und nimmer freun die Sterblichen
Sich meiner — bin ich ganz allein? und ist
Es Nacht hier oben auch am Tage? weh!
Der höhers, denn ein sterblich Auge, sah,
Der Blindgeschlagne tastet nun umher —
Wo seid ihr, meine Götter? weh ihr laßt
Wie einen Bettler mich und diese Brust
Die liebend euch geahndet, stießt ihr mir
Hinab und schloßt in schmählichenge Bande
Die Freigeborne, die aus sich allein
Und keines andern ist? Und dulden sollt ichs
Wie die Schwächlinge, die im scheuen Tartarus
Geschmiedet sind ans alte Tagewerk?
Ich habe mich erkannt; ich will es! Luft will ich
Mir schaffen, ha! und tagen solls! hinweg!
Bei meinem Stolz! ich werde nicht den Staub
Von diesem Pfade küssen, wo ich einst
In einem schönen Traume ging — es ist vorbei!
Ich war geliebt, geliebt von euch, ihr Götter,
Ich erfuhr euch, ich kannt euch, ich wirkte mit euch, wie ihr
Die Seele mir bewegt, so kannt ich euch,
So lebtet ihr in mir — o nein! es war
Kein Traum, an diesem Herzen fühlt ich dich
Du stiller Aether! wenn der Sterblichen Irrsal
Mir an die Seele ging und heilend du
Die liebeswunde Brust umatmetest
Du Allversöhner! und dieses Auge sah
Dein göttlich Wirken, allentfaltend Licht!

Ó muito amado, ou não me conheces mais?
O sacerdote que te ofertava cânticos vivos
Como sangue do sacrifício vertido com prazer?

Ah, junto às nascentes sacras onde, serenas,
As águas se unificam e no dia fogoso
Rejuvenescem os sedentos! Para dentro,
Para dentro de mim, vós, Fontes da Vida, outrora
Confluíeis das profundezas do mundo e eles vinham,
Os sedentos, a mim — esgotei-me
Agora, e os mortais já não mais se alegrarão
Comigo — estarei tão só? E é
Noite aqui em cima também de dia? Ai de mim!
Quem viu mais alto que todo olhar mortal,
Tateia agora em volta, ferido pela cegueira, —
Onde estais, ó deuses? Ai, como um mendigo
Me abandonais e a este peito
Que amando vos pressentia; me impelistes
Para baixo forçando o nascido livre, que pertence
A si próprio e a mais ninguém, em grilhões ignóbeis
E apertados? Devo conformar-me
Como os fracos, forjados no Tártaro
Opressivo em antiga tarefa cotidiana?
Reconheci meu erro! Quero respirar, sorver o
Ar! Amanhecerá! Vamos!
Por meu orgulho, não beijarei o pó
Deste atalho onde outrora
Andei num sonho belo — já passou!
Era amado, amado por vós, ó deuses,
Eu vos experimentei, conheci, atuei convosco, como
Agitáveis minha alma, assim vos conheci,
Assim vivíeis em mim — oh, não! Não
Era um sonho, e tu, Éter silente,
Tocaste meu coração! Quando o equívoco humano
Penetrou-me a alma e curaste,
Este peito ferido de amor, envolvendo-o,
Ó conciliador de tudo! Meus olhos viram
Tua ação divina, luz irradiante!

Und euch, ihr andern Ewigmächtigen —
O Schattenbild! Es ist vorbei
Und du, verbirg dirs nicht! du hast
Es selbst verschuldet, armer Tantalus,
Das Heiligtum hast du geschändet, hast
Mit frechem Stolz den schönen Bund entzweit,
Elender! als die Genien der Welt
Voll Liebe sich in dir vergaßen, dachtst du
An dich und wähntest karger Tor, an dich
Die Gütigen verkauft, daß sie dir,
Die Himmlischen, wie blöde Knechte dienten!
Ist nirgends ein Rächer
Und muß ich denn allein den Hohn und Fluch
In meine Seele rufen? Und es reißt
Die delphische Krone mir kein Beßrer
Denn ich vom Haupt, und nimmt die Locken hinweg,
Wie es dem kahlen Seher gebührt —

VIERTER AUFTRITT

Empedokles. Pausanias

PAUSANIAS
                    O all
Ihr himmlischen Mächte, was ist das?

EMPEDOKLES
                        Hinweg!
Wer hat dich hergesandt? willst du das Werk
Verrichten an mir? Ich will dir alles sagen,
Wenn dus nicht weißt; dann richte was du tust
Danach — Pausanias! o suche nicht
Den Mann, an dem dein Herz gehangen, denn
Er ist nicht mehr, und gehe, guter Jüngling!
Dein Angesicht entzündet mir den Sinn,

E vós também, todo-poderosas —
Imagens da sombra! Tudo passou,
Não tentes dissimular! Tua
É a culpa, pobre Tântalo,
Profanaste o sagrado, rompeste
A bela união com orgulho insolente,
Mísero! Quando, repletos de amor, os gênios
Do universo esqueceram-se em ti, pensaste em
Ti mesmo, pobre tolo, e julgaste
Que se aviltando, os benévolos te
Servissem, os Celestes, como servos estúpidos!
Não existe em lugar algum um vingador,
Devo evocar sozinho o escárnio e o anátema
Em minha alma? Ninguém
Além de mim para arrebatar a coroa
Délfica da cabeça, puxando as mechas do cabelo,
Como diria um visionário calvo? —

QUARTA CENA

Empédocles. Pausânias

PAUSÂNIAS
                    Ó vós, todas as
Forças celestes, o que está acontecendo?

EMPÉDOCLES
                    Vai embora!
Quem te enviou aqui? Queres completar
A obra em mim? Dir-te-ei tudo,
Se não o sabes; depois, orienta as tuas ações
Por minhas palavras — Pausânias! Ó, não procures
O homem ao qual teu coração se afeiçoou, pois
Não mais existe, vai, jovem bondoso!
Teu semblante me inflama o pensamento;

Und sei es Segen oder Fluch, von dir
Ist beedes mir zu viel. Doch wie du willst!

PAUSANIAS
Was ist geschehn? Ich habe lange dein
Geharrt und dankte, da ich von ferne
Dich sah, dem Tageslicht, da find ich so
Du hoher Mann! ach! wie die Eiche, die Zeus erschlug,
Vom Haupte bis zur Sohle dich zerschmettert.
Warst du allein? Die Worte hört ich nicht,
Doch schallt mir noch der fremde Todeston.

EMPEDOKLES
Es war des Mannes Stimme, der sich mehr,
Denn Sterbliche, gerühmt, weil ihn zu viel
Beglückt die gütige Natur.

PAUSANIAS
                Wie du
Vertraut zu sein mit allen Göttlichen
Der Welt, ist nie zu viel.

EMPEDOKLES
                So sagt ich auch,
Du Guter, da der heilge Zauber noch
Aus meinem Geiste nicht gewichen war,
Und da sie mich den Innigliebenden
Noch liebten, sie die Genien der Welt.
O himmlisch Licht! — es hatten michs
Die Menschen nicht gelehrt — schon lange, da
Mein sehnend Herz die Allebendige
Nicht finden konnte, da wandt ich mich zu dir,
Hing, wie die Pflanze dir mich anvertrauend,
In frommer Lust dir lange blindlings nach,
Denn schwer erkennt der Sterbliche die Reinen,
Doch als
        der Geist mir blühte, wie du selber blühst,
Da kannt ich dich, da rief ich es: du lebst,

Bênção ou maldição, vindos de ti
Sempre é em demasia. Mas, como queiras!

    PAUSÂNIAS
O que houve? Há muito te esperava
E ao ver-te, ao longe, agradeci à
Luz do dia. E te encontro assim,
Privilegiado! Ai! Como o carvalho ferido por Zeus,
Destruído da cabeça aos pés.
Estavas só? Não ouvi as palavras
Mas ainda ouço ressoar o estranho tom da morte.

    EMPÉDOCLES
Era a voz do homem que inebriado
Pela Natureza benévola, se vangloriou
Mais do que os mortais.

    PAUSÂNIAS
                Nunca é
Demais ser íntimo, como tu és de
Todos os deuses do Universo.

    EMPÉDOCLES
                Também eu assim dizia,
Bondoso, quando o encanto sagrado ainda
Não havia se retirado de meu espírito.
Quando os espíritos do Universo ainda
Me amavam, a mim, seu íntimo amante.
Ó luz celeste! — Os humanos nunca
Tal me ensinaram! — Há muito, quando
Meu coração ansioso buscava
A Plenamente viva, volvi-me para ti;
Às cegas me entreguei, por muito tempo,
Em gozo devoto, qual planta confiante;
Dificilmente reconhecem os mortais as almas puras,
Mas quando
      floresceu meu espírito, como tu mesma floresces,
Clamei, reconhecendo-te: vives

Und wie du heiter wandelst um die Sterblichen,
Und himmlischjugendlich den holden Schein
Von dir auf jedes eigen überstrahlst,
Daß alle deines Geistes Farbe tragen,
So ward auch mir das Leben zum Gedicht.
Denn deine Seele war in mir, und offen gab
Mein Herz wie du der ernsten Erde sich,
Der Leidenden, und oft in heilger Nacht
Gelobt ichs   ihr, bis in den Tod
Die Schicksalvolle furchtlos treu zu lieben
Und ihrer Rätsel keines zu verschmähn
Da rauscht' es anders denn zuvor im Hain,
Und zärtlich tönten ihrer Berge Quellen.
All deine Freuden, Erde! nicht wie du
Sie lächelnd reichst den Schwächern, herrlich, wie sie sind,
Und warm und wahr aus Müh und Liebe reifen, —
Sie alle gabst du mir und wenn ich oft
Auf ferner Bergeshöhe saß und staunend
Des Lebens heilig Irrsal übersann,
Zu tief von deinen Wandlungen bewegt,
Und eignes Schicksal ahndend,
Dann atmete der Aether, so wie dir,
Mir heilend um die liebeswunde Brust,
Und zauberisch in seine Tiefe lösten
Sich meine Rätsel auf—

    PAUSANIAS

                      Du Glücklicher!

    EMPEDOKLES
Ich wars! o könnt ichs sagen, wie es war,
Es nennen — das Wandeln und Wirken deiner Geniuskräfte,
Der Herrlichen, deren Genoß ich war, o Natur!
Könnt ichs noch Einmal vor die Seele rufen,
Daß mir die stumme todesöde Brust
Von deinen Tönen allen widerklänge!
Bin ich es noch? o Leben! und rauschten sie mir,
All deine geflügelten Melodien und hört

E perpassas, serena, entre os mortais
Irradiando, celeste e juvenil,
O brilho gracioso por entre os viventes
Para que todos vistam a cor do teu espírito.
Assim, em poesia, transformou-se-me a vida.
Pois tua alma era parte de mim e aberto como o teu
Meu coração se prodigou à terra grave,
À padecente, e muitas vezes na noite consagrada
Prometi   a ela, à predestinada,
Amor fiel, intrépido até a morte,
E a jamais desdenhar os seus enigmas.
Perpassava então outro sussurro no bosque consagrado
E suavemente ressoavam as nascentes de suas montanhas.
Todas as tuas alegrias, terra! Não como as que
Estendes generosa sorrindo aos mais frágeis,
Mas cálidos e genuínos, amadurecendo em fadiga e amor. —
Todas as tuas alegrias me deste e muitas vezes,
Ao meditar no alto da montanha distante, atônito
Ante o sagrado equívoco da vida,
Por demais enternecido pelas tuas metamorfoses
E pressentindo meu próprio destino;
Ao respirar o Éter que envolvia o peito
Ferido de amor, curei-me como a ti mesma, terra,
E magicamente, em suas profundezas,
Dissolviam-se meus enigmas —

    PAUSÂNIAS
                        Ó privilegiado!

    EMPÉDOCLES
Já o fui! Se pudesse evocar o que passou,
Enunciar as metamorfoses e a eficácia das forças esplêndidas de teu gênio,
Ó Natureza, das quais eu era companheiro!
E ainda Uma vez, tudo invocando ante minha alma,
Assim pudesse meu peito calado nas areias da morte
Ressoar teus múltiplos acordes!
Existo? Ó vida! E sussuravam para mim
Todas as tuas aladas melodias e eu sentia

Ich deinen alten Einklang, große Natur?
Ach! ich der allverlassene, lebt ich nicht
Mit dieser heilgen Erd und diesem Licht
Und dir, von dem die Seele nimmer läßt,
O Vater Aether! und allen Lebenden
In einigem gegenwärtigem Olymp? —
Nun wein ich, wie ein Ausgestoßener,
Und nirgend mag ich bleiben, ach und du
Bist auch von mir genommen, - sage nichts!
Die Liebe stirbt, sobald die Götter fliehn,
Das weißt du wohl, verlaß mich nun, ich bin
Es nimmer und ich hab an dir nichts mehr.

PAUSANIAS
Du bist es noch, so wahr du es gewesen.
Und laß michs sagen, unbegreiflich ist
Es mir, wie du dich selber so vernichtest.
Ich glaub es wohl, es schlummert deine Seele
Dir auch, zu Zeiten, wenn sie sich genug
Der Welt geöffnet, wie die Erde, die
Du liebst, sich oft in tiefe Ruhe schließt.
Doch nennest du sie tot, die Ruhende?

EMPEDOKLES
Wie du mit lieber Mühe Trost ersinnst!

PAUSANIAS
Du spottest wohl des Unerfahrenen
Und denkest, weil ich deines Glücks, wie du,
Nicht inne ward, so sag ich, da du leidest,
Nur ungereime Dinge dir? sah ich nicht dich
In deinen Taten, da der wilde Staat von dir
Gestalt und Sinn gewann, in seiner Macht
Erfuhr ich deinen Geist, und seine Welt, wenn oft
Ein Wort von dir im heilgen Augenblick
Das Leben vieler Jahre mir erschuf,
Daß eine neue schöne Zeit von da
Dem Jünglinge begann; wie zahmen Hirschen,

A tua antiga harmonia, grande Natureza!
Ah! Eu, por tudo abandonado, não vivia
Com esta terra consagrada, com esta luz
E contigo, a quem a alma jamais renuncia,
Ó pai Éter? E com todos os viventes
Nalgum Olimpo presente? —
Agora choro como um rejeitado
E não gostaria de ficar em lugar algum! Ai! Tu
Também me foste arrebatado, — não digas nada!
O amor extingue-se tão logo os deuses fogem,
Bem o sabes, deixa-me agora, não sou
Mais quem era e nada mais prende-me a ti.

    PAUSÂNIAS
Não, tu ainda o és, tanto quanto o foste.
Deixa que te diga, não compreendo
Como podes aniquilar-te assim.
Creio que às vezes tua alma descansa
E dormita, depois de abrir-se demasiado
Ao mundo, assim como a terra que amas
Se recolhe, não raro, em repouso profundo.
Podes chamá-la de morta, quando em repouso?

    EMPÉDOCLES
Com que afã amoroso procuras consolar-me!

    PAUSÂNIAS
Oh, zombas do inexperiente
E visto que não senti como tu
As tuas alegrias, pensas agora que eu diga, porque sofres,
Apenas coisas insensatas? Não te vi
Em teus feitos, dando forma e sentido
Ao estado inculto? Em sua força
Discerni teu espírito e seu mundo; muitas vezes
Uma palavra tua dita no instante santo
Dava-me vida por muitos anos:
Para mim, jovem, uma época
Nova e bela se iniciava; como os mansos cervos

Wenn ferne rauscht der Wald und sie der Heimat denken,
So schlug mir oft das Herz, wenn du vom Glück
Der alten Urwelt sprachst, und zeichnetest
Du nicht der Zukunft große Linien
Vor mir, so wie des Künstlers sicherer Blick
Ein fehlend Glied zum ganzen Bilde reiht;
Liegt nicht vor dir der Menschen Schicksal offen?
Und kennst du nicht die Kräfte der Natur,
Daß du vertraulich, wie kein Sterblicher,
Sie, wie du willst, in stiller Herrschaft lenkst?

EMPEDOKLES
Genug! du weißt es nicht, wie jedes Wort,
So du gesprochen, mir ein Stachel ist.

PAUSANIAS
So mußt du denn im Unmut alles hassen?

EMPEDOKLES
O ehre, was du nicht verstehst!

PAUSANIAS
                    Warum
Verbirgst du mirs, und machst dein Leiden mir
Zum Rätsel? glaube! schmerzlicher ist nichts.

EMPEDOKLES
Und nichts ist schmerzlicher, Pausanias!
Denn Leiden zu enträtseln. Siehest du denn nicht?
Ach! lieber wäre mirs, du wüßtest nicht
Von mir und aller meiner Trauer. Nein!
Ich sollt es nicht aussprechen, heilge Natur!
Jungfräuliche, die dem rohen Sinn entflieht!
Verachtet hab ich dich und mich allein
Zum Herrn gesetzt, ein übermütiger
Barbar! an eurer Einfalt hielt ich euch,
Ihr reinen immerjugendlichen Mächte!
Die mich mit Freud erzogen, mich mit Wonne genährt,

Recordam o país natal, quando ao longe sussurra a floresta,
Assim muitas vezes bateu meu coração, ao falares da ventura
De origens remotas e ditosas. Não traçaste
Grandes linhas do futuro
Diante de mim, assim como o olhar seguro do artista
Dispõe um elemento que falta ao quadro inteiro;
Não está aberto aos teus olhos o destino dos homens?
Não conheces as forças da Natureza,
Que diriges como nenhum outro mortal
Com poderio íntimo e secreto?

    EMPÉDOCLES
Basta! Não sabes como cada palavra
Tua me fere como um espinho.

    PAUSÂNIAS
Assim, em tua indignação, deves tudo odiar?

    EMPÉDOCLES
Honra o que não entendes!

    PAUSÂNIAS
                Porque
O escondes de mim, fazendo de tua dor
Um enigma? Creia-me, nada me é mais penoso.

    EMPÉDOCLES
E nada é mais penoso, Pausânias,
Do que explicar a dor! Então não vês?
Ai! Preferiria se nada soubesses
De mim, nem de toda a minha tristeza. Não!
Não deveria dizê-lo, Natureza consagrada!
Tu que foges ao espírito rude, ó virginal!
Desprezei-te, instituindo-me
Como único senhor, bárbaro e
Arrogante! Em vossa singeleza vos possui
Forças puras, sempre juvenis!
Vós que me educastes com júbilo e nutristes de encantamentos,

Und weil ihr immergleich mir wiederkehrtet,
Ihr Guten, ehrt ich eure Seele nicht!
Ich kannt es ja, ich hatt es ausgelernt,
Das Leben der Natur, wie sollt es mir
Noch heilig sein, wie einst! Die Götter waren
Mir dienstbar nun geworden, ich allein
War Gott, und sprachs im frechen Stolz heraus.
O glaub es mir, ich wäre lieber nicht
Geboren!

   PAUSANIAS
    Was? um eines Wortes willen?
Wie kannst so du verzagen, kühner Mann!

   EMPEDOKLES
Um eines Wortes willen? ja. Und mögen
Die Götter mich zernichten, wie sie mich
Geliebt.

   PAUSANIAS
    So sprechen andre nicht, wie du.

   EMPEDOKLES
Die andern! wie vermöchten sie's?

   PAUSANIAS
        Ja wohl,
Du wunderbarer Mann! So innig liebt'
Und sah kein anderer die ewge Welt
Und ihre Genien und Kräfte nie,
Wie du, und darum sprachst das kühne Wort
Auch du allein, und darum fühlst du auch
So sehr, wie du mit Einer stolzen Silbe
Vom Herzen aller Götter dich gerissen,
Und opferst liebend ihnen dich dahin,
O Empedokles! —

Regressando continuamente a mim,
Generosas, não venerei vossa alma!
A vida da Natureza, eu a conhecia,
Nela me iniciara, como devia tê-la
Mantido sagrada, como outrora! Os deuses
Estavam prontos a servir-me. Sentia-me o
Único deus, e o manifestei com orgulho insolente.
Oh, acredita-me, melhor seria nunca ter
Nascido!

  PAUSÂNIAS
    O que dizes? Por uma palavra?
Como podes esmorecer tanto, homem audaz!

  EMPÉDOCLES
Por uma palavra? Sim. E possam
Os deuses aniquilar-me, como me
Amaram.

  PAUSÂNIAS
    Assim falam os outros, não tu.

  EMPÉDOCLES
Os outros! Como poderiam fazê-lo?

  PAUSÂNIAS
         Sim, certo,
Homem excepcional! Tão intimamente ninguém
Jamais amou, nem viu o mundo
Eterno, seus espíritos e forças
Como o fizeste; eis porque só tu também
Pronunciaste a palavra temerária e também sentes
Tanto, como por Uma palavra altiva
Te apartaste do coração dos deuses
E por eles te sacrificas com amor,
Ó Empédocles! —

EMPEDOKLES
 Siehe! was ist das?
Hermokrates, der Priester, und mit ihm
Ein Haufe Volks! und Kritias, der Archon.
Was suchen sie bei mir?

PAUSANIAS
  Sie haben lang
Geforschet, wo du wärst.

Fünfter Auftritt

Empedokles. Pausanias
Hermokrates. Kritias. Agrigentiner

HERMOKRATES
Hier ist der Mann, von dem ihr sagt, er sei
Lebendig zum Olymp empor gegangen.

KRITIAS
Und traurig sieht er, gleich den Sterblichen.

EMPEDOKLES
Ihr armen Spötter! ists erfreulich euch,
Wenn einer leidet, der euch groß geschienen?
Und achtet ihr, wie leichterworbnen Raub,
Den Starken, wenn er schwach geworden ist?
Euch reizt die Frucht, die reif zur Erde fällt,
Doch glaubt es mir, nicht alles reift für euch.

EIN AGRIGENTINER
Was hat er da gesagt?

EMPÉDOCLES
    Olha! O que está havendo?
Hermócrates, o sacerdote, e uma
Multidão o acompanha! E Crítias, o arconte.
O que querem de mim?

PAUSÂNIAS
                Procuraram muito
Por ti.

Quinta Cena

Empédocles. Pausânias
Hermócrates. Crítias. Agrigentinos

HERMÓCRATES
Eis o homem do qual dizeis que
Subiu em vida até o Olimpo.

CRÍTIAS
Parece triste, como qualquer mortal.

EMPÉDOCLES
Pobres zombeteiros! Alegrai-vos em
Ver sofrer quem vos parecia grande?
Considerais o forte enfraquecido
Presa facilmente conquistada?
O fruto que cai maduro sobre a terra encanta;
Acreditai-me, nem tudo chegará para vós à maturação.

AGRIGENTINO
O que disse?

EMPEDOKLES
                    Ich bitt euch, geht,
Besorgt was euer ist, und menget euch
Ins meinige nicht ein —

HERMOKRATES
                Doch hat ein Wort
Der Priester dir dabei zu sagen?

EMPEDOKLES
                        Weh!
Ihr reinen Götter! ihr lebendigen!
Muß dieser Heuchler meine Trauer mir
Vergiften? geh! ich schonte ja dich oft,
So ist es billig, daß du meiner schonst.
Du weißt es ja, ich hab es dir bedeutet,
Ich kenne dich und deine schlimme Zunft.
Und lange wars ein Rätsel mir, wie euch
In ihrem Runde duldet die Natur.
Ach! als ich noch ein Knabe war, da mied
Euch Allverderber schon mein frommes Herz,
Das unbestechbar innigliebend hing
An Sonn und Aether und den Boten allen
Der großen ferngeahndeten Natur.
Denn wohl hab ichs gefühlt, in meiner Furcht,
Daß ihr des Herzens freie Götterliebe
Bereden möchtet zu gemeinem Dienst,
Und daß ichs treiben sollte, so wie ihr.
Hinweg! ich kann vor mir den Mann nicht sehn
Der Heiliges wie ein Gewerbe treibt.
Sein Angesicht ist falsch und kalt und tot,
Wie seine Götter sind. Was stehet ihr
Betroffen? gehet nun!

KRITIAS
            Nicht eher bis
Der heilge Fluch die Stirne dir gezeichnet,
Schamloser Lästerer!

EMPÉDOCLES
                    Ide, peço-vos!
Cuidai do que é vosso, e procureis não
Vos intrometer em minha vida —

HERMÓCRATES
                    Mas o sacerdote
Deve dizer-te sua palavra.

EMPÉDOCLES
                         Ai!
Ó deuses puros, plenos de vida!
Deve este hipócrita envenenar meu
Tormento? Vai! Poupei-te muitas vezes,
Portanto, é justo que me poupes.
Bem o sabes, pois não te guardei segredo,
Conheço-te e a tua raça má.
Sempre me pareceu um enigma que a
Natureza vos suportasse em seu regaço.
Ai! Era ainda menino, e meu coração devoto
Já vos evitava, perversores de tudo.
Íntegro, meu coração se afeiçoara, íntimo e amante,
Ao sol, ao éter e a todo mensageiro
Da grande Natureza pressentida de longe.
Em meu temor, percebia que
Queríeis persuadir a serviços ignóbeis,
O amor intenso aos deuses nascido no coração,
Imitando-vos.
Longe daqui ! Não posso ver diante de mim o homem
Que exerce o sagrado como negócio.
Seu rosto é falso, frio e morto
Como são seus deuses. Por que ficais
Perplexos? Agora, ide!

CRÍTIAS
                    Não antes
Que a maldição sagrada te marque a fronte,
Blasfemo impudente!

HERMOKRATES
Sei ruhig, Freund!
Ich hab es dir gesagt, es würde wohl
Der Unmut ihn ergreifen. — Mich verschmäht
Der Mann, das hörtet ihr, ihr Bürger
Von Agrigent, und harte Worte mag
Ich nicht mit ihm in wildem Zanke wechseln.
Es ziemt dem Greise nicht. Ihr möget nur
Ihn selber fragen, wer er sei?

EMPEDOKLES
O laßt!
Ihr seht es ja, es frommet keinem nichts,
Ein blutend Herz zu reizen. Gönnet mirs,
Den Pfad, worauf ich wandle, still zu gehn,
Den heilgen stillen Todespfad hinfort.
Ihr spannt das Opfertier vom Pfluge los
Und nimmer triffts der Stachel seines Treibers.
So schonet meiner auch; entwürdiget
Mein Leiden mir mit böser Rede nicht,
Denn heilig ists; und laßt die Brust mir frei
Von eurer Not; ihr Schmerz gehört den Göttern.

ERSTER AGRIGENTINER
Was ist es denn, Hermokrates, warum
Der Mann die wunderlichen Worte spricht?

ZWEITER AGRIGENTINER
Er heißt uns gehn, als scheut' er sich vor uns.

HERMOKRATES
Was dünket euch? der Sinn ist ihm verfinstert,
Weil er zum Gott sich selbst vor euch gemacht.
Doch weil ihr nimmer meiner Rede glaubt,
So fragt nur ihn darum. Er soll es sagen.

HERMÓCRATES
                Calma, amigo!
Eu bem te disse que ele
Poderia deixar-se tomar pela ira. — Este homem
Ultraja-me, vós o ouvistes, ó cidadãos
De Agrigento! Desagrada-me trocar palavras
Ásperas com ele, em discussão feroz.
Não é próprio de ancião. Agora vós mesmos
Podeis perguntar-lhe quem é!

EMPÉDOCLES
                Oh, cessai!
Como vedes, de nada vale irritar
Um coração que sangra. Concedei-me
De agora em diante, que siga em silêncio a senda
Da morte santa e silente, senda que transponho.
Desatais da charrua a vítima para ser imolada
E nunca mais o atingirá o aguilhão do condutor.
Assim, poupai-me; não degradeis
Minha aflição com maledicências,
Ela é sagrada. E que livre seja meu peito
De vossas misérias; sua dor pertence aos deuses.

PRIMEIRO AGRIGENTINO
Mas o que é isto, Hermócrates? Por que
Este homem está dizendo palavras tão estranhas?

SEGUNDO AGRIGENTINO
Manda-nos embora como se nos temesse.

HERMÓCRATES
O que pensais? Sua mente obscureceu-se
Porque diante de vós fez-se a si mesmo deus.
Como nunca acreditais porém no que vos digo
Perguntai-lhe, então. Ele vos dirá.

DRITTER AGRIGENTINER
Wir glauben dir es wohl.

PAUSANIAS
       Ihr glaubt es wohl?
Ihr Unverschämten? — Euer Jupiter
Gefällt euch heute nicht, er siehet trüb;
Der Abgott ist euch unbequem geworden
Und darum glaubt ihrs wohl? Da stehet er
Und trauert und verschweigt den Geist, wonach
In heldenarmer Zeit die Jünglinge
Sich sehnen werden, wenn er nimmer ist,
Und ihr, ihr kriecht und zischet um ihn her,
Ihr dürft es? und ihr seid so sinnengrob,
Daß euch das Auge dieses Manns nicht warnt?
Und weil er sanft ist, wagen sich an ihn
Die Feigen — heilige Natur! wie duldest
Du auch in deinem Runde dies Gewürm? —
Nun sehet ihr mich an, und wisset nicht,
Was zu beginnen ist mit mir; ihr müßt
Den Priester fragen, ihn, der alles weiß.

HERMOKRATES
O hört, wie euch und mich ins Angesicht
Der freche Knabe schilt? Wie sollt er nicht?
Es darf es, da sein Meister alles darf.
Wer sich das Volk gewonnen, redet, was
Er will; das weiß ich wohl und strebe nicht
Aus eignem Sinn entgegen, weil es noch
Die Götter dulden. Vieles dulden sie
Und schweigen, bis ans Äußerste gerät
Der wilde Mut. Dann aber muß der Frevler
Rücklings hinab ins bodenlose Dunkel.

DRITTER AGRIGENTINER
Ihr Bürger! Ich mag nichts mit diesen Zween
Ins künftige zu schaffen haben.

TERCEIRO AGRIGENTINO
Mas acreditamos em ti!

PAUSÂNIAS
                    Acreditais nele?
Impudicos! — Vosso Júpiter
Não vos agrada hoje; parece sombrio;
O ídolo tornou-se desconfortável
E por que dizeis acreditar nele? Enquanto
Sofre, emudecendo o espírito que
Em tempos carentes de heróis os jovens
Lembrarão com saudade, quando ele não mais aqui estiver,
Rastejais e sibilais em torno deste homem,
Como é possível? Sois tão embrutecidos
Que o olhar deste homem não vos inquieta?
Atrevem-se, os covardes, por ser manso,
A investir contra ele — Natureza sagrada! Como ainda
Suportas estes vermes em teu regaço? —
Agora me olhais sem saber o
Que fazer comigo; tendes de
Perguntar ao sacerdote, que tudo sabe.

HERMÓCRATES
Oh, ouvis como o jovem insolente se afronta
Comigo e convosco? Por que não deveria fazê-lo?
Faz como o mestre, a quem tudo é permitido.
Quem conquistou o povo, fala
O que quer; bem o sei e não me oponho
Por vontade própria, pois os deuses
Ainda o toleram. Muito os deuses toleram
E se calam, até o temerário chegar
Ao extremo. O sacrílego terá então de recuar,
Abismando-se na escuridão profunda.

TERCEIRO AGRIGENTINO
Cidadãos! No futuro, não quero ter mais nada
Com esses dois.

ERSTER AGRIGENTINER
Sagt,
Wie kam es denn, daß dieser uns betört?

ZWEITER AGRIGENTINER
Sie müssen fort, der Jünger und der Meister.

HERMOKRATES
So ist es Zeit! — Euch fleh ich an, ihr Furchtbarn!
Ihr Rachegötter! — Wolken lenket Zeus
Und Wasserwogen zähmt Posidaon,
Doch euch, ihr Leisewandelnden, euch ist
Zur Herrschaft das Verborgene gegeben
Und wo ein Eigenmächtiger der Wieg
Entsprossen ist, da seid ihr auch, und geht
Indes er üppig auf zum Frevel wächst,
Stillsinnend fort mit ihm, hinunterhorchend
In seine Brust, wo euch den Götterfeind
Die unbesorgt geschwätzige verrät —
Auch den, ihr kanntet ihn, den heimlichen
Verführer, der die Sinne nahm dem Volk
Und mit dem Vaterlandsgesetze spielt',
Und sie, die alten Götter Agrigents
Und ihre Priester niemals achtete,
Und nicht verborgen war vor euch, ihr Furchtbarn!
Solang er schwieg, der ungeheure Sinn;
Er hats vollbracht. Verruchter! wähntest du,
Sie müßtens nachfrohlocken, da du jüngst
Vor ihnen einen Gott dich selbst genannt?
Dann hättest du geherrscht in Agrigent,
Ein einziger allmächtiger Tyrann
Und dein gewesen wäre, dein allein
Das gute Volk und dieses schöne Land.
Sie schwiegen nur; erschrocken standen sie;
Und du erblaßtest, und es lähmte dich
Der böse Gram in deiner dunkeln Halle,
Wo du hinab dem Tageslicht entflohst.
Und kömmst du nun, und gießest über mich
Den Unmut aus, und lästerst unsre Götter?

PRIMEIRO AGRIGENTINO
            Dizei-me,
Como pôde este homem ofuscar-nos?

SEGUNDO AGRIGENTINO
Têm de ser expulsos, o discípulo e o mestre.

HERMÓCRATES
Então, é hora! — Suplico-vos, temíveis,
Deuses da vingança! Zeus conduz as nuvens
E Posseidon abranda as vagas;
Mas a vós, que andais com passo leve, é
Dado poder sobre o oculto
E quando surge um déspota
Em seu berço, lá estais também silenciosos
Meditando; ele cresce
Exuberante, rumo ao sacrilégio, dando ouvidos
Ao peito que, inimigo dos deuses,
Distraído e loquaz, vos trai —
Também o conhecíeis, o sedutor
Oculto, que embriagou o povo
E zombou da lei pátria;
Nunca respeitou os deuses antigos
De Agrigento e seus sacerdotes,
Nem dissimulou ante vós, ó temíveis,
Ao calar, o pensamento monstruoso;
Assim o fez. Infame! Julgavas
Que exultariam quando há pouco,
Diante deles disseste ser um deus?
Governarias, então, Agrigento,
Único tirano todo-poderoso
E teus seriam, somente teus,
A terra benfazeja e o povo generoso.
Eles porém calaram, amedrontados;
Empalideceste e a aflição perversa
Imobilizou-te neste átrio escuro
Onde te escondeste, fugindo à luz do sol.
E agora, vens derramar teu rancor
Sobre mim, e blasfemas contra nossos deuses!

ERSTER AGRIGENTINER
Nun ist es klar! er muß gerichtet werden.

KRITIAS
Ich hab es euch gesagt; ich traute nie
Dem Träumer.

EMPEDOKLES
O ihr Rasenden!

HERMOKRATES
                        Und sprichst
Du noch und ahndest nicht, du hast mit uns
Nichts mehr gemein, ein Fremdling bist du worden,
Und unerkannt bei allen Lebenden.
Die Quelle, die uns tränkt, gebührt dir nicht
Und nicht die Feuerflamme, die uns frommt,
Und was den Sterblichen das Herz erfreut,
Das nehmen die heilgen Rachegötter von dir.
Für dich ist nicht das heitre Licht hier oben,
Nicht dieser Erde Grün und ihre Frucht,
Und ihren Segen gibt die Luft dir nicht,
Wenn deine Brust nach Kühlung seufzt und dürstet.
Es ist umsonst, du kehrest nicht zurück
Zu dem, was unser ist; denn du gehörst
Den Rächenden, den heilgen Todesgöttern.
Und wehe dem, von nun an, wer ein Wort
Von dir in seine Seele freundlich nimmt,
Wer dich begrüßt, und seine Hand dir beut,
Wer einen Trunk am Mittag dir gewährt
Und wer an seinem Tische dich erduldet,
Dir, wenn du nachts an seine Türe kömmst,
Den Schlummer unter seinem Dache schenkt,
Und wenn du stirbst, die Grabesflamme dir
Bereitet, wehe dem, wie dir! — hinaus!
Es dulden die Vaterlandsgötter länger nicht,
Wo ihre Tempel sind, den Allverächter.

PRIMEIRO AGRIGENTINO
Agora está claro! Deve ser condenado!

CRÍTIAS
Já vos disse; nunca confiei
No visionário.

EMPÉDOCLES
Oh, alucinados!

HERMÓCRATES
                        Falas
Ainda sem pressentir que nada
Mais te une a nós, viraste estrangeiro,
Ignorado por todos os viventes.
A nascente que nos sacia a sede, não te é concedida,
Nem a chama do fogo que nos aquece,
De tudo te despojam os deuses sagrados da vingança
E o que aos mortais alegra o coração.
No alto, para ti, não haverá luz serena,
Nem verás o vigor da terra e de seu fruto;
O ar não te dará sua benção
Quando teu peito árido suspirar por frescor.
É inútil, não retornas
Ao que é nosso; pois pertences
Aos vingadores, aos deuses santos da morte.
E pobre de quem, a partir de agora, acolher com afeto
Uma tua palavra na alma,
Quem te cumprimentar e estender-te a mão,
Pobre de ti e de quem conceder-te
Um trago ao meio-dia, ou te admitir
À mesa, e sob seu teto propiciar-te o sono
Brando quando, à noite, bateres à sua
Porta; ou quando morreres, preparar-te
A chama funerária! — Longe de nós!
Os deuses pátrios não mais toleram o sacrílego,
Nos lugares onde se elevam os seus templos.

           AGRIGENTINER
Hinaus, damit sein Fluch uns nicht beflecke!

            PAUSANIAS
O komm! du gehest nicht allein. Es ehrt
Noch Einer dich, wenns schon verboten ist,
Du Lieber! und du weißt, des Freundes Segen
Ist kräftiger denn dieses Priesters Fluch.
O komm in fernes Land! wir finden dort
Das Licht des Himmels auch, und bitten will ich,
Daß freundlich dirs in deiner Seele scheine.
Im heiter stolzen Griechenlande drüben
Da grünen Hügel auch, und Schatten gönnt
Der Ahorn dir, und milde Lüfte kühlen
Den Wanderern die Brust; und wenn du müd
Vom heißen Tag an fernem Pfade sitzest,
Mit diesen Händen schöpf ich dann den Trunk
Aus frischer Quelle dir und sammle Speisen,
Und Zweige wölb ich über deinem Haupt,
Und Moos und Blätter breit ich dir zum Lager,
Und wenn du schlummerst, so bewach ich dich;
Und muß es sein, bereit ich dir auch wohl
Die Grabesflamme, die sie dir verwehren;
Die Schändlichen!

            EMPEDOKLES
                    Oh! treues Herz! — Für mich,
Ihr Bürger! bitt ich nichts; es sei geschehn!
Ich bitt euch nur um dieses Jünglings willen.
O wendet nicht das Angesicht von mir!
Bin ich es nicht, um den ihr liebend sonst
Euch sammeltet? ihr selber reichtet da
Mir auch die Hände nicht, unziemlich dünkt'
Es euch, zum Freund euch wild heranzudrängen.
Doch schicktet ihr die Knaben, daß sie mir
Die Hände reichten, diese Friedlichen,
Und auf den Schultern brachtet ihr die Kleinern
Und hubt mit euern Armen sie empor —

AGRIGENTINOS
Fora! Para que sua maldição não nos macule!

PAUSÂNIAS
Espera! Não vais só. Um ainda
Te venera, embora o proíbam,
Caríssimo! Bem sabes, a bênção do amigo
É mais forte que a maldição deste sacerdote.
Vem à terra distante! Lá também
encontraremos a luz do céu; pedirei a ela
Que amável brilhe em tua alma.
Além, na Grécia plácida e orgulhosa,
Verdes são também as colinas, a acerária te
Prodiga a sombra, as brisas suaves reanimam
O peito dos viandantes. E quando cansado estiveres
Sentado à beira da senda distante, na ardência do dia,
Com estas mãos juntarei então alimentos e
Trarei um pouco de água da nascente fresca;
Protegerei tua cabeça com um teto de ramos,
De musgo e folhas tecerei teu leito
E, quando dormitares, vigiarei teu sono;
E, se for preciso, preparar-te-ei
A chama funerária a ti proibida;
Os infames!

EMPÉDOCLES
     Coração fiel! — Para mim,
Cidadãos, nada peço; seja consumado!
Só por este jovem eu rogo.
Oh, não desvieis o vosso olhar de mim!
Não vos reuníeis outrora amorosamente
A minha volta? Não sou mais aquele? Vós mesmos nem
Me estendíeis a mão, julgando inoportuno
Aproximar-vos com ímpeto do amigo.
Mas os pacíficos, as crianças, enviáveis
Para estenderem-me as mãos,
E nos ombros trazíeis os menores,
E os erguíeis nos braços —

Bin ich es nicht? und kennt ihr nicht den Mann,
Dem ihr gesagt, ihr könntet, wenn ers wollte,
Von Land zu Land mit ihm, als Bettler gehn,
Und, wenn es möglich wäre, folgtet ihr
Ihm auch hinunter in den Tartarus?
Ihr Kinder! alles wolltet ihr mir schenken
Und zwangt mich töricht oft, von euch zu nehmen,
Was euch das Leben heitert' und erhielt,
Dann gab ich euchs vom Meinigen zurück
Und mehr, denn Eures, achtetet ihr dies.
Nun geh ich fort von euch; versagt mir nicht
Die Eine Bitte: schonet dieses Jünglings!
Er tat euch nichts zu Leid; er liebt mich nur,
Wie ihr mich auch geliebt, und saget selbst,
Ob er nicht edel ist und schön! und wohl
Bedürft ihr künftig seiner, glaubt es mir!
Oft sagt ich euchs: es würde nacht und kalt
Auf Erden und in Not verzehrte sich
Die Seele, sendeten zu Zeiten nicht
Die guten Götter solche Jünglinge,
Der Menschen welkend Leben zu erfrischen.
Und heilig halten, sagt ich, solltet ihr
Die heitern Genien — o schonet sein
Und rufet nicht das Weh! versprecht es mir!

DRITTER AGRIGENTINER
Hinweg! wir hören nichts von allem, was
Du sagst.

HERMOKRATES
*   Dem Knaben muß geschehn, wie ers*
Gewollt. Er mag den frechen Mutwill büßen.
Er geht mit dir, und dein Fluch ist der seine.

EMPEDOKLES
Du schweigest, Kritias! verbirg es nicht,
Dich trifft es auch; du kanntest ihn, nicht wahr,
Die Sünde löschten Ströme nicht von Blut

Não sou o mesmo? Não reconheceis o homem
A quem prometestes acompanhar — se ele o pedisse —
De país em país, como mendigos,
E se possível fosse, mesmo para
Segui-lo até o Tártaro?
E vós, crianças! Queríeis presentear-me tudo
Obrigando-me às vezes a tolamente aceitar
O que vos alegrava e mantinha a vossa vida,
Eu vos retribuía então com meus dons
E os apreciáveis mais que os vossos.
Deixo-vos agora; não me recuseis
Este único pedido: poupai este jovem!
Nada vos fez de mal; ama-me apenas
Como também vós me amáveis e dizei
Se não é nobre e belo! E por certo,
No futuro recorrereis a ele, acreditai-me!
Muitas vezes repeti: a noite e o frio baixariam
Sobre a terra, consumindo-se a alma
Em penúria, se os deuses benévolos não
Enviassem às vezes jovens como este,
Para reanimar a vida humana que definha.
E vos disse para honrar os espíritos alegres
Como santos — oh, poupai-o
E não provoqueis a dor! Prometei-me!

TERCEIRO AGRIGENTINO
Fora daqui! Nada mais ouvimos de tudo o que
Dizes!

HERMÓCRATES
       Seja a sorte do jovem tal como
A quis. Seja castigado por sua índole insolente.
Indo contigo, compartilhe o teu anátema.

EMPÉDOCLES
Crítias, silencias! Não dissimules,
Isto também te atinge; tu o conhecias, não é verdade?
Rios de sangue dos animais não extinguiram

Der Tier'? Ich bitte, sag es ihnen, Lieber!
Sie sind, wie trunken, sprich ein ruhig Wort,
Damit der Sinn den Armen wiederkehre!

ZWEITER AGRIGENTINER
Noch schilt er uns? Gedenke deines Fluchs
Und rede nicht und geh! wir möchten sonst
An dich die Hände legen.

KRITIAS
                    Wohl gesagt,
Ihr Bürger!

EMPEDOKLES
          So! — und möchtet ihr an mich
Die Hände legen? was? gelüstet es
Bei meinem Leben schon die hungernden
Harpyen? und könnt ihrs nicht erwarten, bis
Der Geist entflohn ist, mir die Leiche zu schänden?
Heran! Zerfleischt und teilet die Beut und es segne
Der Priester euch den Genuß, und seine Vertrauten,
Die Rachegötter lad er zum Mahl! — Dir bangt
Heilloser! kennst du mich? und soll ich dir
Den bösen Scherz verderben, den du treibst?
Bei deinem grauen Haare, Mann! du solltest
Zu Erde werden, denn du bist sogar
Zum Knecht der Furien zu schlecht. O sieh!
So schändlich stehst du da und durftest doch
An mir zum Meister werden? freilich ists
Ein ärmlich Werk, ein blutend Wild zu jagen!
Ich trauerte, das wußte der, da wuchs
Der Mut dem Feigen; da erhascht er mich
Und hetzt des Pöbels Zähne mir aufs Herz.
O, wer, wer heilt den Geschändeten nun, wer nimmt
Ihn auf, der heimatlos der Fremden Häuser
Mit den Narben seiner Schmach umirrt, die Götter
Des Hains fleht, ihn zu bergen — komme, Sohn!
Sie haben wehe mir getan, doch hätt

A culpa? Peço-te, fala com eles, amigo!
Estão embriagados, diz uma palavra calma
Para que o juízo retorne aos infelizes!

SEGUNDO AGRIGENTINO
Ousa ainda insultar-nos? Lembra-te de tua maldição,
Cala-te e vai! Ou poderíamos
Levantar as mãos contra ti.

CRÍTIAS
                    Dizeis bem,
Cidadãos!

EMPÉDOCLES
                Ah, é assim! Queríeis ter-me
Em vossas garras? O quê?! Ainda
Vivo já me cobiçais, harpias
Famintas? Não podeis esperar que
O espírito se evole, para então profanar o meu cadáver?
Vinde! Estraçalhai e dividi a presa! Abençoe
O sacerdote vosso gozo; e aos deuses vingadores,
Seus íntimos, conclame para o banquete! — Tremes,
Maldito! Acaso me conheces? Terei de anular
A brincadeira perversa que estimulas?
Por teus cabelos brancos, homem! Deverias
Voltar ao pó, és tão ruim que não
Serves nem mesmo para lacaio das fúrias. Vê!
Ficas aí tão ignóbil; e dizer que pretendias
Ser meu mestre! Por certo é uma
Tarefa digna de lástima caçar uma fera ensanguentada!
Ele sabia da minha angústia e sua
Coragem impura se acendeu; prende-me,
Acera os dentes da plebe contra meu coração.
Quem, ó quem poderá curar o desonrado agora? Quem o
Acolherá, ao que perambula sem pátria em
Casas alheias com cicatrizes do opróbrio, suplicando
Proteção aos deuses do bosque — vem, filho!
Magoaram-me e o teria

Ichs wohl vergessen, aber dich? — ha geht
Nun immerhin zu Grund, ihr Namenlosen!
Sterbt langsamen Tods, und euch geleite
Des Priesters Rabengesang! und weil sich Wölfe
Versammeln da, wo Leichname sind, so finde sich
Dann einer auch für euch; der sättige
Von eurem Blute sich, der reinige
Sicilien von euch; es stehe dürr
Das Land, wo sonst die Purpurtraube gern
Dem bessern Volke wuchs und goldne Frucht
Im dunkeln Hain, und edles Korn, und fragen
Wird einst der Fremde, wenn er auf den Schutt
Von euern Tempeln tritt, ob da die Stadt
Gestanden? gehet nun! Ihr findet mich
In einer Stunde nimmer. —   (indem sie abgehn)
                    Kritias!
Dir möcht ich wohl ein Wort noch sagen.

      PAUSANIAS
      (nachdem Kritias zurück ist)
                            Laß
Indessen mich zum alten Vater gehn
Und Abschied nehmen.

      EMPEDOKLES
                O warum? was tat
Der Jüngling euch, ihr Götter! gehe denn,
Du Armer! Draußen wart ich, auf dem Wege
Nach Syrakus; dann wandern wir zusammen.
(Pausanias geht auf der andern Seite ab)

Esquecido, mas também te feriram!
Perecei agora, desumanos!
Morrei de morte lenta e que o canto
Agourento do sacerdote vos acompanhe! E como os lobos
Se reúnem onde há cadáveres, haja
Um também para vós; que se sacie
De vosso sangue e purifique a
Sicília de vós; seque
A terra onde outrora crescia farta para
O povo bondoso, a uva púrpura e o fruto dourado
No bosque e cereais preciosos. Ao pisar
As ruínas de vossos templos, o estrangeiro
Indagará um dia se aí existiu
Uma cidade. Agora, ide! Em uma hora
Não mais me encontrareis. —   (*enquanto saem*)
                      Crítias!
Gostaria ainda de dizer-te uma palavra.

      PAUSÂNIAS
        (*depois do retorno de Crítias*)
                    Que
Eu vá no entanto ao velho pai
E dele me despeça.

      EMPÉDOCLES
                    Oh, por quê? Em que
O jovem vos ofendeu, ó deuses? Vá, então,
Pobre amigo! Espero-te no caminho
Para Siracusa; seguiremos depois juntos.
(*Pausânias sai pelo outro lado*)

SECHSTER AUFTRITT

Empedokles. Kritias

KRITIAS
Was ists?

EMPEDOKLES
    Auch du verfolgest mich?

KRITIAS
                    Was soll
Mir das?

EMPEDOKLES
    Ich weiß es wohl! Du möchtest gern
Mich hassen, dennoch hassest du mich nicht:
Du fürchtest nur; du hattest nichts zu fürchten.

KRITIAS
Es ist vorbei. Was willst du noch?

EMPEDOKLES
                Du hättst
Es selber nie gedacht, der Priester zog
In seinen Willen dich, du klage dich
Nicht an; o hättst du nur ein treues Wort
Für ihn gesprochen, doch du scheuetest
Das Volk.

KRITIAS
    Sonst hattest du mir nichts
Zu sagen? Überflüssiges Geschwätz
Hast du von je geliebt.

Sexta Cena

Empédocles. Crítias

CRÍTIAS
O que há?

EMPÉDOCLES
    Também me persegues?

CRÍTIAS
            O que
Dizes?!

EMPÉDOCLES
    Bem sei! Gostarias de
Odiar-me, contudo não me odeias:
Temes, apenas; nada tinhas a temer.

CRÍTIAS
Já passou. O que queres ainda?

EMPÉDOCLES
            Tu próprio
Nunca terias chegado a tanto, o sacerdote
Enredou-te em seus planos, não te
Culpes; ah, se ao menos houvesses dito
Uma palavra honesta em sua defesa, mas temeste
O povo.

CRÍTIAS
    Nada mais tinhas
Para me dizer? Sempre amaste
Conversas supérfluas.

EMPEDOKLES
            O rede sanft,
Ich habe deine Tochter dir gerettet.

KRITIAS
Das hast du wohl.

EMPEDOKLES
                    Du sträubst und schämest dich,
Mit dem zu reden, dem das Vaterland geflucht;
Ich will es gerne glauben. Denke dir,
Es rede nun mein Schatte, der geehrt
Vom heitern Friedenslande wieder kehre —

KRITIAS
Ich wäre nicht gekommen, da du riefst,
Wenn nicht das Volk zu wissen wünschte, was
Du noch zu sagen hättest.

EMPEDOKLES
            Was ich dir
Zu sagen habe, geht das Volk nichts an.

KRITIAS
Was ist es dann?

EMPEDOKLES
Du mußt hinweg aus diesem Land; ich sag
Es dir um deiner Tochter willen.

KRITIAS
                    Denk an dich
Und sorge nicht für anders!

EMPÉDOCLES
             Oh, pondera as palavras,
Salvei tua filha!

CRÍTIAS
É verdade!

EMPÉDOCLES
                   Fremes e tens vergonha de
Dirigir a palavra àquele que a pátria amaldiçoou;
Assim o creio. Imagina
Então que é a minha sombra que te fala
Regressando honrada da região tranquila —

CRÍTIAS
Eu não teria atendido a teu chamado
Se o povo não desejasse saber o que
Ainda terias a dizer.

EMPÉDOCLES
              O que tenho
A dizer-te, não diz respeito ao povo.

CRÍTIAS
O que é, então?

EMPÉDOCLES
Deves deixar este país; por tua
Filha o digo.

CRÍTIAS
                Pensa em ti
E não te preocupes com mais nada.

EMPEDOKLES
Kennest du
Sie nicht? Und ist dirs unbewußt, wie viel
Es besser ist, daß eine Stadt voll Toren
Versinkt, denn Ein Vortreffliches?

KRITIAS
Was kann
Ihr fehlen?

EMPEDOKLES
Kennest du sie nicht?
Und tastest, wie ein Blinder an, was dir
Die Götter gaben? und es leuchtet dir
In deinem Haus umsonst das holde Licht?
Ich sag es dir: bei diesem Volke findet
Das fromme Leben seine Ruhe nicht
Und einsam bleibt es dir, so schön es ist
Und stirbt dir freudenlos, denn nie begibt
Die zärtlichernste Göttertochter sich
Barbaren an das Herz zu nehmen, glaub
Es mir! Es reden wahr die Scheidenden.
Und wundere des Rats dich nicht!

KRITIAS
Was soll
Ich nun dir sagen?

EMPEDOKLES
Gehe hin mit ihr
In heilges Land, nach Elis oder Delos
Wo jene wohnen, die sie liebend sucht,
Wo stillvereint, die Bilder der Heroen
Im Lorbeerwalde stehn. Dort wird sie ruhn,
Dort bei den schweigenden Idolen wird
Der schöne Sinn, der zartgenügsame
Sich stillen, bei den edeln Schatten wird
Das Leid entschlummern, das geheim sie hegt

EMPÉDOCLES
                    Não conheces
Tua filha? Ignoras que é preferível
Naufragar uma cidade inteira de
Tolos do que uma criatura de exceção?

CRÍTIAS
                         O que pode
Faltar-lhe?

EMPÉDOCLES
          Não a conheces?
E tateias, buscando como um cego o que
Os deuses te concederam? Em vão
Cintila em tua casa a luz graciosa?
Digo-te: sua alma devota
Não encontrará nesta terra repouso algum
E conquanto seja bela, permanecerá só
E morrerá sem alegrias, pois nunca
A terna e pensativa filha dos deuses
Acolherá um bárbaro em seu coração,
Acredita-me! Dizem a verdade, os que se vão!
E não te admires do conselho!

CRÍTIAS
                         O que devo
Dizer-te agora?

EMPÉDOCLES
              Leva-a contigo
À terra sagrada, a Elis ou Delos,
Onde habitam os que ela procura com amor;
Onde, reunidos no silêncio, no bosque de loureiros,
Assomam os vultos dos heróis; lá seu espírito
Belo, contido e delicado,
Repousará; lá junto aos deuses
Silentes, adormecerá junto às nobres sombras
A dor que nutre em segredo no seio

145

In frommer Brust. Wenn dann am heitern Festtag
Sich Hellas schöne Jugend dort versammelt,
Und um sie her die Fremdlinge sich grüßen
Und hoffnungsfrohes Leben überall
Wie goldenes Gewölk das stille Herz
Umglänzt, dann weckt dies Morgenrot
Zur Lust wohl auch die fromme Träumerin,
Und von den Besten einen, die Gesang
Und Kranz in edlem Kampf gewannen, wählt
Sie sich, daß er den Schatten sie entführe,
Zu denen sie zu frühe sich gesellt.
Gefällt dir das, so folge mir —

    KRITIAS
Hast du der goldnen Worte noch so viel
In deinem Elend übrig?

    EMPEDOKLES
              Spotte nicht!
Die Scheidenden verjüngen alle sich
Noch Einmal gern. Der Sterbeblick ists nur
Des Lichts, das freudig einst in seiner Kraft
Geleuchtet unter euch. Es lösche freundlich,
Und hab ich euch geflucht, so mag dein Kind
Den Segen haben, wenn ich segnen kann.

    KRITIAS
O laß, und mache mich zum Knaben nicht.

    EMPEDOKLES
Versprich es mir und tue, was ich riet,
Und geh aus diesem Land. Verweigerst dus,
So mag die Einsame den Adler bitten,
Daß er hinweg von diesen Knechten sie
Zum Aether rette! Bessers weiß ich nicht.

Devoto. Quando, lá em dia alegre e festivo
A bela juventude da Hélade se reunir
E a seu redor os estrangeiros se saudarem,
E por toda a parte a vida alegre, plena de esperança
Envolver luzindo, como nuvem de ouro, o coração
Sereno, esta aurora por certo despertará
Para o fruir da vida a sonhadora devota
E ela escolherá um dentre os melhores
Vencedores de cânticos, coroados na luta nobre,
Que a arrebatará das sombras
Às quais precocemente se reuniu.
Se isto te agrada, segue-me —

    CRÍTIAS
Sobram-te ainda áureas palavras
Na tua miséria?

    EMPÉDOCLES
                Não zombes de mim!
Quem se despede gosta de retornar
Uma vez jovem. É apenas o olhar mortiço
Da luz que outrora em seu esplendor, brilhava
Alegre entre vós. Que se apague agora amavelmente.
Se vos amaldiçoei, abençoada seja tua
Filha, se me for dado abençoar.

    CRÍTIAS
Cala-te, não me trates como criança.

    EMPÉDOCLES
Promete-me isto, faz o que te aconselhei
E sai desta terra! Mas se te recusares,
Que a abandonada implore à águia
Para salvá-la das mãos destes lacaios
Em direção ao Éter. Não vejo outra saída.

KRITIAS
O sage, haben wir nicht recht an dir
Getan?

EMPEDOKLES
    Wie fragst du nun? Ich habe es dir
Vergeben. Aber folgst du mir?

KRITIAS
              Ich kann
So schnell nicht wählen.

EMPEDOKLES
          Wähle gut,
Sie soll nicht bleiben, wo sie untergeht.
Und sag es ihr, sie soll des Mannes denken,
Den einst die Götter liebten. Willst du das?

KRITIAS
Wie bittest du? Ich will es tun. Und geh
Du deines Weges nun, du Armer!   (geht ab.)

Siebenter Auftritt

EMPEDOKLES
          Ja!
Ich gehe meines Weges, Kritias,
Und weiß, wohin? Und schämen muß ich mich
Daß ich gezögert bis zum Äußersten.
Was mußt ich auch so lange warten,
Bis Glück und Geist und Jugend wich, und nichts
Wie Torheit überblieb und Elend.
Wie oft, wie oft hat dichs gemahnt! Da wär
Es schön gewesen. Aber nun ists not!
O stille! gute Götter! immer eilt

CRÍTIAS
Acaso não agimos de forma justa contigo?
Dize-me!

EMPÉDOCLES
    Por que perguntas agora? Perdoei-
Te. Seguirás o meu conselho?

CRÍTIAS
               Não posso
Escolher tão depressa.

EMPÉDOCLES
        Escolhe bem,
Não a deixes onde sucumbirá.
Dize-lhe que não se esqueça do
Homem outrora amado pelos deuses. Me atenderás?

CRÍTIAS
O que pedes? Está bem. Agora
Segue teu caminho, desditoso!   (*sai.*)

SÉTIMA CENA

EMPÉDOCLES
        Sim!
Seguirei meu caminho, Crítias,
E sei, para onde. Devo envergonhar-me
Por ter hesitado até o último instante.
Por que esperei tanto,
Até que se fossem espírito, ventura e juventude, nada
Restando a não ser sofrimento e desvario?
Quantas vezes foste advertido, quantas! Teria
Sido belo então. Agora, só desvalimento!
Ó deuses bondosos e pacíficos! O mortal

Den Sterblichen das ungeduldge Wort
Voraus und läßt die Stunde des Gelingens
Nicht unbetastet reifen. Manches ist
Vorbei; und leichter wird es schon. Es hängt
An allem fest der alte Tor! und da
Er einst gedankenlos, ein stiller Knab
Auf seiner grünen Erde spielte, war
Er freier, denn er ist; o scheiden! — selbst
Die Hütte, die mich hegte, lassen sie
Mir nicht — auch dies noch? Götter!

ACHTER AUFTRITT

Empedokles
Drei Sklaven des Empedokles

ERSTER SKLAVE
            Gehst du, Herr?

EMPEDOKLES
Ich gehe freilich, guter
Und hole mir das Reisgerät, soviel
Ich selber tragen kann, und bring es noch
Mir auf die Straße dort hinaus — es ist
Dein letzter Dienst!

ZWEITER SKLAVE
         O Götter!

EMPEDOKLES
            Immer seid
Ihr gern um mich gewesen, denn ihr wart's
Gewohnt, von lieber Jugend her, wo wir
Zusammen auf in diesem Hause wuchsen,
Das meinem Vater war und mir, und fremd

Precipita a palavra impaciente e
Não permite que amadureça intata
A hora do êxito. Muita coisa
Passou e já se torna mais fácil. O velho tolo
A tudo se apega! E quando
Outrora se abandonava, menino tranquilo,
Brincando na terra verde, era
Mais livre do que agora; ó partir! — nem
Mesmo me resta a cabana que
Me abrigou — até isto, deuses!

Oitava Cena

Empédocles
Três Escravos de Empédocles

PRIMEIRO ESCRAVO
     Vais embora, senhor?

EMPÉDOCLES
É verdade, meu caro, vou!
Apanha-me a bagagem, o quanto
Eu mesmo possa carregar; leva-a
Para mim até o caminho, lá fora — é
Teu último serviço!

SEGUNDO ESCRAVO
    Oh, deuses!

EMPÉDOCLES
     Sempre estivestes
Felizes a minha volta, habituados
A isto desde a amável juventude;
Juntos crescemos nesta casa,
Minha e de meu pai; a palavra fria

Ist meiner Brust das herrischkalte Wort.
Ihr habt der Knechtschaft Schicksal nie gefühlt.
Ich glaub es euch, ihr folgtet gerne mir
Wohin ich muß. Doch kann ich es nicht dulden,
Daß euch der Fluch des Priesters ängstige.
Ihr wißt ihn wohl? Die Welt ist aufgetan
Für euch und mich, ihr Kinder, und es sucht
Nun jeder sich sein eigen Glück —

DRITTER SKLAVE
       O nein!
Wir lassen nicht von dir. Wir könnens nicht.

ZWEITER SKLAVE
Was weiß der Priester, wie du lieb uns bist.
Verbiet ers andern! uns verbeut ers nicht.

ERSTER SKLAVE
Gehören wir zu dir, so laß uns auch
Bei dir! Ists doch von gestern nicht, daß wir
Mit dir zusammen sind, du sagst es selber.

EMPEDOKLES
O Götter! bin ich kinderlos und leb
Allein mit diesen drein, und dennoch häng
Ich hingebannt an diese Ruhestätte,
Gleich Schlafenden, und ringe, wie im Traum,
Hinweg? Es kann nicht anders sein, ihr Guten!
O sagt mir nun nichts mehr, ich bitt euch das,
Und laßt uns tun, als wären wir es nimmer.
Ich will es ihm nicht gönnen, daß der Mann
Mir alles noch verfluche, was mich liebt —
Ihr gehet nicht mit mir; ich sag es euch.
Hinein und nimmt das Beste, was ihr findet,
Und zaudert nicht und flieht; es möchten sonst
Die neuen Herrn des Hauses euch erhaschen,
Und eines Feigen Knechte würdet ihr.

E dominadora nunca habitou meu peito.
Nunca sentistes o destino dos escravos.
Acredito, gostaríeis de seguir-me
Aonde tenho de ir. Mas não posso tolerar
Que a maldição do sacerdote vos angustie.
Bem a conheceis. O mundo abriu-se
Para vós e para mim, crianças! Agora
Procure cada um sua própria sorte —

TERCEIRO ESCRAVO
      Oh, não!
Não queremos deixar-te. Não podemos!

SEGUNDO ESCRAVO
O que sabe o sacerdote o quanto nos sois caro.
Proíba aos outros! Não a nós.

PRIMEIRO ESCRAVO
Se te pertencemos, deixa-nos ainda
Ficar junto de ti! Não é de ontem
Que vivemos juntos, tu mesmo o disseste.

EMPÉDOCLES
Ó deuses! Não tenho filhos, vivo
Só com estes três, preso e
Apegado a este recolhimento: sou
Como os que dormem e se agitam em sonho,
Tentando escapar-lhe. Não pode ser de outra forma, meus caros!
Oh, peço-vos! Não digais mais nada agora,
E façamos como se não mais estivéssemos aqui.
Não quero permitir a este homem, que ainda
Me maldiga e tudo o que me ama —
Não ireis comigo; eu vos digo.
Entrai em casa e vos apósseis do melhor que encontrardes;
Não hesiteis e fugi! Se assim não for, os novos
Donos da casa poderiam apanhar-vos
E seríeis então lacaios de um covarde.

ZWEITER SKLAVE
Mit harter Rede schickest du uns weg?

EMPEDOKLES
Ich tu es dir und mir, ihr Freigelaßnen!
Ergreift mit Mannes Kraft das Leben, laßt
Die Götter euch mit Ehre trösten; ihr
Beginnt nun erst. Es gehen Menschen auf
Und nieder. Weilet nun nicht länger! Tut,
Was ich gesagt.

ERSTER SKLAVE
Herr meines Herzens! leb
Und geh nicht unter!

DRITTER SKLAVE
Sage, werden wir
Dich nimmer sehn?

EMPEDOKLES
O fraget nicht, es ist
Umsonst. (mit Macht gebietend)

ZWEITER SKLAVE
(im Abgehen)
Ach! wie ein Bettler soll er nun das Land
Durchirren und des Lebens nirgend sicher sein?

EMPEDOKLES
(siehet ihnen schweigend nach)
Lebt wohl! ich hab
Euch schnöd hinweggeschickt, lebt wohl ihr Treuen.
Und du, mein väterliches Haus, wo ich erwuchs
Und blüht'! — ihr lieben Bäume! vom Freudengesang
Des Götterfreunds geheiligt, ruhige
Vertraute meiner Ruh! o sterbt und gebt
Den Lüften zurück das Leben, denn es scherzt
Das rohe Volk in eurem Schatten nun

SEGUNDO ESCRAVO
Manda-nos embora com palavras duras?

EMPÉDOCLES
Faço-o por ti e por mim! Ó libertos!
Enfrentai a vida com força viril,
Os deuses vos confortem com a honra, pois só
Agora começais. Os homens sobem
E descem. Agora não demoreis mais! Fazei
Como vos disse.

PRIMEIRO ESCRAVO
            Meu adorado senhor! Que viva
E não pereças!

TERCEIRO ESCRAVO
            Dize, não mais
Te veremos?

EMPÉDOCLES
            Oh, não pergunteis, é
Em vão.   (*ordena com energia*)

SEGUNDO ESCRAVO
    (*saindo*)
        Ai! Será que vagará agora pela terra
Como um mendigo sem encontrar arrimo em parte alguma?

EMPÉDOCLES
    (*segue-os com o olhar, em silêncio*)
            Despedi-vos
Com indiferença, criaturas leais! Adeus!
E tu, casa paterna, onde cresci
E floresci! Vós, árvores amadas, consagradas pelo
Cântico jubiloso do amigo dos deuses, calmas
Confidentes de minha paz! Perecei e restitui
A vida aos ares, pois o povo rude faz
Gracejos agora a vossa sombra e

Und wo ich selig ging, da spotten sie meiner.
Weh! ausgestoßen, ihr Götter? und ahmte
Was ihr mir tut, ihr Himmlischen, der Priester
Der Unberufene, seellos nach? ihr ließt
Mich einsam, mich, der euch geschmäht, ihr Lieben!
Und dieser wirft zur Heimat mich hinaus
Und der Fluch hallt, den ich selber mir gesprochen,
Mir ärmlich aus des Pöbels Munde wider?
Ach der einst innig mit euch, ihr Seligen,
Gelebt, und sein die Welt genannt aus Freude,
Hat nun nicht, wo er seinen Schlummer find'
Und in sich selber kann er auch nicht ruhn.
Wohin nun, ihr Pfade der Sterblichen? viel
Sind euer, wo ist der meine, der kürzeste? wo?
Der schnellste? denn zu zögern ist Schmach.
Ha! meine Götter! im Stadium lenkt ich den Wagen
Einst unbekümmert auf rauchendem Rad, so will
Ich bald zu euch zurück, ist gleich die Eile gefährlich. (Geht ab.)

NEUNTER AUFTRITT

Panthea. Delia

DELIA
         Stille, liebes Kind!
Und halt den Jammer! daß uns niemand höre.
Ich will hinein ins Haus. Vielleicht er ist
Noch drinnen und du siehst noch Einmal ihn.
Nur bleibe still indessen — kann ich wohl
Hinein?

Zombam de mim lá onde fui feliz.
Ai! Os deuses me expulsaram. O sacerdote
Indigno, sem alma, imitou o
Que me fizestes, deuses do céu! Vós
Me abandonastes àquele que vos injuriou, caríssimos!
Agora ele me expulsa da pátria
E a maldição que eu mesmo proferi,
Ressoa mesquinha na boca da plebe?
Ai, aquele que já viveu em vossa intimidade,
Bem-aventurados, e de tanta alegria julgou o mundo seu
Não tem agora onde descansar,
Tampouco encontra repouso em si mesmo.
Para onde me levais agora, senda dos mortais? Sois
Longas; onde se encontra a minha, a mais breve de todas? Onde?
A mais rápida? Hesitar é opróbrio.
Ah, deuses amados! Outrora, calmo conduzi
O carro no estádio, sobre rodas fumegantes; assim possa
logo regressar a vós, mesmo sendo a pressa seja perigosa. (*Sai.*)

NONA CENA

Panteia. Délia

DÉLIA
                Querida criança, acalma-te!
Contém o pranto, que ninguém nos ouça.
Entrarei na casa. Talvez ele
Ainda esteja lá dentro e o verás ainda Uma vez.
No entanto, fica tranquila — posso mesmo
Entrar?

PANTHEA
O tu es, liebe Delia.
Ich bet indes um Ruhe, daß mir nicht
Das Herz vergeht, wenn ich den hohen Mann
In dieser bittern Schicksalsstunde sehe.

DELIA
O Panthea!

PANTHEA
(allein, nach einigem Stillschweigen)
Ich kann nicht — ach es wär
Auch Sünde, da gelassener zu sein!
Verflucht? ich faß es nicht, und wirst auch wohl
Die Sinne mir zerreißen, schwarzes Rätsel!
Wie wird er sein?
(Pause. Erschrocken zu Delia, die wieder zurückkommt.)
Wie ists?

DELIA
Ach! alles tot
Und öde?

PANTHEA
Fort?

DELIA
Ich fürcht es. Offen sind
Die Türen; aber niemand ist zu sehn.
Ich rief, da hört' ich nur den Widerhall
Im Hause; länger bleiben mocht ich nicht —
Ach! stumm und blaß ist sie und siehet fremd
Mich an, die Arme. Kennest du mich nimmer?
Ich will es mit dir dulden, liebes Herz!

PANTHEA
Nun! komme nur!

PANTEIA
Oh, sim, Délia querida.
Invocarei a paz, a fim de que
Meu coração não se desfaça, ao vir o homem
Sublime nesta hora amarga do destino.

DÉLIA
Oh, Panteia!

PANTEIA
(*sozinha, após breve silêncio*)
Ah, não posso e, além disso,
Seria pecado permanecer impassível nesta hora!
Amaldiçoado? Não consigo imaginá-lo e bem podes
Dilacerar ainda meus sentidos, enigma sombrio!
Como ele estará?
(*Pausa. Espavorida, dirigindo-se a Délia que retorna.*)
Dize-me!

DÉLIA
Ai! Tudo morto
E deserto.

PANTEIA
Terá ido embora?

DÉLIA
Receio. As portas
Estão abertas, mas não se vê ninguém.
Chamei; ouvi apenas o eco
De minha voz; não quis permanecer mais tempo na casa —
Pobre de ti, está muda e pálida e me
Olha estranhamente. Não me reconheces?
Quero sofrer contigo, coração amado!

PANTEIA
Vem, pois!

DELIA
  Wohin?

PANTHEA
  Wohin? ach! das,
Das weiß ich freilich nicht, ihr guten Götter!
Weh! keine Hoffnung! und du leuchtest mir
Umsonst, o goldnes Licht dort oben? fort
Ist er — wie soll die Einsame denn wissen,
Warum ihr noch die Augen helle sind.
Es ist nicht möglich, nein! zu frech
Ist diese Tat, zu ungeheuer, und ihr habt
Es doch getan. Und leben muß ich noch
Und stille sein bei diesen? weh! und weinen
Nur weinen kann ich über alles das!

DELIA
O weine nur! du liebe, besser ists
Denn schweigen oder reden.

PANTHEA
  Delia!
Da ging er sonst! und dieser Garten war
Um seiner willen mir so wert. Ach oft,
Wenn mir das Leben nicht genügt', und ich,
Die Ungesellige, betrübt mit andern
Um unsre Hügel irrte, sah ich her
Nach dieser Bäume Gipfeln, dachte, dort
Ist Einer doch! — Und meine Seele richtet'
An ihm sich auf. Ich lebte gern mit ihm
In meinem Sinn, und wußte seine Stunden.
Vertraulicher gesellte da zu ihm
Sich mein Gedank, und teilte mit dem Lieben
Das kindliche Geschäft — ach! grausam haben sie's
Zerschlagen, auf die Straße mirs geworfen
Mein Heldenbild, ich hätt es nie gedacht.
Ach! hundertjährgen Frühling wünsch ich oft
Ich Törige für ihn und seine Gärten!

DÉLIA
Aonde?

PANTEIA
					Aonde? Eu
Mesma nem sei, bons deuses!
Ai de mim, nenhuma esperança! Ó luz dourada
Em vão brilhas para mim nas alturas? Ele
Se foi — e a abandonada não compreende
Por que persiste a claridade diante de seus olhos.
Impossível! Este crime é
Impudente, monstruoso demais; mas vós,
O consumastes. Devo ainda viver
E andar calada em meio a eles? Ai de mim! Chorar,
Apenas chorar eu posso por tudo isto.

DÉLIA
Chora, querida, chora, é melhor
Que calar ou falar.

PANTEIA
					Outrora,
Ele andava por aqui, Délia! E por sua causa,
Eu amava tanto este jardim. Ai, muitas vezes
Quando a vida me parecia pobre e
Esquivando-me dos outros, vagava
Triste pelas nossas colinas, olhando
Os cimos destas árvores pensava: lá
Vive um Homem! — E minha alma se consolava
Junto à dele. Gostaria de mantê-lo
Em minha mente; conhecia suas horas.
Meu pensamento ligara-se a ele tão
Fundo que partilhava das inocentes tarefas
Do amado — ai! Tudo destruíram
Com crueldade, degradaram a imagem de
Meu herói, nunca o teria imaginado.
Ingênua, muitas vezes desejei que a primavera
Perdurasse cem anos nele e em seu jardim!

DELIA
O konntet ihr die zarte Freude nicht
Ihr lassen, gute Götter!

PANTHEA
                Sagst du das?
Wie eine neue Sonne kam er uns
Und strahlt' und zog das ungereifte Leben
An goldnen Seilen freundlich zu sich auf
Und lange hatt auf ihn Sicilien
Gewartet. Niemals herrscht' auf dieser Insel
Ein Sterblicher wie er, sie fühltens wohl,
Er lebe mit den Genien der Welt
Im Bunde. Seelenvoller! und du nahmst
Sie all ans Herz, weh! mußt du nun dafür
Geschändet fort von Land zu Lande ziehn
Das Gift im Busen, das sie mitgegeben?

Das habt ihr ihm getan! o laßt nicht mich
Ihr weisen Richter! ungestraft entkommen.
Ich ehr ihn ja und wenn ihr es nicht wißt,
So will ich es ins Angesicht euch sagen,
Dann stoßt mich auch zu eurer Stadt hinaus.
Und hat er ihm geflucht, der Rasende
Mein Vater, ha! so fluch er nun auch mir.

                            Ihr Blumen
Des Himmels! schöne Sterne, werdet ihr
Denn auch verblühn? und wird es Nacht alsdenn
In deiner Seele werden, Vater Aether!
Wenn deine Jünglinge, die Glänzenden
Erloschen sind vor dir? Ich weiß, es muß,
Was göttlich ist, hinab. Zur Seherin

DÉLIA
Bons deuses, não podíeis deixar-lhe
Esta alegria terna?

PANTEIA
     O que dizes?
Como um novo sol, aproximou-se de nós
E irradiou; amavelmente, chamando a si, a vida imatura
Para o alto, retesou-a em cordas de ouro.
Sicília há muito o
Esperava. Nesta ilha, jamais reinou
Alguém como ele; perceberam que
Vive em comunhão com os gênios
Do mundo. Alma rica! E guardaste
A todos no coração! Ai de ti! Por este motivo, desonrado,
Terás de partir agora, de país em país, levando
No peito o veneno que te inocularam?

O que fizestes com ele! Juízes sábios,
Não me deixeis escapar impune.
Sim, eu o venero e se não o sabeis,
Dir-vos-ei em face,
Expulsai-me, então, de vossa cidade.
E se meu pai, alucinado, o houver
Amaldiçoado, amaldiçoa-me também.

     Florescências
Do céu! Belas estrelas, perdereis
Também o vosso brilho? Logo anoitecerá
Em tua alma, pai Éter,
Quando teus jovens, resplendorosos
Apagarem-se diante de ti? Bem sei, o que é
Divino conhece o ocaso. Tornei-me

Bin ich geworden über seinem Fall,
Und wo mir noch ein schöner Genius
Begegnet, nenn er Mensch sich oder Gott,
Ich weiß die Stunde, die ihm nicht gefällt —

DELIA
O Panthea, mich schröckt es, wenn du so
Dich deiner Klagen überhebst. Ist er
Denn auch, wie du, daß er den stolzen Geist
Am Schmerze nährt, und heftger wird im Leiden?
Ich mags nicht glauben, denn ich fürchte das.
Was müßt er auch beschließen?

PANTHEA
Ängstigest

Du m i c h ? Was hab ich denn gesagt? Ich will
Auch nimmer — ja gedultig will ich sein,
Ihr Götter! will vergebens nun nicht mehr
Erstreben, was ihr ferne mir gerückt,
Und was ihr geben mögt, das will ich nehmen.
Du Heiliger! und find ich nirgends dich,
So kann ich mich auch freuen, daß du da
Gewesen. Ruhig will ich sein, es möcht
Aus wildem Sinne mir das edle Bild
Entfliehn, und daß mir nur der Tageslärm
Den brüderlichen Schatten nicht verscheuche,
Der, wo ich leise wandle, mich geleitet.

DELIA
Du liebe Träumerin! er lebt ja noch.

PANTHEA
Er lebt? ja wohl! er lebt! er geht
Im weiten Felde Nacht und Tag. Sein Dach
Sind Wetterwolken und der Boden ist
Sein Lager. Winde krausen ihm das Haar
Und Regen träuft mit seinen Tränen ihm
Vom Angesicht, und seine Kleider trocknet

Vidente em sua desventura,
E onde quer que ainda encontre um
Belo gênio, seja nome de mortal ou divino,
Conheço a hora que lhe é desfavorável —

DÉLIA
Ó Panteia, assusta-me quando te
Exaltas em teus lamentos. És também
Como ele que nutre o espírito altivo
Na dor e se torna mais violento na aflição?
Não acredito nisto, tenho medo.
O que ele ainda poderia decidir?

PANTEIA
                Queres angustiar
A m i m ? O que eu disse? Já não quero
Mais — eu quero ser paciente,
Ó deuses! Já não quero mais aspirar
Em vão, àquilo que arrebatastes de mim,
Aceitarei o que me concederdes.
Homem santo! Mesmo que não te encontre mais em parte alguma
Ainda assim me alegro, pois aqui
Estiveste. Ficarei tranquila embora
Tua imagem nobre escape à
Mente arisca; mas que o ruído do dia
Não afugente a sombra fraterna
Que me acompanha, por onde vago suavemente.

DÉLIA
Sonhadora dileta! Ele ainda vive.

PANTEIA
Vive?! Certamente! Caminha
Na vastidão dos campos noite e dia. Seu teto
São as nuvens, o chão
Seu leito. Ventos eriçam-lhe os cabelos
E a chuva desliza em sua face com
As lágrimas; o sol seca-lhe

Am heißen Mittag ihm die Sonne wieder,
Wenn er im schattenlosen Sande geht.
Gewohnte Pfade sucht er nicht; im Fels
Bei denen, die von Beute sich ernähren,
Die fremd, wie er, und allverdächtig sind,
Da kehrt er ein, die wissen nichts vom Fluch,
Die reichen ihm von ihrer rohen Speise,
Daß er zur Wanderung die Glieder stärkt.
So lebt er! weh! und das ist nicht gewiß!

    DELIA
Ja! es ist schröcklich, Panthea.

    PANTHEA
                      Ists schröcklich?
Du arme Trösterin, vielleicht, es währt
Nicht lange mehr, so kommen sie, und sagen
Einander sichs, wenn es die Rede gibt,
Daß er erschlagen auf dem Wege liege.
Es duldens wohl die Götter, haben sie
Doch auch geschwiegen, da man ihn mit Schmach
Ins Elend fort aus seiner Heimat warf.
O du! — wie wirst du enden? müde ringst
Du schon am Boden fort, du stolzer Adler!
Und zeichnest deinen Pfad mit Blut, und es
Erhascht der feigen Jäger einer dich,
Zerschlägt am Felsen dir dein sterbend Haupt
Und Jovis Liebling nanntet ihr ihn doch?

    DELIA
Ach lieber schöner Geist! nur so nicht!
Nur solche Worte nicht! Wenn du es wüßtest,
Wie mich die Sorg um dich ergreift! Ich will
Auf meinen Knien dich bitten, wenn es hilft.
Besänftige dich nur. Wir wollen fort.
Es kann noch viel sich ändern, Panthea.
Vielleicht bereut es bald das Volk. Du weißt
Es ja, wie sie ihn liebten. Komm! ich wend

As roupas no ardente meio-dia,
Quando segue pela areia sem sombras.
Não anda em sendas conhecidas; nas rochas,
Junto aos forasteiros e suspeitos que
Assim como ele, se alimentam do butim,
Lá é acolhido, pelos que ignoram sua maldição.
Oferecem-lhe o alimento rude
Revigorando-lhe os membros para o longo caminho.
Assim vive! Como sofre! E mesmo isto é incerto!

    DÉLIA
Sim, Pantéia, é horrível.

    PANTEIA
                   Horrível?
Pobre consoladora! Talvez
Logo venham, discutindo
Uns com os outros quando se espalhar o rumor
De que ele se encontra morto no caminho.
E os deuses o permitem! Também
Se calaram quando ele foi expulso de
Sua pátria, em vergonhosa penúria.
E tu, como terminarás? Mesmo cansado
Continuas a lutar na terra, águia orgulhosa!
E desenhas teu caminho com sangue; e se um
Caçador covarde agarrar-te e
Despedaçar tua cabeça agonizante contra um penhasco?
E vós o chamáveis o favorito de Júpiter?!

    DÉLIA
Ah! espírito caríssimo e belo! Não!
Não fales assim! Se soubesses
Quanta preocupação sinto por ti! Quero
Pedir-te de joelhos, se preciso.
Acalma-te! Vamos.
Muito ainda pode mudar, Panteia.
Talvez em breve o povo se arrependa. Bem
Sabes quanto o amavam. Agora, vamos! recorro

*An deinen Vater mich und helfen sollst
Du mir. Wir können ihn vielleicht gewinnen.*

PANTHEA
O wir, wir sollten das, ihr Götter!

ZWEITER AKT

Gegend am Aetna
Bauerhütte

ERSTER AUFTRITT

Empedokles. Pausanias

EMPEDOKLES
Wie ists mit dir?

PAUSANIAS
*O das ist gut,
Daß du ein Wort doch redest, lieber —
Denkst du es auch? hier oben waltet wohl
Der Fluch nicht mehr und unser Land ist ferne.
Auf diesen Höhen atmet leichter sichs,
Und auf zum Tage darf das Auge doch
Nun wieder blicken und die Sorge wehrt
Den Schlaf uns nicht, es reichen auch vielleicht
Gewohnte Kost uns Menschenhände wieder.
Du brauchst der Pflege, lieber! und es nimmt
Der heilge Berg, der väterliche wohl
In seine Ruh die umgetriebnen Gäste.
Willst du, so bleiben wir auf eine Zeit
In dieser Hütte — darf ich rufen, ob
Sie uns vielleicht den Aufenthalt vergönnen?*

A teu pai e tu deves ajudar-
Me. Talvez consigamos persuadi-lo.

    PANTEIA
Ó deuses! Sim, deveríamos consegui-lo!

SEGUNDO ATO

*Região junto ao Etna
Cabana de camponês*

Primeira Cena

Empédocles. Pausânias

    EMPÉDOCLES
Como te sentes?

    PAUSÂNIAS
    É bom
Ouvir a tua voz, caríssimo —
Aqui em cima já não reina a maldição,
Não é verdade? Nosso país está distante.
Respira-se mais levemente nas alturas
E o olhar pode agora contemplar de novo
A luz do dia e a preocupação não nos
Impede o sono; quem sabe agora mãos humanas
Nos voltem a estender o alimento cotidiano.
Precisas de cuidados, caríssimo! Por certo
Em sua calma acolherá o monte sagrado
E paterno estes hóspedes atormentados.
Se quiseres, ficaremos algum tempo
Nesta cabana — posso chamar alguém,
Pedindo hospedagem?

EMPEDOKLES
Versuch es nur! sie kommen schon heraus.

Zweiter Auftritt

Die Vorigen. Ein Bauer

BAUER
Was wollt ihr? Dort hinunter geht
Die Straße.

PAUSANIAS
             Gönn uns Aufenthalt bei dir
Und scheue nicht das Aussehn, guter Mann.
Denn schwer ist unser Weg und öfters scheint
Der Leidende verdächtig — mögen dirs
Die Götter sagen, welcher Art wir sind.

BAUER
Es stand wohl besser einst mit euch denn itzt;
Ich will es gerne glauben. Doch es liegt
Die Stadt nicht fern; ihr solltet doch daselbst
Auch einen Gastfreund haben. Besser wärs,
Zu dem zu kommen, denn zu Fremden.

PAUSANIAS
                         Ach!
Es schämte leicht der Gastfreund unser sich,
Wenn wir zu ihm in unsrem Unglück kämen.
Und gibt uns doch der Fremde nicht umsonst
Das Wenige, warum wir ihn gebeten.

BAUER
Wo kommt ihr her?

EMPÉDOCLES
Tenta! Eis que se aproximam.

Segunda Cena

Os Precedentes. Um Camponês

CAMPONÊS
O que quereis? A estrada fica
Lá embaixo.

PAUSÂNIAS
          Hospeda-nos em tua casa;
Não receies nossa aparência, bom homem,
Nosso caminho é difícil e às vezes o
Sofredor parece suspeito — mas que os
Deuses te digam de que índole somos.

CAMPONÊS
Acredito que vossa situação já foi melhor
Do que agora, acredito. Mas a cidade
Não fica longe; lá tereis decerto
Um amigo que vos hospede. Seria melhor
Recorrer a ele do que a estranhos.

PAUSÂNIAS
                      Ah,
Talvez o amigo se envergonhasse de nós,
Se recorrêssemos a ele em nossa desdita.
Não é de graça que nos oferece o estranho
O pouco que lhe pedimos.

CAMPONÊS
De onde sois?

PAUSANIAS
          Was nützt es, das zu wissen?
Wir geben Gold und du bewirtest uns.

BAUER
Wohl öffnet manche Türe sich dem Golde,
Nur nicht die meine.

PAUSANIAS
          Was ist das? so reich
Uns Brot und Wein und fodre was du willst.

BAUER
Das findet ihr an andrem Orte besser.

PAUSANIAS
O, das ist hart! Doch gibst du mir vielleicht
Ein wenig Leinen, daß ichs diesem Mann
Um seine Füße winde, blutend sind
Vom Felsenpfade sie — o siehe nur
Ihn an! der gute Geist Siciliens ists
Und mehr denn eure Fürsten! und er steht
Vor deiner Türe kummerbleich und bettelt
Um deiner Hütte Schatten und um Brot
Und du versagst es ihm? und todesmüd
Und dürstend lässest du ihn draußen stehn
An diesem Tage, wo das harte Wild
Zur Höhle sich vorm Sonnenbrande flüchtet?

BAUER
Ich kenn euch. Wehe! das ist der Verfluchte
Von Agrigent. Es ahndete mir gleich.
Hinweg!

PAUSANIAS
          Beim Donnerer! nicht hinweg! — er soll
Für dich mir bürgen, lieber Heiliger!
Indes ich geh und Nahrung suche. Ruh

PAUSÂNIAS
                A que serve saber isto?
Oferecemos dinheiro; dá-nos abrigo.

CAMPONÊS
Muitas portas se abrirão para o ouro,
Mas não a minha.

PAUSÂNIAS
                O que dizes? Dá-nos
Pão e vinho e pede o que quiseres.

CAMPONÊS
Encontrareis alimento melhor em outra parte.

PAUSÂNIAS
Oh, como é penoso! Mas dá-me então
Um pouco de linho, para atar-lhe
Os pés em sangue por causa
Das sendas rochosas — olha-o
Bem! É o espírito benigno da Sicília
Maior do que vossos príncipes! Pálido
De desgosto, mendigando à tua porta
Pão e a sombra de tua cabana.
Recusarás o que ele pede? E o deixas
Lá fora, morto de sede e cansaço,
Neste dia em que as feras rudes
Se ocultam, fugindo ao ardor do sol?

CAMPONÊS
Eu vos conheço. Ai, é o maldito
De Agrigento, logo suspeitei.
Fora daqui!

PAUSÂNIAS
                Por Júpiter, não! — enquanto
Me ausentar à procura de alimento,
Ele responderá por ti, amigo e mestre! Repousa

An diesem Baum — und höre du! wenn ihm
Ein Leid geschieht, es sei von wem es wolle,
So komm ich über Nacht, und brenne dir,
Eh du es denkst, dein strohern Haus zusammen!
Erwäge das!

Dritter Auftritt

Empedokles. Pausanias

EMPEDOKLES
    Sei ohne Sorge, Sohn!

PAUSANIAS
Wie sprichst du so? ist doch dein Leben mir
Der lieben Sorge wert! und dieser denkt,
Es wäre nichts am Manne zu verderben,
Dem solch ein Wort gesprochen ward wie uns,
Und leicht gelüstet sie's, und wär es nur
Um seines Mantels wegen, ihn zu töten,
Denn ungereimt ists ihnen, daß er noch
Gleich Lebenden umhergeht; weißt du das
Denn nicht?

    EMPEDOKLES
        O ja, ich weiß es.

    PAUSANIAS
                Lächelnd sagt
Du das? o Empedokles!

    EMPEDOKLES
             Treues Herz!
Ich habe wehe dir getan. Ich wollt
Es nicht.

Junto a esta árvore — e tu, ouve! Se algo
Lhe acontecer, quem quer que o moleste,
Voltarei à noite e, sem
Hesitar, queimarei tua casa de palha!
Pensa bem!

Terceira Cena

Empédocles. Pausânias

EMPÉDOCLES
          Tranquiliza-te, filho!

PAUSÂNIAS
Como podes falar assim? Para mim, tua vida
É digna de afetuosa inquietação! E este homem pensa
Que àquele sobre o qual foi proferida, como a nós, tal sentença
Nada mais teria a perder
Podendo até facilmente serem induzidos a matá-lo,
Nem que fosse só por seu manto.
Parece-lhes absurdo que ele ainda
Vagueie entre os viventes; acaso
O ignoras?

EMPÉDOCLES
Ah, bem sei.

PAUSÂNIAS
                E o dizes
Sorrindo, ó Empédocles!

EMPÉDOCLES
            Magoei-te,
Coração fiel? Não era
Minha intenção.

PAUSANIAS
Ach! ungeduldig bin ich nur.

EMPEDOKLES
Sei ruhig meinetwegen, lieber! bald
Ist dies vorüber.

PAUSANIAS
Sagst du das?

EMPEDOKLES
Du wirst
Es sehn.

PAUSANIAS
Wie ist dir? soll ich nun ins Feld
Nach Speise gehn, wenn du es nicht bedarfst,
So bleib ich lieber, oder besser ists,
Wir gehn und suchen einen Ort zuvor
Für uns im Berge.

EMPEDOKLES
Siehe! nahe blinkt
Ein Wasserquell; der ist auch unser. Nimm
Dein Trinkgefäß, die hohle Kürbis, daß der Trank
Die Seele mir erfrische.

PAUSANIAS
an der Quelle
Klar und kühl
Und rege sproßts aus dunkler Erde, Vater!

EMPEDOKLES
Erst trinke du. Dann schöpf und bring es mir.

PAUSANIAS
indem er ihm es reicht
Die Götter segnen dirs.

PAUSÂNIAS
Não, estou apenas impaciente.

EMPÉDOCLES
Acalma-te, caríssimo! Logo tudo
Estará terminado.

PAUSÂNIAS
O que dizes?

EMPÉDOCLES
Tu
Verás.

PAUSÂNIAS
Como estás? Devo ir ao campo
Em busca de alimento? Mas se não necessitas,
Prefiro ficar aqui, ou melhor,
Iremos juntos procurar abrigo
Na montanha.

EMPÉDOCLES
Vê! Perto brilha
Uma nascente, ela também nos pertence. Toma
Tua caneca, a cabaça côncava, para que a bebida
Me estimule a alma.

PAUSÂNIAS
junto à nascente
Jorra clara,
Fresca e viva da terra escura, Pai!

EMPÉDOCLES
Bebe primeiro. Então recolhe mais água e dá-me de beber.

PAUSÂNIAS
estendendo-lhe a água
Os deuses ta abençoem.

EMPEDOKLES
                    Ich trink es euch!
Ihr alten Freundlichen! ihr meine Götter!
Und meiner Wiederkehr, Natur. Schon ist
Es anders. O ihr Gütigen! und eh
Ich komme, seid ihr da? und blühen soll
Es, eh es reift! — sei ruhig Sohn! und höre,
Wir sprechen vom Geschehenen nicht mehr.

PAUSANIAS
Du bist verwandelt und dein Auge glänzt
Wie eines Siegenden. Ich faß es nicht.

EMPEDOKLES
Wir wollen noch, wie Jünglinge, den Tag
Zusammensein, und vieles reden. Findet
Doch leicht ein heimatlicher Schatte sich,
Wo unbesorgt die treuen Langvertrauten
Beisammen sind in liebendem Gespräch —
Mein Liebling! haben wir, wie gute Knaben
An Einer Traub, am schönen Augenblick
Das liebe Herz so oft gesättiget
Und mußtest du bis hier mich her geleiten,
Daß unsrer Feierstunden keine sich,
Auch diese nicht, uns ungeteilt verlöre?
Wohl kauftest du um schwere Mühe sie,
Doch geben mirs auch nicht umsonst die Götter.

PAUSANIAS
O sage mir es ganz, daß ich wie du
Mich freue.

EMPEDOKLES
            Siehest du denn nicht? Es kehrt
Die schöne Zeit von meinem Leben heute
Noch einmal wieder und das Größre steht
Bevor; hinauf, o Sohn, zum Gipfel
Des alten heilgen Aetna wollen wir.

EMPÉDOCLES
               Bebo em vosso louvor,
Velhos amigos, deuses que venero!
E por meu retorno, Natureza. Tudo
Mudou. Vós, benévolos! Sempre aqui estivestes
Antes que eu chegasse. Haverá um florescer
Antes da maturação! — Fica tranquilo, filho! Ouve,
Não mais falemos do que aconteceu.

PAUSÂNIAS
Mudaste e teus olhos brilham
Como os de um vencedor. Não compreendo.

EMPÉDOCLES
Passemos o dia juntos e como
Adolescentes, conversemos sem parar. Será fácil
Encontrar uma sombra acolhedora,
Onde despreocupados, fiéis,
Manteremos uma conversa amável, como velhos e íntimos amigos! —
Meu dileto! Muitas vezes saciamos o coração gentil
Junto a Um cacho de uvas como meninos puros
Num belo momento,
E tinhas de acompanhar-me até aqui
Para que nenhuma de nossas horas solenes,
Tampouco esta se perdesse por completo?
Por certo pagaste um alto preço,
Mas também a mim os deuses pedem um pesado tributo.

PAUSÂNIAS
Dize-me tudo para que a minha alegria
Se iguale à tua.

EMPÉDOCLES
      Não vês? O belo
Período de minha vida
Hoje retorna; e a ação mais alta
É iminente; subamos, filho, ao cume
Do antigo e sagrado Etna,

Denn gegenwärtger sind die Götter auf den Höhn.
Da will ich heute noch mit diesen Augen
Die Ströme sehn und Inseln und das Meer.
Da segne zögernd über goldenen
Gewässern mich das Sonnenlicht beim Scheiden,
Das herrlich jugendliche, das ich einst
Zuerst geliebt. Dann glänzt um uns und schweigt
Das ewige Gestirn, indes herauf
Der Erde Glut aus Bergestiefen quillt
Und zärtlich rührt der Allbewegende,
Der Geist, der Aether uns an, o dann!

PAUSANIAS
      Du schröckst
Mich nur; denn unbegreiflich bist du mir.
Du siehest heiter aus und redest herrlich,
Doch lieber wär es mir, du trauertest.
Ach! brennt dir doch die Schmach im Busen, die
Du littst, und achtest selber dich für nichts,
So viel du bist.

EMPEDOKLES
     O Götter läßt auch der
Zuletzt die Ruh mir nicht und regt den Sinn
Mir auf mit roher Rede, willst du das,
So geh. Bei Tod und Leben! nicht ist dies
Die Stunde mehr, viel Worte noch davon
Zu machen, was ich leid und was ich bin.
Besorgt ist das; ich will es nimmer wissen.
Hinweg! es sind die Schmerzen nicht, die lächelnd,
Die fromm genährt, an traurigfroher Brust
Wie Kinder liegen — Natterbisse sinds
Und nicht der erste bin ich, dem die Götter
Solch giftge Rächer auf das Herz gesandt.
Ich habs verdient? ich kann dirs wohl verzeihn,
Der du zur Unzeit mich gemahnt; es ist
Der Priester dir vor Augen und es gellt
Im Ohre dir des Pöbels Hohngeschrei,

Os deuses são mais presentes nas alturas.
Lá quero ver com estes olhos ainda hoje
As torrentes, as ilhas e o mar.
Lá me abençoe a luz do sol
No ocaso, ao vacilar sobre as douradas águas,
Luz esplêndida e juvenil que acima de tudo
Amei um dia. Brilharão aí em silêncio
As estrelas eternas a nossa volta, enquanto surdirá à
Superfície o calor intenso das profundezas da montanha,
E suavemente nos roçará o espírito,
O Éter todo movente!

  PAUSÂNIAS
       Me assustas,
Não te compreendo.
Pareces alegre e falas com entusiasmo,
Quisera porém que te afligisses.
Ah, queima-te o peito a infâmia
Sofrida, e não te importas;
És grandioso.

  EMPÉDOCLES
     Ó deuses, ele também não
Me deixa em paz e agita minha
Mente com palavras rudes — se quiseres,
Vai! Pela vida e pela morte! Já passou
A hora de falar longamente
Sobre o que sofro e o que sou.
Já me ocupei demais com isto! Basta, não quero
Mais saber. Não são os sofrimentos em meio a sorrisos
Nutridos com devoção como crianças ora tristes, ora alegres
Aconchegadas ao seio — são mordidas de víbora,
E não sou o primeiro a quem os deuses
Enviaram ao coração vingadores tão venenosos.
Mereci esta dor? Mas posso perdoar-te,
Que em hora importuna me advertiste; tens ainda
Diante dos olhos o sacerdote, em teus ouvidos
Ressoam os gritos de escárnio da plebe e

Die brüderliche Nänie, die uns
Zur lieben Stadt hinausgeleitete.
Ha! mir — bei allen Göttern die mich sehn —
Sie hättens nicht getan, wär ich
Der Alte noch gewesen. Was? o schändlich
Verriet ein Tag von meinen Tagen mich
An diese Feigen — still! hinunter solls,
Begraben soll es werden tief so tief,
Wie noch kein Sterbliches begraben ist.

    PAUSANIAS
Ach! häßlich stört ich ihm das heitre Herz
Das herrliche, und bänger denn zuvor
Ist jetzt die Sorge.

    EMPEDOKLES
          Laß die Klage nun
Und störe mich nicht weiter; mit der Zeit
Ist alles gut, mit Sterblichen und Göttern
Bin ich ja bald versöhnt, ich bin es schon.

    PAUSANIAS
Ists möglich? — heilt der furchtbar trübe Sinn
Und wähnst du dich nicht mehr allein und arm,
Du hoher Mann, und dünkt der Menschen Tun
Unschuldig wie des Herdes Flamme dir,
So sprachst du sonst, ists wieder wahr geworden?
O sieh! dann segn' ich den klaren Quell,
An dem das neue Leben dir begann,
Und fröhlich wandern morgen wir hinab
Ans Meer, das uns an sichres Ufer bringt.
Was achten wir der Reise Not und Mühn!
Ist heiter doch der Geist und seiner Götter!

    EMPEDOKLES
O Kind! — Pausanias, hast du dies vergessen?
Umsonst wird nichts den Sterblichen gewährt.
Und Eines hilft. — O heldenmütger Jüngling!

A nênia fraterna que nos
Acompanhou fora dos muros da cidade.
Ah, pelos deuses que me contemplam —
Não me teriam perseguido se tivesse
Continuado a ser o homem de antes! Como?! Vergonhosamente
Um só de meus dias atraiçoou-me diante
Dos covardes — silêncio! Que seja
Sepultado t ã o profundamente
Como nenhum mortal jamais foi sepultado.

    PAUSÂNIAS
Ah! Tanto mal lhe fiz em turvar o coração sereno,
Esplêndido; a inquietação me aflige agora
Mais que antes.

    EMPÉDOCLES
            Para de lamentar-te agora
E não me perturbes mais; o tempo
Tudo cura. Com mortais e deuses
Logo estarei reconciliado; já estou.

    PAUSÂNIAS
É possível? O pensamento turvo e terrífico se esvai
E não te julgas mais sozinho e pobre,
Homem sublime, e as ações dos homens te parecem
Inocentes como chama de lareira;
Outrora assim falavas; isto é de novo verdade?
Vê! Então a nascente límpida abençoo,
Junto à qual iniciaste vida nova
E alegres desceremos amanhã
Até o mar que nos conduz à margem segura.
O que importam o risco e as fadigas da viagem!
Sereno é o espírito e o de seus deuses!

    EMPÉDOCLES
Ó Pausânias! És mesmo uma criança! Esqueceste?
Nada é concedido de graça aos mortais.
Um ato apenas pode ajudar. — Ó jovem heroico,

Erblasse nicht! Sieh, was mein altes Glück
Das unersinnbare, mir wiedergibt,
Mit Götterjugend mir, dem Welkenden,
Die Wange rötet, kann nicht übel sein.
Geh, Sohn ᴗ —! Ich möchte meinen Sinn
Und meine Lust nicht gerne ganz verraten.
Für dich ists nicht — so mache dirs nicht eigen,
Und lasse mirs, ich lasse deines dir.
Was ists?

    PAUSANIAS
        Ein Haufe Volks! Dort kommen sie
Herauf.

    EMPEDOKLES
    Erkennst du sie?

    PAUSANIAS
        Ich traue nicht
Den Augen.

    EMPEDOKLES
        Was? soll ich zum Rasenden
Noch werden — was? in sinnenlosem Weh
Und Grimm hinab, wohin ich friedlich wollte?
Agrigentiner sinds!

    PAUSANIAS
        Unmöglich!

    EMPEDOKLES
        Träum
Ich denn? mein edler Gegner ists, der Priester,
Und sein Gefolge — pfui! so heillos ist
In dem ich Wunden sammelte, der Kampf,
Und würdigere Kräfte gab es nicht
Zum Streite gegen mich? o schröcklich ists
Zu hadern mit Verächtlichen, und noch?

Não empalideças! Vê: aquilo que me
Restitui a antiga, inimaginável ventura
Corando minhas faces emurchecidas com a juventude
Dos deuses, não pode ser um mal.
Vai, filho ᴗ —! Não gostaria de revelar
Por inteiro meu intento e gosto.
Não te concernem — portanto, deles não te apropries,
Pertencem-me — deixa-os para mim, como deixo os teus contigo.
O que está havendo?

    PAUSÂNIAS
        Uma multidão! Vindo
Para cá!

    EMPÉDOCLES
    Reconhece-os?

    PAUSÂNIAS
          Não acredito em
Meus próprios olhos.

    EMPÉDOCLES
        O quê? Devo ainda
Enfurecer-me — Sucumbir em dor
Absurda, em ira, nesse caminho que desejara de paz?
São agrigentinos!

    PAUSÂNIAS
        Impossível!

    EMPÉDOCLES
        Estarei
Sonhando? Meu nobre rival, o sacerdote
E seu séquito — arre! Tão desesperado é
O embate em que se abrem as feridas,
E não há forças mais dignas
Para lutar comigo? Oh, é terrível
Contender com seres desprezíveis, e ainda,

In dieser heilgen Stunde noch! wo schon
Zum Tone sich der allverzeihenden
Natur die Seele vorbereitend stimmt!
Da fällt die Rotte mich noch einmal an,
Und mischt ihr wütend sinnenlos Geschrei
In meinen Schwanensang. Heran! es sei!
Ich will es euch verleiden! schont ich doch
Von je zu viel des schlechten Volks und nahm
An Kindesstatt der falschen Bettler gnug.
Habt ihr es mir noch immer nicht vergeben,
Daß ich euch wohlgetan? Ich will es nun
Auch nicht. O kommt, Elende! muß es sein,
So kann ich auch im Zorne zu den Göttern.

    PAUSANIAS
Wie wird das endigen?

VIERTER AUFTRITT

Die Vorigen
Hermokrates. Kritias. Volk

    HERMOKRATES
        Befürchte nichts!
Und laß der Männer Stimme dich nicht schröcken,
Die dich vertrieben. Sie verzeihen dir.

    EMPEDOKLES
Ihr Unverschämten! anders wißt ihr nicht?
Was wollt ihr auch? ihr kennt mich ja! ihr habt
Mich ja gezeichnet, aber hadert
Das lebenslose Volk, damit sichs fühl'?
Und haben sie hinausgeschmäht den Mann,
Den sie gefürchtet, suchen sie ihn wieder,
Den Sinn an seinem Schmerze zu erfrischen?

Ainda nesta hora consagrada, quando a alma
Se prepara, se afina ao tom da
Natureza que a tudo perdoa!
Ainda uma vez assalta-me a matilha
E seu alarido absurdo, cheio de ódio se mistura
A meu canto de cisne. Aproximai-vos! Assim seja!
Estragarei vosso prazer! Já poupei
Demais o povo perverso, adotando
Como filhos falsos mendigos.
Ainda não me perdoasteis o
Bem que vos fiz? Agora
Basta. Vinde, miseráveis! Se necessário,
Furioso, alcançarei também os deuses.

       PAUSÂNIAS
Como acabará tudo isto?

       Quarta Cena

*Os Precedentes
Hermócrates. Crítias. Povo*

       HERMÓCRATES
          Nada temas!
E não te intimides com a voz dos homens
Que te expulsaram. Perdoam-te agora.

       EMPÉDOCLES
Desavergonhados! Não sabeis fazer algo melhor?
O que quereis ainda? No entanto, me conheceis! Vós
Me marcastes, mas esta gente sem vida
Quer a rixa para sentir-se viva?
Expulsaram com injúrias o homem que
Temiam, e agora de novo o procuram
Para reavivar a causa de sua dor?

O tut die Augen auf, und seht, wie klein
Ihr seid, daß euch das Weh die närrische,
Verruchte Zunge lähme; könnt ihr nicht
Erröten? o ihr Armen! schamlos läßt
Den schlechten Mann mitleidig die Natur,
Daß ihn der Größre nicht zu Tode schröcke.
Wie könnt er sonst vor Größerem bestehn?

      HERMOKRATES
Was du verbrochen büßtest du; genug
Vom Elend ist dein Angesicht gezeichnet,
Genes' und kehre nun zurück; dich nimmt
Das gute Volk in seine Heimat wieder.

      EMPEDOKLES
Wahrhaftig! großes Glück verkündet mir
Der fromme Friedensbote; Tag für Tag
Den schauerlichen Tanz mit anzusehn,
Wo ihr euch jagt und äfft, wo ruhelos
Und irr und bang, wie unbegrabne Schatten
Ihr umeinander rennt, ein ärmliches
Gemeng in eurer Not, ihr Gottverlaßnen,
Und eure lächerlichen Bettlerkünste,
Die nah zu haben, ist der Ehre wert.
Ha! wüßt ich bessers nicht, ich lebte lieber
Sprachlos und fremde mit des Berges Wild
In Regen und in Sonnenbrand, und teilte
Die Nahrung mit dem Tier, als daß ich noch
In euer blindes Elend wiederkehrte.

      HERMOKRATES
So dankst du uns?

      EMPEDOKLES
           O sprich es einmal noch
Und siehe, wenn du kannst, zu diesem Licht,
Dem Allesschauenden, empor! doch warum bliebst
Du auch nicht fern, und kamst mir frech vors Aug,

Abri os olhos, vede como sois
Mesquinhos, e a dor vos paralise
A língua ímpia e tola; não sabeis
Enrubesceis? Míseros! A Natureza
Compassiva torna impudente o homem perverso
Para que o mais valoroso não o atemorize à morte.
Senão, diante do excelso, como poderia o perverso subsistir?

HERMÓCRATES
Pagaste tua culpa, vê-se em tua
Face a marca profunda do sofrimento;
Recupera-te e retorna; o povo benévolo
Acolhe-te de novo em sua pátria.

EMPÉDOCLES
É assim?! O piedoso mensageiro da paz
Anuncia-me grande ventura! Participar
Dia a dia da dança horrenda
Onde vós caçais e arremedais, inquietos,
Desorientados, medrosos, atropelando-vos uns
Aos outros, como sombras insepultas, tropel
Lastimável, miseráveis, abandonados pelos deuses,
Ocupados em ridículas artes de mendigos?
Grande honra conviver convosco!
Ah, se não houvesse algo melhor,
Antes viver à chuva e ao sol ardente,
Calado e estranho, compartilhando o
Alimento rude com a fera da montanha do que
Retornar à vossa miséria cega.

HERMÓCRATES
É assim que nos agradeces?

EMPÉDOCLES
            Oh, repete estas palavras
Se puderes, e alça os olhos à luz
Que tudo vê! Por que não permaneceste
Afastado, mas surgiste, insolente, ante meus olhos,

Und nötigest das letzte Wort mir ab,
Damit es dich zum Acheron geleite,
Weißt du, was du getan? was tat ich dir?
Es warnte dich, und lange fesselte
Die Furcht die Hände dir, und lange grämt'
In seinen Banden sich dein Grimm; ihn hielt
Mein Geist gefangen, konntest du nicht ruhn,
Und peinigte dich so mein Leben; freilich mehr
Wie Durst und Hunger quält das Edlere
Den Feigen; konntest du nicht ruhn? und mußtest
Dich an mich wagen, Ungestalt, und wähntest,
Ich würde dir, wenn du mit deiner Schmach
Das Angesicht mir übertünchtest, gleich?
Das war ein alberner Gedanke, Mann!
Und könntest du dein eigen Gift im Tranke
Mir reichen, dennoch paarte sich mit dir
Mein lieber Geist nicht und er schüttete
Mit diesem Blut das du entweiht dich aus.
Es ist umsonst; wir gehn verschiednen Weg.
Stirb du gemeinen Tod, wie sichs gebührt,
Am seelenlosen Knechtsgefühl, mir ist
Ein ander Los beschieden, andern Pfad
Weissagtet einst, da ich geboren ward,
Ihr Götter mir, die gegenwärtig waren —
Was wundert sich der allerfahrne Mann?
Dein Werk ist aus und deine Ränke reichen
An meine Freude nicht. Begreifest du das doch!

HERMOKRATES
Den Rasenden begreif ich freilich nicht.

KRITIAS
Genug ists nun, Hermokrates! du reizest
Zum Zorne nur den Schwerbeleidigten.

PAUSANIAS
Was nimmt ihr auch den kalten Priester mit,
Ihr Toren, wenn um Gutes euch zu tun ist?

Obrigando-me a dirigir-te a última palavra
Para que te acompanhasse ao Aqueronte,
Sabes acaso o que fizeste? E o que eu te fiz?
Limitei-me a admoestar-te, e no entanto, há muito
O medo atou-te as mãos, e há muito angustiou-se
Tua ira em seus próprios laços; meu espírito a
Reteve prisioneira, não podias repousar;
Minha vida era o teu tormento; por certo, o mais
Nobre tortura, mais do que a sede e a fome a mente
Do covarde; não encontravas paz! E tu,
Ente amorfo, pretendeste confrontar-te comigo na ilusão
De que eu me teria tornado semelhante a ti
Revestindo minha face com a tua infâmia?
Parvo este pensamento, homem!
Se tivesses me oferecido teu próprio veneno
Para beber, nem assim meu espírito cordato
Se uniria ao teu e te rejeitaria
Com o sangue que tu mesmo profanas.
É inútil, seguimos caminhos diversos.
Morre tua morte banal como convém
Ao que nutre sentimentos de escravo, sem alma; outro
Destino me é dado. Deuses,
Que me vistes nascer, outra
Senda outrora me predissestes —
Como pode surpreender-se homem tão experiente?
Tua obra terminou e tuas insídias não
Atingem minha alegria. Procura entendê-lo!

HERMÓCRATES
Realmente não compreendo o enfurecido.

CRÍTIAS
Agora basta, Hermócrates! Somente excitas
A cólera de quem sofre pesadas injúrias.

PAUSÂNIAS
Tolos, por que trazeis convosco o frio
Sacerdote, se pretendeis fazer o bem?

Und wählt zum Versöhner
Den Gottverlaßnen, der nicht lieben kann,
Zu Zwist und Tod ist der und seinesgleichen
Ins Leben ausgesäet, zum Frieden nicht!
Jetzt seht ihrs ein, o hättet ihrs vor Jahren!
Es wäre manches nicht in Agrigent
Geschehen. Viel hast du getan, Hermokrates,
So lang du lebst, hast manche liebe Lust
Den Sterblichen hinweg geängstiget,
Hast manches Heldenkind in seiner Wieg
Erstickt, und gleich der Blumenwiese fiel
Und starb die jugendkräftige Natur
Vor deiner Sense. Manches sah ich selbst
Und manches hört ich. Soll ein Volk vergehn,
So schicken nur die Furien einen Mann,
Der täuschend überall der Missetat
Die lebensreichen Menschen überführe.
Zuletzt, der Kunst erfahren, machte sich
An einen Mann der heiligschlaue Würger
Und herzempörend glückt es ihm, damit
Das Göttergleichste durch Gemeinstes falle.
Mein Empedokles! — gehe du des Wegs
Den du erwählt. Ich kanns nicht hindern, sengt
Es gleich das Blut in meinen Adern weg.
Doch diesen, der das Leben dir geschändet,
Den Allverderber such ich auf, wenn ich
Verlassen bin von dir, ich such ihn, flöh
Er zum Altar, es hilft ihm nichts, mit mir
Muß er, mit mir, ich weiß sein eigen Element.
Zum toten Sumpfe schlepp ich ihn — und wenn
Er flehend wimmert, so erbarmt ich mich
Des grauen Haars, wie er der andern sich
Erbarmt; hinab!

                          (zu Hermokrates)
                          hörst du? ich halte Wort.

    ERSTER BÜRGER
Es braucht des Wartens nicht, Pausanias!

Escolhendo   como conciliador
O abandonado pelos deuses, o que não sabe amar?
Ele e seus semelhantes vieram à vida
Semear a discórdia e a morte, nunca a paz!
Agora o percebeis, se houvésseis entendido anos atrás!
Muitas coisas não teriam acontecido
Em Agrigento. Muito mal fizeste, Hermócrates,
Ao longo de tua vida: angustiaste os mortais,
Arrebatando-lhes ímpetos de amor,
Asfixiando no berço crianças, futuros
Heróis. A Natureza forte e jovial —
Campo de flores — sob tua foice descaiu
E pereceu. Muito vi eu mesmo,
E muito ouvi. Quando um povo deve sucumbir,
Basta às fúrias enviarem um homem
Que por toda parte espalhe a ilusão
E induza os homens plenos de vida ao delito.
Por fim, versado nesta arte, atacou o sufocador
Astuto, com a auréola de santidade, o homem semelhante aos deuses
E, fato revoltante, consegue
Fazê-lo cair do modo mais vil.
Empédocles dileto! — Segue o caminho
Que escolheste! Não o posso impedir, ainda
Que o sangue fervilhe em minhas veias.
Mas ao perversor de tudo, profanador
De tua vida, a ele buscarei, quando de
Mim te afastares; mesmo se ele fugir
Rumo aos altares, de nada adiantará; terá de vir
Comigo, terá! Conheço o elemento a que pertence.
Arrastá-lo-ei ao pântano mortífero — e se
Implorar gemendo, terei piedade
De seus cabelos brancos, como ele a teve
Dos outros; que suma no abismo!
                        (*a Hermócrates*)
                        Estás ouvindo? Mantenho a palavra.

PRIMEIRO CIDADÃO
Não precisas esperar, Pausânias!

HERMOKRATES
Ihr Bürger!

ZWEITER BÜRGER
Regst du noch die Zunge? du,
Du hast uns schlecht gemacht; hast allen Sinn
Uns weggeschwatzt; hast uns des Halbgotts Liebe
Gestohlen, du! er ists nicht mehr. Er kennt
Uns nicht; ach! ehmals sah mit sanften Augen
Auf uns der königliche Mann; nun kehrt
Sein Blick das Herz mir um.

DRITTER BÜRGER
Weh! waren wir
Doch gleich den Alten zu Saturnus Zeit,
Da freundlich unter uns der Hohe lebt',
Und jeder hatt in seinem Hause Freude
Und alles war genug. Was ludst du denn
Den Fluch auf uns, den unvergeßlichen,
Den er gesprochen, ach! er mußte wohl,
Und sagen werden unsre Söhne, wenn
Sie groß geworden sind, ihr habt den Mann
Den uns die Götter sandten, uns gemordet.

ZWEITER BÜRGER
Er weint! — o größer noch und lieber,
Denn vormals, dünkt er mir. Und sträubst
Du noch dich gegen ihn, und stehest da,
Als sähst du nicht, und brechen dir vor ihm
Die Kniee nicht? Zu Boden, Mensch!

ERSTER BÜRGER
Und spielst
Du noch den Götzen, was? und möchtest gern
So fort es treiben? nieder mußt du mir!
Und auf den Nacken setz ich dir den Fuß,
Bis du mir sagst, du habest endlich dich
Bis in den Tartarus hinabgelogen.

HERMÓCRATES
Cidadãos!

SEGUNDO CIDADÃO
    Ousas ainda mover a língua? Com
As tuas solércias nos aliciaste,
Tornando-nos malvados; foste tu a roubar-nos
O amor do semideus. Não parece o mesmo. Nem nos
Reconhece! Ai! Outrora nos olhava com os olhos
Plenos de doçura, o homem régio; agora seu
Olhar me despedaça o coração.

TERCEIRO CIDADÃO
     Ai de nós! Éramos
Como os antigos na era de Saturno,
Quando o sublime amavelmente vivia entre nós;
E reinava a alegria em nossas casas,
Nada nos faltando. Por que atraíste
A inesquecível maldição que
Ele proferiu? Ai, nós o forçamos
A isso, nossos filhos nos dirão quando
Crescerem: vós haveis assassinado
O homem que os deuses nos enviaram.

SEGUNDO CIDADÃO
Ele chora! — Parece-me hoje ainda
Mais sublime e amado. E tu, continuas
A opor-te a ele, em pé,
Como se não visses e teus joelhos não se vergam
Diante dele? Curva-te, criatura!

PRIMEIRO CIDADÃO
      Ainda fazes-te
Passar por ídolo! E gostarias de
Continuar o jogo? À terra, pois!
Calcarei tua nuca
Até confessares que desceste ao Tártaro
Impelido por tuas mentiras.

DRITTER BÜRGER
Weißt du, was du getan? dir wär es besser,
Du hättest Tempelraub begangen, ha!
Wir beteten ihn an, und billig wars;
Wir wären götterfrei mit ihm geworden,
Da wandelt unverhofft, wie eine Pest,
Dein böser Geist uns an und uns verging
Das Herz und Wort, und alle Freude, die
Er uns geschenkt, in widerwärtgem Taumel.
Ha Schande! Schande! wie die Rasenden
Frohlockten wir, da du zum Tode schmähtest
Den hochgeliebten Mann. Unheilbar ists
Und stürbst du siebenmal, du könntest doch,
Was du an ihm und uns getan, nicht ändern.

EMPEDOKLES
Die Sonne neigt zum Untergange sich,
Und weiter muß ich diese Nacht, ihr Kinder.
Laßt ab von ihm! es ist zu lange schon,
Daß wir gestritten. Was geschehen ist
Vergehet all und künftig lassen wir
In Ruh einander.

PAUSANIAS
   Gilt denn alles gleich?

DRITTER BÜRGER
O lieb uns wieder!

ZWEITER BÜRGER
    Komm und leb
In Agrigent; es hats ein Römer
Gesagt, durch ihren Numa wären sie
So groß geworden. Komme, Göttlicher!
Sei unser Numa. Lange dachten wirs,
Du solltest König sein. O sei es! seis!
Ich grüße dich zuerst, und alle wollens.

TERCEIRO CIDADÃO
Sabes o que fizeste? Antes
Houvesses profanado o templo.
Adorávamos Empédocles e era justo;
Teríamos com ele ascendido à liberdade dos deuses;
Mas eis que de improviso, como a peste,
Teu espírito perverso nos invadiu; e no delírio odioso
Perdemos o coração, a palavra e toda
A alegria que ele nos concedera.
Ah, vergonha, vergonha! Como alucinados,
Exultávamos, quando ultrajaste à morte
Homem tão amado. É irremediável,
Se morresses sete vezes, não poderias
Mudar o que fizeste a ele e a nós.

EMPÉDOCLES
O sol inclina-se ao poente;
Esta noite, crianças, devo continuar meu caminho.
Deixai-lo em paz! Já discutimos
Demais. O passado
Dissipa-se totalmente e no futuro nos deixaremos
Em paz, um com o outro.

PAUSÂNIAS
Tudo então é indiferente?

TERCEIRO CIDADÃO
Oh, ama-nos de novo!

SEGUNDO CIDADÃO
Vem viver conosco
Em Agrigento; disse um romano
Que se tornaram poderosos
Por causa de Numa Pompílio. Vem, divino,
Sê nosso Numa. Há muito pensamos
Que deverias ser nosso rei. Aceita!
Sou o primeiro a saudar-te, e todos me seguem.

EMPEDOKLES
Dies ist die Zeit der Könige nicht mehr.

DIE BÜRGER
(erschrocken)
Wer bist du, Mann?

PAUSANIAS
So lehnt man Kronen ab,
Ihr Bürger.

ERSTER BÜRGER
Unbegreiflich ist das Wort,
So du gesprochen, Empedokles.

EMPEDOKLES
Hegt
Im Neste denn die Jungen immerdar
Der Adler? Für die Blinden sorgt er wohl,
Und unter seinen Flügeln schlummern süß
Die Ungefiederten ihr dämmernd Leben.
Doch haben sie das Sonnenlicht erblickt,
Und sind die Schwingen ihnen reif geworden,
So wirft er aus der Wiege sie, damit
Sie eignen Flug beginnen. Schämet euch,
Daß ihr noch einen König wollt; ihr seid
Zu alt; zu eurer Väter Zeiten wärs
Ein anderes gewesen. Euch ist nicht
Zu helfen, wenn ihr selber euch nicht helft.

KRITIAS
Vergib! bei allen Himmlischen! du bist
Ein großer Mann, Verratener!

EMPEDOKLES
Es war
Ein böser Tag, der uns geschieden, Archon.

EMPÉDOCLES
Esta não é mais a época dos reis.

OS CIDADÃOS
         (*atemorizados*)
Quem és, homem?

PAUSÂNIAS
         Assim se rejeita uma coroa,
Ó cidadãos!

PRIMEIRO CIDADÃO
    Não conseguimos compreender
Tuas palavras, Empédocles.

EMPÉDOCLES
         Acaso
A águia resguarda para sempre os filhotes
No ninho? Cuidará talvez dos cegos;
Sob suas asas dormitam suaves,
Os implumes, em vida alvorecente.
Mas quando vêem a luz do sol,
Rija a penugem madura,
Ela os arroja do berço, para que
Iniciem o próprio voo. Envergonhai-vos
Por desejardes ainda um rei. Sois velhos
Demais; teria sido diverso
nos tempos de vossos pais. Impossível
Ajudar-vos, se não vos ajudardes a vós mesmos.

CRÍTIAS
Por todos os deuses celestes, perdoa! És
Grande e nós te traímos!

EMPÉDOCLES
         Arconte,
Foi triste o dia que nos dividiu!

ZWEITER BÜRGER
Vergib und komm mit uns! Dir scheinet doch
Die heimatliche Sonne freundlicher
Denn anderswo, und willst du schon die Macht,
Die dir gebührte, nicht, so haben wir
Der Ehrengaben manche noch für dich,
Für Kränze grünes Laub und schöne Namen,
Und für die Säule nimmeralternd Erz.
O komm! es sollen unsre Jünglinge,
Die Reinen, die dich nie beleidiget,
Dir dienen — wohnst du nahe nur, so ists
Genug, und dulden müssen wirs, wo du
Uns meidst, und einsam bleibst in deinen Gärten,
Bis du vergessen hast, was dir geschehn.

EMPEDOKLES
O Einmal noch! du heimatliches Licht,
Das mich erzog, ihr Gärten meiner Jugend
Und meines Glücks, noch soll ich eurer denken,
Ihr Tage meiner Ehre, wo ich rein
Und ungekränkt mit diesem Volke war.
Wir sind versöhnt, ihr Guten! — laßt mich nur,
Viel besser ists, ihr seht das Angesicht
Das ihr geschmäht nicht mehr, so denkt ihr lieber
Des Manns, den ihr geliebt, und irre wird
Dann euch der ungetrübte Sinn nicht mehr.
In ewger Jugend lebt mit euch mein Bild
Und schöner tönen, wenn ich ferne bin,
Die Freudensänge, so ihr mir versprochen.
O laßt uns scheiden, ehe Torheit uns
Und Alter scheidet, sind wir doch gewarnt,
Und Eines bleiben, die zu rechter Zeit
Aus eigner Kraft die Trennungsstunde wählten.

DRITTER BÜRGER
So ratlos lässest du uns stehn?

SEGUNDO CIDADÃO
Perdoa e vem conosco! O sol pátrio e
Afável te ilumina mais que
Em terra estranha; se recusas o poder
Teu de direito, mesmo assim
Muitas homenagens te aguardam:
Para as guirlandas verde folhagem, belos nomes,
E para as colunas, bronze imperecível.
Vem! Nossos jovens, os
Puros, nunca te ofenderam e
Te servirão. Basta a tua
Presença. Suportaremos que
Nos evites, permanecendo solitário em teus jardins,
Até esqueceres o passado.

EMPÉDOCLES
Oh, Uma vez ainda, luz pátria
Que me viste crescer e vós, jardins de minha juventude
E ventura, devo ainda lembrar-me de vós,
Dias de meu esplendor, quando puro,
Ainda não me ressentira contra este povo.
Estamos reconciliados, benévolos! Deixai-me ir,
É melhor! Nunca mais vereis a
Face que ofendestes e assim com mais afeto
Evocareis o homem outrora amado. Vossa
Mente serena será imperturbável.
Conservareis minha memória eternamente jovem
E mais belos ressoarão os cânticos de júbilo
Que prometestes, quando eu tiver partido.
Oh, separemo-nos antes que a insensatez
E a velhice nos separem, pois fomos advertidos,
Permaneçamos Um só ser, nós que, no momento justo,
Escolhemos com as próprias forças a hora da separação.

TERCEIRO CIDADÃO
Deixa-nos, assim, perplexos?

EMPEDOKLES
                    Ihr botet
Mir eine Kron, ihr Männer! nimmt von mir
Dafür mein Heiligtum. Ich spart es lang.
In heitern Nächten oft, wenn über mir
Die schöne Welt sich öffnet', und die heilge Luft
Mit ihren Sternen allen als ein Geist
Voll freudiger Gedanken mich umfing,
Da wurd es oft lebendiger in mir;
Mit Tagesanbruch dacht ich euch das Wort,
Das ernste langverhaltene, zu sagen.
Und freudig ungeduldig rief ich schon
Vom Orient die goldne Morgenwolke
Zum neuen Fest, an dem mein einsam Lied
Mit euch zum Freudenchore würd, herauf.
Doch immer schloß mein Herz sich wieder, hofft'
Auf seine Zeit, und reifen sollte mirs.
Heut ist mein Herbsttag und es fällt die Frucht
Von selbst.

PAUSANIAS
            O hätt er früher nur gesprochen,
Vielleicht, dies alles wär ihm nicht geschehn.

EMPEDOKLES
Nicht ratlos stehen lass ich euch,
Ihr Lieben! aber fürchtet nichts! Es scheun
Die Erdenkinder meist das Neu und Fremde,
Daheim in sich zu bleiben strebet nur
Der Pflanze Leben und das frohe Tier.
Beschränkt im Eigentume sorgen sie,
Wie sie bestehn, und weiter reicht ihr Sinn
Im Leben nicht. Doch müssen sie zuletzt,
Die Ängstlichen, heraus, und sterbend kehrt
Ins Element ein jedes, daß es da
Zu neuer Jugend, wie im Bade, sich
Erfrische. Menschen ist die große Lust
Gegeben, daß sie selber sich verjüngen.

EMPÉDOCLES
           Quisestes ofertar-me
Uma coroa, homens! Recebei em troca, o
Que tenho de mais sagrado. Há muito o reservo.
Tantas vezes nas noites serenas quando o mundo
Harmonioso se expandia sobre mim e o ar santo
Me circundava com todo o firmamento —
O espírito repleto de alegres pensamentos —
Sentia-me vibrante de vida;
Ao romper do dia imaginava dizer-vos a
Grave palavra há tanto retida no peito.
Alegre, impaciente, já evocava
Do Oriente a nuvem dourada da manhã
À nova festa, na qual meu cântico solitário
Se unisse a vós em um coro de júbilo.
Mas meu coração sempre de novo se fechava
Esperando a hora da maturação.
Hoje é meu dia de outono e o fruto cai
Por si.

PAUSÂNIAS
      Ah, se ele houvesse falado antes!
Talvez tudo isto não lhe tivesse acontecido.

EMPÉDOCLES
 Não vos deixo perplexos,
Caríssimos! Nada tendes a temer! Quase sempre
Os filhos da terra temem o novo e o desconhecido,
Só a vida das plantas e a do alegre animal
Aspiram ficar em seu canto, encerrados em si mesmos.
Confinados em seu âmbito, cuidam
De subsistir; sua mente nada alcança
Além, na vida. Mas devem sair por fim
Os medrosos, e cada um na morte
Retorna ao elemento; então
Se reanima como no banho lustral para uma
Nova juventude. Aos homens é concedida a grande
Dádiva de retornarem, rejuvenescidos.

Und aus dem reinigenden Tode, den
Sie selber sich zu rechter Zeit gewählt,
Erstehn, wie aus dem Styx Achill, die Völker.
O gebt euch der Natur, eh sie euch nimmt! —
Ihr dürstet längst nach Ungewöhnlichem,
Und wie aus krankem Körper sehnt der Geist
Von Agrigent sich aus dem alten Gleise.
So wagts! was ihr geerbt, was ihr erworben,
Was euch der Väter Mund erzählt, gelehrt,
Gesetz und Brauch, der alten Götter Namen,
Vergeßt es kühn, und hebt, wie Neugeborne,
Die Augen auf zur göttlichen Natur,
Wenn dann der Geist sich an des Himmels Licht
Entzündet, süßer Lebensothem euch
Den Busen, wie zum erstenmale tränkt,
Und goldner Früchte voll die Wälder rauschen
Und Quellen aus dem Fels, wenn euch das Leben
Der Welt ergreift, ihr Friedensgeist, und euchs
Wie heilger Wiegensang die Seele stillet,
Dann aus der Wonne schöner Dämmerung
Der Erde Grün von neuem euch erglänzt
Und Berg und Meer und Wolken und Gestirn,
Die edeln Kräfte, Heldenbrüdern gleich,
Vor euer Auge kommen, daß die Brust
Wie Waffenträgern euch nach Taten klopft,
Und eigner schöner Welt, dann reicht die Hände
Euch wieder, gebt das Wort und teilt das Gut,
O dann ihr Lieben teilet Tat und Ruhm
Wie treue Dioskuren; jeder sei,
Wie alle, — wie auf schlanken Säulen, ruh
Auf richtgen Ordnungen das neue Leben
Und euern Bund befestge das Gesetz.
Dann o ihr Genien der wandelnden
Natur! dann ladet euch, ihr heitern,
Die ihr aus Tiefen und aus Höhn die Freude nimmt
Und sie wie Müh und Glück und Sonnenschein und Regen
Den engbeschränkten Sterblichen ans Herz
Aus ferner fremder Welt herbei bringt,

Ressuscitam os povos da morte purificadora
Que escolheram no momento justo,
Como Aquiles ao sair do Estige.
Oh, entregai-vos à Natureza, antes que ela vos arrebate! —
Há muito estais sedentos do inaudito
E o espírito de Agrigento anseia por sair
Da antiga trilha como de um corpo doente.
Ousai! O que herdastes, conseguistes,
O que vos legou e ensinou a palavra paterna:
Lei e costume, os nomes dos antigos deuses,
Tudo isto esquecei com ousadia, e como recém-nascidos
Erguei os olhos para a Natureza divina.
Quando o espírito inflamar-se em luz celeste,
Como pela primeira vez um suave
Sopro de vida vos embeberá o peito;
Ouvireis os murmúrios das florestas carregadas de frutos
Dourados e das fontes nascidas do penhasco, quando a vida
Universal, seu espírito de paz, vos invadir,
E como cantilena sagrada embalar a vossa alma;
E quando brilhar de novo a terra verde
No deleite do belo anoitecer,
E surgirem ante vossos olhos,
Montanhas, mar, nuvens, constelações,
Forças nobres, irmãos heroicos, a modo de
Escudeiro vosso peito ansiar por feitos
E por um mundo belo e singular, então estendei
Novamente as mãos, empenhareis a palavra e dividireis os bens.
Partilhai, caríssimos, a façanha e a glória
Como fiéis Dióscuros; que todos sejam
Iguais; repouse a vida renovada em
Justas ordenações como colunas graciosas.
E a lei consolide vossa aliança.
Oh, vós gênios da Natureza em
Metamorfose, por ela nutridos
Com o júbilo do profundo e da altura,
Trazendo ventura e fadiga, sol e chuva
Ao coração dos mortais de condição limitada
Vindos de terras estranhas e longínquas;

Das freie Volk zu seinen Festen ein,
Gastfreundlich! fromm! denn liebend gibt
Der Sterbliche vom Besten, schließt und engt
Den Busen ihm die Knechtschaft nicht —

   PAUSANIAS
           O Vater!

   EMPEDOKLES
Von Herzen nennt man, Erde, dann dich wieder
Und wie die Blum aus deinem Dunkel sproßt,
Blüht Wangenrot der Dankenden für dich
Aus lebensreicher Brust und selig Lächeln.
Und

Beschenkt mit Liebeskränzen rauschet dann
Der Quell hinab, wächst unter Segnungen
Zum Strom und mit dem Echo bebender Gestade
Tönt deiner wert, o Vater Ocean,
Der Lobgesang aus freier Wonne wider.
Es fühlt sich neu in himmlischer Verwandtschaft
O Sonnengott! der Menschengenius
Mit dir, und dein wie sein, ist was er bildet.
Aus Lust und Mut und Lebensfülle gehn
Die Taten leicht, wie deine Strahlen, ihm,
Und schönes stirbt in traurigstummer Brust
Nicht mehr. Oft schläft, wie edles Samenkorn,
Das Herz der Sterblichen in toter Schale,
Bis ihre Zeit gekommen ist; es atmet
Der Aether liebend immerdar um sie,

     und mit den Adlern trinkt
Ihr Auge Morgenlicht, doch Segen gibt
Es nicht den Träumenden und kärglich nährt
Vom Nektar, den die Götter der Natur

O povo livre convida a vós, serenos, para as suas festas,
Hospitaleiro e devoto! Do melhor de si
Oferece o mortal quando ama, se a escravidão
Não o impedir e constranger-lhe o peito —

    PAUSÂNIAS
                              Pai!

    EMPÉDOCLES
Com o coração, terra, nós te invocamos de novo
E como a flor brota de tua escuridão,
Florescerá em ti o rubor das faces agradecidas,
O peito transbordante de vida e o sorriso feliz.
E

Ofertado com grinaldas de amor rumoreja,
Nascente abaixo, cresce entre bênçãos
Em torrente e estronda com o eco de margens
Estremecidas, o cântico em livre
Deleite: digno de ti, ó pai oceano!
Ó deus solar, o gênio humano sente-se
Renovado e em afinidade celeste
Contigo tudo configura.
Com ânimo e alegria e vida plena correm
Os feitos, ágeis, como teus raios,
E o belo não mais fenece no peito calado
E triste. Muitas vezes adormece o coração dos homens,
Grão de trigo precioso, em casca seca,
Até o tempo propício; amoroso, respira
O Éter para sempre em torno deles,

            e com as águias seus olhos bebem
A luz da manhã; mas bênção não
Há para os que sonham; e seu ser
Adormecido pouco se nutre do néctar

Alltäglich reichen, sich ihr schlummernd Wesen.
Bis sie des engen Treibens müde sind,
Und sich die Brust in ihrer kalten Fremde,
Wie Niobe, gefangen, und der Geist
Sich kräftiger denn alle Sage fühlt,
Und seines Ursprungs eingedenk das Leben,
Lebendge Schöne, sucht, und gerne sich
Entfaltet' an der Gegenwart des Reinen,
Dann glänzt ein neuer Tag herauf, ach! anders
Denn sonst,   die Natur

*   und staunend*
Unglaubig, wie nach hoffnungsloser Zeit
Beim heilgen Wiedersehn Geliebtes hängt
Am totgeglaubten Lieben, hängt das Herz
An

*   sie sinds!*
Die langentbehrten, die lebendigen,
Die guten Götter,

*   mit des Lebens Stern hinab!*
Lebt wohl! es war das Wort des Sterblichen,
Der diese Stunde liebend zwischen euch
Und seinen Göttern zögert, die ihn riefen.
Am Scheidetage weissagt unser Geist,
Und wahres reden, die nicht wiederkehren.

Diário esparzido pelos deuses da natureza
Até que se cansem do esforço limitado;
E seu peito, como Níobe, padece, preso em
Frio estranhamento! O espírito sente-se
Mais forte que toda a lenda heroica,
E, lembrando-se de sua origem, busca a
Vida, beleza plena, e se deleita em
Desdobrar-se na presença do puro:
Ah, então cintila um novo dia! À diferença
De outrora,   a Natureza

                                      e pasmo,
Incrédulo, como após um período sem esperança,
No bem-aventurado reencontro, aferra-se o amado
Ao ente querido, tido por morto, assim
Seu coração

                          são estes!
Os deuses benévolos, viventes, há tanto
Desejados,

                decline com o astro da vida!
Adeus! Tal foi a palavra do mortal
Que, amando, hesitou nesta hora entre
Vós e os deuses que o chamaram.
O espírito é profético no dia da partida;
Dizem a verdade aqueles que não regressam.

KRITIAS
Wohin? o beim lebendigen Olymp,
Den du mir alten Manne noch zuletzt,
Mir Blinden aufgeschlossen, scheide nicht,
Nur wenn du nahe bist, gedeiht im Volk
Und dringt in Zweig' und Frucht die neue Seele.

EMPEDOKLES
Es sprechen, wenn ich ferne bin, statt meiner
Des Himmels Blumen, blühendes Gestirn
Und die der Erde tausendfach entkeimen,
Die göttlichgegenwärtige Natur
Bedarf der Rede nicht; und nimmer läßt
Sie einsam euch, wo Einmal sie genaht,
Denn unauslöschlich ist der Augenblick
Von ihr; und siegend wirkt durch alle Zeiten
Beseligend hinab sein himmlisch Feuer.
Wenn dann die glücklichen Saturnustage
Die neuen männlichern gekommen sind,
Dann denkt vergangner Zeit, dann leb erwärmt
Am Genius der Väter Sage wieder!
Zum Feste komme, wie vom Frühlingslicht
Emporgesungen, die vergessene
Heroenwelt vom Schattenreich herauf,
Und mit der goldnen Trauerwolke lagre
Erinnrung sich, ihr Freudigen! um euch. —

PAUSANIAS
Und du? und du? ach nennen will ichs nicht
Vor diesen Glücklichen

Daß sie nicht ahnden, was geschehen wird,
Nein! — υ — du kannst es nicht.

EMPEDOKLES
O Wünsche! Kinder seid ihr, und doch wollt
Ihr wissen, was begreiflich ist und recht,
Du irrest! sprecht, ihr Törigen! zur Macht

CRÍTIAS
Aonde vais? Pelos deuses viventes do Olimpo!
Abriste até mesmo os olhos de um homem
Velho e cego. Não nos abandones!
Só com tua presença a nova alma viceja
No povo e se insinua no ramo e no fruto.

EMPÉDOCLES
Quando eu me for, falarão por mim
Florescências do céu, constelações em flor,
E as que mil vezes irrompem da terra;
A Natureza divina e presente
Não carece de fala; e jamais vos
Abandona, quando Uma vez de vós se aproximou,
Pois seu momento é
Inextinguível; triunfante, seu fogo celeste
Atua através das eras, derramando ventura.
Quando então chegarem os dias felizes
De Saturno, renovados e mais viris,
Pensai nos tempos idos e revivei ao calor
Do gênio a lenda dos ancestrais!
Que o esquecido mundo dos heróis ascenda
Do reino sombrio à festa,
Em cânticos de luminosa primavera;
E se preserve a lembrança com a nuvem de
Tristeza dourada, em torno de vós, ditosos! —

PAUSÂNIAS
Mas, e tu? Ai! Não quero mencioná-lo
Diante desta gente feliz

Que não suspeitem do que vai acontecer!
Não! — ʋ — não o podes.

EMPÉDOCLES
Ó desejos! Sois crianças: desejais
Saber e é compreensível e justo.
Enganas-te! Falai à força mais

Die mächtger ist, denn ihr, doch hilft es nicht
Und wie die Sterne geht unaufgehalten
Das Leben im Vollendungsgange weiter.
Kennt ihr der Götter Stimme nicht? noch eh
Als ich der Eltern Sprache lauschend lernt,
Im ersten Othemzug, im ersten Blick
Vernahm ich jene schon und immer hab
Ich höher sie, denn Menschenwort geachtet.
Hinauf! sie riefen mich und jedes Lüftchen
Regt mächtiger die bange Sehnsucht auf,
Und wollt ich hier noch länger weilen, wärs,
Wie wenn der Jüngling unbeholfen sich
Am Spiele seiner Kinderjahre letzte.
Ha! seellos, wie die Knechte, wandelt ich
In Nacht und Schmach vor euch und meinen Göttern.

Gelebt hab ich; wie aus der Bäume Wipfel
Die Blüte regnet und die goldne Frucht
Und Blum und Korn aus dunklem Boden quillt,
So kam aus Müh und Not die Freude mir,
Und freundlich stiegen Himmelskräfte nieder,
Es sammeln in der Tiefe sich, Natur,
Die Quellen deiner Höhn und deine Freuden,
Sie kamen all in meiner Brust zu ruhn,
Sie waren Eine Wonne, wenn ich dann
Das schöne Leben übersann, da bat
Ich herzlich oft um Eines nur die Götter:
Sobald ich einst mein heilig Glück nicht mehr
In Jugendstärke taumellos ertrüg
Und wie des Himmels alten Lieblingen
Zur Torheit mir des Geistes Fülle würde,
Dann mich zu mahnen, dann nur schnell ins Herz
Ein unerwartet Schicksal mir zu senden,
Zum Zeichen, daß die Zeit der Läuterung
Gekommen sei, damit bei guter Stund
Ich fort zu neuer Jugend noch mich rettet
Und unter Menschen nicht der Götterfreund
Zum Spiel und Spott und Aergernisse würde.

Poderosa que vós. Mas em vão, ó tolos!
A vida, como as estrelas, segue sem
Cessar seu rumo para a perfeição.
Desconheceis a voz dos deuses? Antes mesmo que
Meu ouvido se abrisse para a língua materna,
Ao primeiro respiro, ao primeiro olhar,
Pressenti os que sempre considerei
Superiores à palavra humana.
Para o alto, chamavam! Cada aragem
Mais fortemente agitava a inquieta nostalgia.
Se eu quisesse permanecer aqui por mais tempo,
Seria como o jovem, desajeitado, entretido
Ainda nos jogos de infância.
Como um servo sem alma vagaria
Em trevas e vergonha diante de vós e de meus deuses.

Vivi; como a florescência se derrama
Da fronde das árvores e o fruto dourado
E flor e trigo brotam do chão escuro,
A alegria chegou-me do infortúnio e da penúria
E forças do céu desceram amavelmente.
Unem-se no profundo, Natureza,
As fontes de teus cimos e as tuas alegrias;
Todas vieram aquietar-se no meu peito:
Eram um único deleite. Meditando então
Na vida plena, pedia amiúde,
Aos deuses, intensamente, Uma só coisa:
Quando não suportasse mais com firmeza e
Vigor juvenil o júbilo sagrado, e a
Plenitude do espírito se convertesse em desvario,
Me advertissem — como aos antigos prediletos
Do céu — me ferissem rápido o coração
Num destino inesperado, em
Sinal de que era chegada a
Hora da purificação, e em hora propícia
Ainda me salvasse numa nova juventude,
E eu, o amigo dos deuses, não me tornasse
Entre os homens, objeto de zombaria, escárnio e escândalo.

Sie haben mirs gehalten; mächtig warnt'
Es mich; zwar Einmal nur, doch ists genug.
Und so ichs nicht verstände, wär ich gleich
Gemeinem Rosse, das den Sporn nicht ehrt,
Und noch der nötigenden Geißel wartet.
Drum fordert nicht die Wiederkehr des Manns
Der euch geliebt, doch wie ein Fremder war
Mit euch und nur für kurze Zeit geboren,
O fodert nicht, daß er an Sterbliche
Sein Heilges und seine Seele wage!
Ward doch ein schöner Abschied uns gewährt,
Und konnt ich noch mein liebstes euch zuletzt
Mein Herz hinweg aus meinem Herzen geben.
Drum vollends nicht! was sollt ich noch bei euch?

ERSTER BÜRGER
Wir brauchen deines Rats.

EMPEDOKLES
Fragt diesen Jüngling! schämet des euch nicht.
Aus frischem Geiste kommt das Weiseste,
Wenn ihr um Großes ihn im Ernste fraget.
Aus junger Quelle nahm die Priesterin
Die alte Pythia die Göttersprüche.
Und Jünglinge sind selber eure Götter. —
Mein Liebling! gerne weich ich, lebe du
Nach mir, ich war die Morgenwolke nur,
Geschäftslos und vergänglich! und es schlief,
Indes ich einsam blühte, noch die Welt,
Doch du, du bist zum klaren Tag geboren.

PAUSANIAS
O! schweigen muß ich!

KRITIAS
Überrede dich
Nicht, bester Mann! und uns mit dir. Mir selbst
Ists vor dem Auge dunkel und ich kann

Cumpriram a promessa e me advertiram
Severamente; Uma só vez, é verdade, mas o bastante.
Se não os houvesse compreendido, teria sido como
Um cavalo sem raça, rebelde à espora
E à espera do açoite necessário.
Não peçais, portanto, que a vós retorne o homem
Que vos amou, nascido apenas por breve tempo,
E foi, entre vós, como estrangeiro.
Não peçais que aventure sua essência
Sacra e a alma entre os mortais!
Já nos foi concedida uma bela despedida
E pude enfim dar-vos o que possuo de mais precioso:
O coração arrebatado do meu ser.
Portanto, basta! A que serviria ficar entre vós?

PRIMEIRO CIDADÃO
Precisamos teu conselho.

EMPÉDOCLES
Não vos envergonheis, interrogai este jovem!
Do espírito puro provém o mais sábio,
Se indagardes com temor pelo sagrado.
Da nascente jovem acolhia a sacerdotisa,
A velha Pítia, as divinas palavras.
E jovens são também os vossos deuses. —
Dileto! Afasto-me de bom grado para que vivas
Depois de mim; fui apenas a nuvem da aurora,
Inerme e passageira! O mundo estava ainda mergulhado
No sono, enquanto eu, solitário, florescia;
Tu, porém, nasceste para o dia claro.

PAUSÂNIAS
Oh, ter de calar-me!

CRÍTIAS
       Não tentes, excelso,
Persuadir a ti próprio e a nós! Meus olhos
Se turvam, não posso

Nicht sehn, was du beginnst, und kann nicht sagen, bleibe!
Verschieb es einen Tag. Der Augenblick
Faßt wunderbar uns oft; so gehen wir
Die Flüchtgen mit den Flüchtigen dahin.
Oft dünkt das Wohlgefallen einer Stund
Uns lange vorbedacht, und doch ists nur
Die Stunde, die uns blendet, daß wir sie
Nur sehen in Vergangenem. Vergib!
Ich will den Geist des Mächtigern nicht schmähn,
Nicht diesen Tag; ich seh es wohl, ich muß
Dich lassen, kann nur zusehn, wenn es schon
Mich in der Seele kümmert, —

    DRITTER BÜRGER
                           Nein! o nein! —
Er gehet zu den Fremden nicht, nicht übers Meer,
Nach Hellas Ufern oder nach Aegyptos,
Zu seinen Brüdern, die ihn lange nicht
Gesehn, den hohen Weisen, — bittet ihn,
O bittet, daß er bleib'! es ahndet mir,
Und Schauer gehn von diesem stillen Mann,
Dem Heiligfurchtbaren, mir durch das Leben,
Und heller wirds in mir und finstrer auch
Denn in der vorgen Zeit — wohl trägst und siehst
Ein eigen großes Schicksal du in dir,
Und trägst es gern, und was du denkst ist herrlich.
Doch denke derer, die dich lieben auch
Der Reinen, und der andern, die gefehlt,
Der Reuigen. Du Gütiger, du hast
Uns viel gegeben, was ists ohne dich?
O möchtest du uns nicht dich selber auch
Noch eine Weile gönnen, Gütiger!

    EMPEDOKLES
O lieber Undank! gab ich doch genug
Wovon ihr leben möget. Ihr dürft leben
Solang ihr Othem habt: ich nicht. Es muß
Bei Zeiten weg, durch wen der Geist geredet.

Ver o que tencionas, nem dizer-te: permanece!
Espera mais um dia! Muitas vezes
O instante nos aprisiona como por encanto;
Seres fugazes, perseguimos o fugaz.
Muitas vezes o prazer de uma hora nos
Parece há muito predestinado; mas é somente
O instante que nos ofusca, e só o compreendemos
Quando passou. Perdoa!
Não quero desonrar o espírito do mais forte,
Tampouco neste dia; compreendo, devo deixar-te,
Nada posso, senão ver-te partir, mesmo
De alma sofrida —

   TERCEIRO CIDADÃO
        Não, não! —
Ele não irá entre estranhos, nem atravessará
Os mares, às costas da Hélade ou do Egito
Perto de seus irmãos que há muito não o
Veem, dos grandes sábios — rogai a ele,
Oh, rogai, que permaneça! Pressinto,
E o horror provém desse homem taciturno,
Santo e temível, atormentando-me a vida;
Agora em mim tudo se torna mais claro e mais sombrio
Do que antes! Certamente carregas e percebes em ti
Um destino grande e singular.
E o carregas de bom grado; sublime é teu pensamento.
Pensa porém naqueles que também te amam,
Os puros, e nos outros, que falharam:
Os arrependidos. Benévolo, muito
Nos deste, o que será de nós sem ti?
Oh, não poderias permanecer conosco
Ainda por algum tempo, benévolo?

   EMPÉDOCLES
Amável ingratidão! Dei-vos o bastante
Para que possais viver. Vivereis
O tempo de vosso fôlego, eu não. Deve despedir-se
A tempo aquele através do qual o espírito falou.

Es offenbart die göttliche Natur
Sich göttlich oft durch Menschen, so erkennt
Das vielversuchende Geschlecht sie wieder.
Doch hat der Sterbliche, dem sie das Herz
Mit ihrer Wonne füllte, sie verkündet,
O laßt sie dann zerbrechen das Gefäß,
Damit es nicht zu andrem Brauche dien',
Und Göttliches zum Menschenwerke werde.
Laßt diese Glücklichen doch sterben, laßt
Eh sie in Eigenmacht und Tand und Schmach
Vergehn, die Freien sich bei guter Zeit
Den Göttern liebend opfern. Mein ist dies.
Und wohlbewußt ist mir mein Los und längst
Am jugendlichen Tage hab ich mirs
Geweissagt; ehret mirs! und wenn ihr morgen
Mich nimmer findet, sprecht: veralten sollt
Er nicht und Tage zählen, dienen nicht
Der Sorg und Krankheit,

ungesehen ging
Er weg und keines Menschen Hand begrub ihn,
Und keines Auge weiß von seiner Asche,
Denn anders ziemt es nicht für ihn, vor dem
In todesfroher Stund am heilgen Tage
Das Göttliche den Schleier abgeworfen —
Den Licht und Erde liebten, dem der Geist,
Der Geist der Welt den eignen Geist erweckte,
In dem sie sind, zu dem ich sterbend kehre.

KRITIAS
Weh! unerbittlich ist er, und es schämt
Das Herz sich selbst ein Wort noch ihm zu sagen.

EMPEDOKLES
Komm reiche mir die Hände, Kritias!
Und ihr ihr all. — Du bleibest Liebster noch,
Bei mir, du immertreuer guter Jüngling!

A Natureza divina muitas vezes manifesta-se
Sublime através dos homens, para que
De novo a reconheçam as gerações tateantes.
Mas quando o mortal a desvela, o
Coração saciado em suas delícias,
Deixai então que se quebre o vaso sagrado,
Preservando-o de outros usos,
E que o divino não se torne obra humana.
Deixai estes ditosos morrerem, sem se
Dissiparem em arbítrios, futilidades, ignomínia.
Que os libertos, na hora justa,
Sacrifiquem-se por amor aos deuses. E é este meu destino.
Bem o sei; há muito,
Na juventude, o
Predisse; respeitai-o! E quando amanhã
Não me encontrardes, dizei: não deveria
Envelhecer, nem contar seus dias, ou prestar-se
À preocupação e à doença,

               partiu sem
Ser visto; mão de homem não o enterrou,
Ninguém sabe de suas cinzas;
Outra coisa a ele não convém: no dia sagrado,
Na hora ditosa da morte, diante dele
O divino deixou cair o véu —
Luz e terra amaram-no; nele o espírito,
O espírito do mundo despertou o próprio espírito. Luz e terra
Nele se encontram e a ele retorno ao morrer.

CRÍTIAS
Ai! Inexorável é esse homem e até mesmo
O coração se envergonha de ainda dizer-lhe uma palavra.

EMPÉDOCLES
Vem, Crítias, estende-me as mãos!
E vós todos. — Tu, permanece ainda junto a mim,
Caríssimo, jovem bondoso, sempre leal!

Beim Freunde, bis zum Abend — trauert nicht!
Denn heilig ist mein End und schon — o Luft,
Luft, die den Neugeborenen umfängt,
Wenn droben er die neuen Pfade wandelt,
Dich ahnd ich, wie der Schiffer, wenn er nah
Dem Blütenwald der Mutterinsel kömmt,
Schon atmet liebender die Brust ihm auf
Und sein gealtert Angesicht verklärt
Erinnerung der ersten Wonne wieder!
Und o, Vergessenheit! Versöhnerin! —
Voll Segens ist die Seele mir, ihr Lieben!
Geht nur und grüßt die heimatliche Stadt
Und ihr Gefild'! am schönen Tage, wenn
Den Göttern der Natur ein Fest zu bringen,
Vom Tagewerk das Auge zu befrein,
Ihr einst heraus zum heilgen Haine geht,
Und wie mit freundlichen Gesängen euchs
Empfängt, antwortet aus den heitern Höhn,
Dann wehet wohl ein Ton von mir im Liede,
Des Freundes Wort, verhüllt ins Liebeschor
Der schönen Welt, vernimmt ihr liebend wieder,
Und herrlicher ists so. Was ich gesagt,
Dieweil ich hie noch weile, wenig ists,
Doch nimmts der Strahl vielleicht des Lichtes zu
Der stillen Quelle, die euch segnen möchte,
Durch dämmernde Gewölke mit hinab.
Und ihr gedenket meiner!

   KRITIAS
                      Heiliger!
Du hast mich überwunden, heilger Mann!
Ich will es ehren, was mit dir geschieht,
Und einen Namen will ich ihm nicht geben.
O mußt es sein? es ist so eilend all
Geworden. Da du noch in Agrigent
Stillherrschend lebtest, achteten wirs nicht,
Nun bist du uns genommen, eh wirs denken.
Es kommt und geht die Freude, doch gehört

Junto ao amigo, até o cair da noite — não vos inquieteis!
Sagrado é meu fim — já te pressinto, ó ar,
Ar que envolve o recém-nascido,
Quando no alto vagar por novos atalhos;
Eu te pressinto, como o navegante sente
O peito aliviado e mais amante ao avizinhar-se
À floresta em flor da ilha materna;
A lembrança do primeiro deleite
Transfigura seu semblante envelhecido!
Ó esquecimento! Reconciliador! —
Minha alma está plena de bênçãos, ó amados!
Ide agora e saudai a cidade natal
E suas campinas! Quando um dia
Entrardes no bosque consagrado para
Glorificar os deuses da Natureza em dia esplêndido
E libertar os olhos do trabalho quotidiano,
Sereis acolhidos com amáveis
Cânticos — respostas das alturas serenas;
Vibrará então o som do meu canto
— Minha palavra amiga — encoberto no coro afetuoso
Do belo mundo; de novo conhecereis o amor,
E tudo será mais esplêndido. O que eu disse,
Estando ainda entre vós, é pouco,
Mas leva talvez consigo o raio luminoso
Que, atravessando as nuvens espessas do crepúsculo,
Chega à nascente calma e vos abençoa.
Recordai-vos de mim!

CRÍTIAS

                Santo homem!
Sim, santo! Conquistaste-me!
Quero honrar o teu destino,
Mas não pretendo dar-lhe um nome.
Oh, tinha de ser assim? Tudo se transformou
Tão rápido. Quando ainda vivias em Agrigento
E reinavas tranquilo não o notávamos;
Agora nos foste arrebatado, quando menos esperávamos.
A alegria vai e vem pois não é

Sie Sterblichen nicht eigen, und der Geist
Eilt ungefragt auf seinem Pfade weiter.
Ach! können wir denn sagen, daß du da
Gewesen?

FÜNFTER AUFTRITT

Empedokles. Pausanias

PAUSANIAS
Es ist geschehen, schicke nun auch mich
Hinweg! Dir wird es leicht!

EMPEDOKLES
                O nicht!

PAUSANIAS
Ich weiß es wohl, ich sollte so nicht reden
Zum heilgen Fremdlinge, doch will ich nicht
Das Herz im Busen bändigen. Du hasts
Verwöhnt, du hast es selber dir erzogen —
Und meinesgleichen dünkte mir noch, da
Ein roher Knab ich war, der Herrliche,
Wenn er mit Wohlgefallen sich zu mir
Im freundlichen Gespräche neigt', und mir
Wie längstbekannt des Mannes Worte waren,
Das ist vorbei! vorbei! O Empedokles!
Noch nenn ich dich mit Namen, halte noch
Bei seiner treuen Hand den Fliehenden,
Und sieh! mir ist, noch immer ist es mir,
Als könntst du mich nicht lassen, Liebender!
Geist meiner glücklichen Jugend, hast du mich
Umsonst umfangen, hab ich dir umsonst
Entfaltet dieses Herz in Siegeslust
Und großen Hoffnungen? Ich kenne dich
Nicht mehr. Es ist ein Traum. Ich glaub es nicht.

Própria dos mortais; o espírito
Continua inalterável em sua senda.
Ai! Poderemos dizer que estiveste
Entre nós?

Quinta Cena

Empédocles. Pausânias

PAUSÂNIAS
Está consumado. Agora, afasta
Também a mim! Ser-te-á fácil!

EMPÉDOCLES
                    Oh, não!

PAUSÂNIAS
Eu bem sei, não deveria falar de tal modo
Com o santo estrangeiro, mas não quero
Refrear meu coração. Tu mesmo
O viciaste, educando-o na tua escola —
Quando eu era ainda um jovem inculto,
Julgava o sublime igual a mim;
Com agrado ele se inclinava
Em conversa amável e suas
Palavras pareciam-me há muito conhecidas.
Mas tudo, tudo passou! Ó, Empédocles!
Chamo-te ainda pelo nome e retenho ainda
O fugitivo pela mão fiel,
Vê! é como se ainda não
Pudesses me deixar, amado!
Espírito de minha ditosa juventude, em
Vão me envolveste, em vão te abri
Meu coração triunfante
Com grandes esperanças? Não mais
Te reconheço. É um sonho: não posso acreditar.

EMPEDOKLES
Verstandest du es nicht?

PAUSANIAS
　　　　　　　　　Mein Herz versteh ich,
Das treu und stolz für deines zürnt und schlägt.

EMPEDOKLES
So gönn ihm seine Ehre doch, dem meinen.

PAUSANIAS
Ist Ehre nur im Tod?

EMPEDOKLES
　　　　　　Du hasts gehört,
Und deine Seele zeugt es mir, für mich
Gibts andre nicht.

PAUSANIAS
　　Ach! ists denn wahr?

EMPEDOKLES
　　　　　　　　　　Wofür
Erkennst du mich?

PAUSANIAS
(innig)
　　　　　O Sohn Uraniens!
Wie kannst du fragen?

EMPEDOKLES
(mit Liebe)
　　　　　　Dennoch soll ich Knechten gleich
Den Tag der Unehr überleben?

PAUSANIAS
　　　　　Nein!
Bei deinem Zaubergeiste, Mann, ich will nicht

EMPÉDOCLES
Não entendeste?

PAUSÂNIAS
                  Entendo meu coração
Que, fiel e orgulhoso, bate e freme pelo teu.

EMPÉDOCLES
Concede então pelo menos a honra ao meu.

PAUSÂNIAS
Só na morte há honra?

EMPÉDOCLES
          Entendeste
E tua alma testemunha:
Não há outra honra para mim.

PAUSÂNIAS
     Ai de mim! Então é verdade?

EMPÉDOCLES
                  Quem
Reconheces em mim?

PAUSÂNIAS
(*afetuoso*)
          Ainda o perguntas,
Filho de Urânia?

EMPÉDOCLES
(*com amor*)
            Devo então como um lacaio
Sobreviver ao dia da desonra?

PAUSÂNIAS
        Não!
Por teu espírito mágico, homem, não quero

Will nicht dich schmähn, geböt es auch die Not
Der Liebe mir, du Lieber! stirb denn nur
Und zeuge so von dir. Wenns sein muß.

  EMPEDOKLES
         Hab
Ichs doch gewußt, daß du nicht ohne Freude
Mich gehen ließest, Heldenmütiger!

  PAUSANIAS
Wo ist denn nun das Leid? umwallt das Haupt
Dir doch ein Morgenrot und Einmal schenkt
Dein Auge noch mir seine kräftgen Strahlen.

  EMPEDOKLES
Und ich, ich küsse dir Verheißungen
Auf deine Lippen: mächtig wirst du sein,
Wirst leuchten, jugendliche Flamme, wirst,
Was sterblich ist, in Seel und Flamme wandeln,
Daß es mit dir zum heilgen Aether steigt.
Ja! Liebster! nicht umsonst hab ich mit dir
Gelebt, und unter mildem Himmel ist
Viel einzig Freudiges vom ersten goldnen
Gelungnen Augenblick uns aufgegangen,
Und oft wird dessen dich mein stiler Hain
Und meine Halle mahnen, wenn du dort
Vorüberkömmst, des Frühlings, und der Geist
Der zwischen mir und dir gewesen dich
Umwaltet, dank ihm dann, und dank ihm itzt!
O Sohn! Sohn meiner Seele!

  PAUSANIAS
      Vater! danken
Will ich, wenn wieder erst das Bitterste
Von mir genommen ist.

Desonrar-te, dileto, mesmo se o amor
Me o ordenasse! Morre pois
E dá testemunho de ti, se necessário.

EMPÉDOCLES
                        Sempre
Soube, alma heroica, que não me deixarias
Ir, sem alegrar-me!

PAUSÂNIAS
Onde está o sofrimento agora? A luz do amanhecer
Cinge-te a cabeça, e teu olhar mais
Uma vez me concede seus raios vigorosos.

EMPÉDOCLES
Beijo-te nos lábios estas
Profecias: serás poderoso,
Irradiarás, chama juvenil,
Transformando o que é mortal em alma e chama
Que contigo ascenderá ao Éter consagrado.
Sim, caríssimo, não foi em vão que
Vivemos juntos; sob o céu sereno
Desde o primeiro instante, áureo,
Abriu-se para nós um contentamento único;
E deste te evocarão meu bosque silencioso
E o átrio, quando, na primavera, por lá
Passares, e te envolverá o espírito
Que reinou entre nós;
Agradece-lhe então e agora!
Ó filho, filho de minha alma!

PAUSÂNIAS
                        Pai!
Agradecerei, mas só quando houver saído
Deste extremo amargor.

EMPEDOKLES
                    Doch, lieber, schön
Ist auch der Dank, solange noch die Freude,
Die Scheidende, verzieht bei Scheidenden.

PAUSANIAS
O muß sie denn dahin? ich faß es nicht,
Und du? was hülf es dir

EMPEDOKLES
Bin ich durch Sterbliche doch nicht bezwungen,
Und geh in meiner Kraft, furchtlos hinab
Den selbsterkornen Pfad; mein Glück ist dies,
Mein Vorrecht ists.

PAUSANIAS
     O laß und sprich nicht so
Das Schröckliche mir aus! Noch atmest du,
Und hörest du Freundeswort, und rege quillt
Das teure Lebensblut vom Herzen dir,
Du stehst und blickst und hell ist rings die Welt
Und klar ist dir dein Auge vor den Göttern.
Der Himmel ruht auf freier Stirne dir,
Und, freudig aller Menschen, überglänzt,
Du Herrlicher! dein Genius die Erd,
Und alles soll vergehn!

EMPEDOKLES
          Vergehn? ist doch
Das Bleiben, gleich dem Strome den der Frost
Gefesselt. Töricht Wesen! schläft und hält
Der heilge Lebensgeist denn irgendwo,
Daß du ihn binden möchtest, du den Reinen?
Es ängstiget der Immerfreudige
Dir niemals in Gefängnissen sich ab,
Und zaudert hoffnungslos auf seiner Stelle,

EMPÉDOCLES
Mas também é belo,
Caríssimo, o agradecimento, quando a alegria, prestes
A deixar-nos, adia a despedida dos que se vão.

PAUSÂNIAS
Deverá a alegria esvair-se? Não compreendo,
De que te serviria?

EMPÉDOCLES
Não são os mortais que me constrangem
No ápice da minha força, desço, sem temor,
Pela senda escolhida; esta é minha alegria,
Meu privilégio.

PAUSÂNIAS
Cala-te! não exprimas
O terrível! Ainda respiras,
E ouves palavras amigas; teu precioso
Sangue de vida jorra ardente do coração,
Tu estás aqui e olhas: límpido é o mundo ao redor
E claro é teu olhar na presença dos deuses.
Repousa o céu sobre tua fronte livre,
E feliz entre todos os mortais, resplandeces,
Sublime! Teu gênio, a terra,
Tudo deve perecer!

EMPÉDOCLES
Perecer? Mas se a
Permanência é igual à torrente presa pelo
Gelo. Criatura insensata! Acaso dorme e se detém
O sagrado espírito da vida em algum lugar
Onde tu o pudesses reter, tu o puro?
Sempre alegre, jamais se angustiará
Esvaindo-se em prisões
Nem hesitando, sem esperança, no mesmo lugar;

Frägst du, wohin? Die Wonnen einer Welt
Muß er durchwandern, und er endet nicht. —
O Jupiter Befreier! — gehe nun hinein,
Bereit ein Mahl, daß ich des Halmes Frucht
Noch Einmal koste, und der Rebe Kraft,
Und dankesfroh mein Abschied sei; und wir
Den Musen auch, den holden, die mich liebten,
Den Lobgesang noch singen — tu es, Sohn!

    PAUSANIAS
    Mich meistert wunderbar dein Wort, ich muß
Dir weichen, muß gehorchen, wills, und will
Es nicht.   (geht ab)

    Sechster Auftritt

    EMPEDOKLES
    (allein)
    Ha! Jupiter Befreier! näher tritt
Und näher meine Stund und vom Geklüfte
Kömmt schon der traute Bote meiner Nacht
Der Abendwind zu mir, der Liebesbote.
Es wird! gereift ists! o nun schlage, Herz,
Und rege deine Wellen, ist der Geist
Doch über dir wie leuchtendes Gestirn,
Indes des Himmels heimatlos Gewölk
Das immer flüchtige vorüber wandelt.
Wie ist mir? staunen muß ich noch, als fing'
Ich erst zu leben an, denn all ists anders,
Und jetzt erst bin ich, bin — und darum wars,
Daß in der frommen Ruhe dich so oft,
Du Müßiger, ein Sehnen überfiel?
O darum ward das Leben dir so leicht,
Daß du des Überwinders Freuden all
In Einer vollen Tat am Ende fändest?

Perguntas, aonde? Deve atravessar
Os deleites do mundo, ele, o infindo.
Ó Júpiter liberador! — Entra agora,
Prepara o banquete, para que ainda Uma vez
Eu saboreie os cereais, a força da videira,
E grata e alegre seja minha despedida; devemos
Celebrar ainda com cânticos as musas graciosas
Que me amaram — é teu momento, filho!

    PAUSÂNIAS
    Domina-me tua palavra de modo estranho, devo
Ceder-te, sim, devo obedecer-te. Quero e ao mesmo tempo
Não quero.   (*sai*)

Sexta Cena

    EMPÉDOCLES
        (*só*)
    Ah, Júpiter liberador! Avizinha-se sempre
Mais a minha hora; das fendas dos penhascos
Vem o mensageiro fiel da minha noite,
O vento do entardecer, amável.
É chegada a hora! Maduro é o momento! Ó coração, palpita agora
E agita as tuas ondas; paira o espírito
Sobre ti como astro brilhante,
Enquanto nuvens densas, apátridas do céu,
Vagueiam, passando sempre fugazmente.
O que me ocorre? Devo espantar-me como se
Somente agora começasse a viver? Tudo mudou,
Somente agora existo — por isso
A melancolia assaltou tantas vezes
Tua santa paz, ocioso?
Por isso tornou-se a vida, para ti, tão leve
Que enfim encontras em Um ato completo
Todas as alegrias do vencedor?

Ich komme. Sterben? nur ins Dunkel ists
Ein Schritt, und sehen möchtst du doch, mein Auge!
Du hast nun ausgedient, dienstfertiges!
Es muß die Nacht itzt eine Weile mir
Das Haupt umschatten. Aber freudig quillt
Aus mutger Brust die Flamme. Schauderndes
Verlangen! Was? am Tod entzündet mir
Das Leben sich zuletzt? und reichest du
Den Schreckensbecher, mir, den gärenden,
Natur! damit dein Sänger noch aus ihm
Die letzte der Begeisterungen trinke!
Zufrieden bin ichs, suche nun nichts mehr
Denn meine Opferstätte. Wohl ist mir.
O Iris Bogen über stürzenden
Gewässern, wenn die Wog in Silberwolken
Auffliegt, wie du bist, so ist meine Freude!

Siebenter Auftritt

Panthea. Delia

DELIA
Sie sagten mir: es denken anders Götter
Denn Sterbliche. Was Ernst den Einen dünk,
Es dünke Scherz den andern. Götterernst
Sei Geist und Tugend, aber Spiel vor ihnen sei
Die lange Zeit der vielgeschäftgen Menschen.
Und mehr wie Götter, denn, wie Sterbliche,
Scheint euer Freund zu denken.

PANTHEA
                      Nein! Mich wundert nicht,
Daß er sich fort zu seinen Göttern sehnt.
Was gaben ihm die Sterblichen? hat ihm
Sein töricht Volk genährt den hohen Sinn,

Aqui estou. Morrer? Apenas um passo para penetrar
O escuro, mas gostarias, meu olhar, de ver ainda,
Tu que me serviste até o fim com diligência!
A noite toldará por algum tempo
Esta cabeça. Mas a chama brota
Com alegria do peito intrépido. Desejo
Apavorante! Como?! Por fim, a vida
Em mim se inflama diante da morte? E me
Estendes o cálice fervilhante do pavor,
Natureza, para que o teu aedo ainda
Beba o derradeiro entusiasmo?
Estou em paz agora, nada mais procuro
A não ser meu lugar de sacrifício. Tudo está bem.
Como tu, arco-íris sobre a
Torrente caudalosa, quando ergue vôo a vaga
Em nuvens prateadas — assim, minha alegria.

Sétima Cena

Panteia. Délia

DÉLIA
Disseram-me: de modo diverso pensam deuses
E mortais. Tudo o que parece solene a uns,
Brincadeira aos outros parece. Para os deuses
Espírito e virtude são graves, mas, é brincadeira
O longo tempo dos humanos em atividade frenética.
E vosso amigo aparenta pensar mais como
Os deuses do que como os mortais.

PANTEIA
                    Não me surpreende
Que continue a buscar por seus deuses.
O que lhe deram os mortais? Ou o povo
Néscio acaso lhe nutriu o nobre espírito?

Ihr unbedeutend Leben, hat ihm dies
Das Herz verwöhnt
Nimm ihn, du gabst ihm alles, gabst
Ihn uns, o nimm ihn nur hinweg, Natur!
Vergänglicher sind deine Lieblinge,
Das weiß ich wohl, sie werden groß
Und sagen könnens andre nicht, wie sie's
Geworden, ach! und so entschwinden sie,
Die Glücklichen, auch wieder!

DELIA
Sieh! mir dünkt es
Doch glücklicher, bei Menschen froh zu weilen.
Verzeih es mir der Unbegreifliche.
Und ist die Welt doch hier so schön.

PANTHEA
Ja schön
Ist sie, und schöner itzt denn je. Es darf
Nicht unbeschenkt von ihr ein Kühner gehn.
Sieht er noch auf zu dir, o himmlisch Licht?
Und siehest du ihn, den ich nun vielleicht
Nicht wiedersehe? Delia! so blicken
Sich Heldenbrüder inniger ins Aug,
Eh sie vom Mahl zur Schlummerstunde scheiden,
Und sehn sie nicht des Morgens sich aufs neu?
O Worte! freilich schaudert mir, wie dir,
Das Herz, du gutes Kind! und gerne möcht
Ichs anders, doch ich schäme dessen mich.
Tu Er es doch! ists so nicht heilig?

DELIA
Wer ist der fremde Jüngling, der herab
Vom Berge kömmt!

PANTHEA
Pausanias. Ach müssen
Wir so uns wiederfinden, Vaterloser?

Sua vida insignificante viciou-
Lhe o coração?
Tudo lhe deste, Natureza, e a
Nós o enviaste: arrebata-o, agora!
Bem sei que teus diletos
São mais efêmeros; crescem
E ninguém sabe como!
Mas, ai de mim, de novo
Desaparecem, os ditosos!

    DÉLIA
                    Vê! Parece-me ser
Mais ditoso quem permanece alegre entre os homens.
Ele, o incompreensível, que me perdoe.
O mundo aqui é tão belo.

    PANTEIA
                    Sim, é belo
Agora mais belo do que nunca. O intrépido
Não se afasta sem receber sua dádiva.
Ergue ele ainda os olhos para ti, ó luz celeste?
E o vês, àquele que eu talvez
Não mais reveja? Délia! Assim os irmãos
De armas cravam, um no outro, profundamente o olhar
Antes de separarem-se para o repouso após o banquete,
Esperando reverem-se na manhã seguinte.
Palavras! Sem dúvida, gentil criança, estremece-me
Como a ti o coração, gostaria que
Fosse diferente, mas isto me envergonha.
Ele fará tal gesto! Será acaso sagrado?

    DÉLIA
Quem é esse jovem desconhecido que
Vem descendo a montanha?

    PANTEIA
        Pausânias. Ai! Teremos assim
De reencontrar-nos, órfão de pai?

ACHTER AUFTRITT

Pausanias. Panthea. Delia

PAUSANIAS
Ist Empedokles hier? o Panthea,
Du ehrest ihn, du kömmst herauf, du kömmst
Noch einmal ihn den ernsten Wanderer
Auf seinem dunkeln Pfad zu sehn!

PANTHEA
                Wo ist er?

PAUSANIAS
Ich weiß es nicht. Er sandte mich hinweg,
Und da ich   , sah ich ihn nicht wieder.
Ich rief ihn im Gebürge, doch ich fand
Ihn nicht. Er kehrt gewiß. Versprach
Er freundlich doch, bis in die Nacht zu weilen.
O käm er nur! Die liebste Stunde flieht
Geschwinder, denn die Pfeile sind, vorüber.
Noch Einmal soll ich freudig sein mit ihm,
Und du auch wirst es, Panthea! und sie,
Die edle Fremdlingin, die ihn nur Einmal,
Nur, wie ein herrlich Traumbild sieht. Euch schreckt
Sein Ende, das vor aller Augen ist,
Doch keiner nennen mag; ich glaub es wohl,
Doch werdet ihrs vergessen, sehet ihr
In seiner Blüte den Lebendigen.
Denn wunderbar vor diesem Manne schwindet
Was traurig Sterblichen und furchtbar dünkt.
Und vor dem selgen Aug ist alles licht.

DELIA
Wie liebst du ihn? und dennoch batest du
Umsonst, du hast ihn wohl genug gebeten,
Den Ernsten, daß er bleib, und länger noch
Bei Menschen wohne.

Oitava Cena

Pausânias. Panteia. Délia

PAUSÂNIAS
Está Empédocles aqui? Ó Panteia,
Tu o veneras, e sobes, sobes para vê-lo,
Ainda uma vez, o taciturno viandante
Em sua trilha sombria!

PANTEIA
                    Onde está ele?

PAUSÂNIAS
Não sei. Disse que me afastasse
E quando eu   , não tornei a vê-lo.
Gritei, chamando-o nas montanhas, em
Vão. Voltará por certo. No entanto
Prometeu-me com afeto esperar até o anoitecer.
Ah, se viesse! A hora mais desejada se evola
Mais veloz do que uma seta.
Ainda Uma vez seria feliz com ele
E tu, Panteia! E ela também,
A nobre estrangeira, se o vir
Uma só vez, como uma esplêndida visão. Seu fim
Evidente a todos, apavora.
Ninguém ousa mencioná-lo, bem o vejo,
Mas isto esquecereis, ao virdes
O prodigioso em sua plenitude.
O que aos mortais triste e terrível se afigura,
Por encanto desaparece diante deste homem.
Diante do olhar sagrado tudo é luz.

DÉLIA
Como o amas! E, no entanto, em vão
Pediste, e muito o pediste,
Ao taciturno, que permanecesse e vivesse por mais
Tempo entre os homens.

PAUSANIAS
Konnt ich viel?
Er greift in meine Seele, wenn er mir
Antwortet, was sein Will ist. O das ists!
Daß er nur Freude gibt, wenn er versagt,
Und tiefer nur das Herz ihm widerklingt,
Und einig ist mit ihm, je mehr auf Seinem
Der Nieergründete besteht. Es ist
Nicht eitel Überredung, glaub es mir,
Wenn er des Lebens sich bemächtiget,
Oft, wenn er stille war in seiner Welt,
Der Stolzgenügsame, dann sah ich ihn
In dunkler Ahnung, voll und rege war
Die Seele mir, doch konnt ich sie nicht fühlen.
Mich ängstigte die Gegenwart des Reinen,
Des Unberührbaren; doch wenn das Wort
Entscheidend ihm von seinen Lippen kam,
Dann wars, als tönt' ein Freudenhimmel wider
In ihm und mir und ohne Widerred
Ergriff es mich, doch fühlt ich nur mich freier.
Ach! könnt er irren, um so tiefer nur
Erkennt ich ihn, den Unerschöpflichwahren,
Und wenn er stirbt, so flammt aus seiner Asche
Mir heller der Genius empor.

DELIA
Ha! große Seele! dich erhebt der Tod
Des Großen, mich zerreißt er nur. Was soll
Es mirs gedenken, hat der Sterbliche
Der Welt sich aufgetan, der kindlich fremde,
Und kaum erwarmt, und frohvertraut geworden,
Bald stößt ihn dann ein kaltes Schicksal wieder,
Den Kaumgeborenen, zurück,
Und ungestört in seiner Freude bleiben
Darf auch das Liebste nicht, ach! und die besten,
Sie treten auf der Todesgötter Seit,
Auch sie, und gehn dahin, mit Lust, und machen
Es uns zur Schmach, bei Sterblichen zu bleiben.

PAUSÂNIAS
　　　Como consegui-lo?
Ele domina minha alma ao
Dizer-me sua vontade. É bem isto!
Mesmo na recusa, ele oferece ventura
E o coração bate mais forte no peito,
Vibrando em harmonia com ele, quanto mais ele, o homem
Insondável, insiste em seu desígnio. Vã
Persuasão não é, acredita-me,
Quando ele dispõe de sua vida.
Muitas vezes, quando ele, centrado em seu orgulho,
Ficava silencioso em seu mundo, eu o olhava
Com obscuro pressentimento; viva e plena era
Minha alma, mas não conseguia senti-la.
Angustiava-me a presença do puro,
Do intocável, mas quando a palavra
Decisiva lhe saía dos lábios,
Era como se um céu de ventura ressoasse
Nele e em mim e sem resistir, abandonava-me,
Sentindo-me porém mais livre.
Ah, pudesse ele enganar-se; mais profundamente
O reconheceria como o verdadeiro e inesgotável.
Ao morrer, mais clara se alçará de suas cinzas,
A chama do gênio.

　　　DÉLIA
Alma nobre! A morte do sublime
Te exalta, a mim só dilacera. Por quê
Recordá-lo? Mal o mortal,
Estranho como uma criança aberta ao mundo
Se aquece e se torna seu dileto amigo,
Logo um frio destino o rechaça, ele,
O recém-nascido　　　　　 ;
Nem mesmo aos eleitos é dado repousar
Tranquilos em sua alegria. Ai! Também os melhores
Decidem-se pelos deuses da morte
E partem, alegres, suscitando
em nós a ignomínia de continuar entre os mortais.

PAUSANIAS
O bei den Seligen! verdamme nicht
Den Herrlichen, dem seine Ehre so
Zum Unglück ward
Der sterben muß, weil er zu schön gelebt,
Weil ihn zu sehr die Götter alle liebten.
Denn wird ein anderer, denn er, geschmäht,
So ists zu tilgen, aber er, wenn ihm

       was kann der Göttersohn?
Unendlich trifft es den Unendlichen.
Ach niemals ward ein edler Angesicht
Empörender beleidiget! ich mußt
Es sehn,

           PAUSÂNIAS
Pelos bem-aventurados! Não amaldiçoes
O sublime, para quem a honra
Transformou-se em desdita.
Deve morrer, pois sua vida foi bela demais
E todos os deuses o amaram.
Ultrajar outro que não ele
É perdoável, mas se a ele

             o que pode o filho dos deuses?
Ele, o infindo é atingido infinitamente.
Ai, nenhum rosto mais nobre sofreu ofensa
Mais revoltante! Eu teria de
Vê-lo,

A MORTE DE EMPÉDOCLES

Uma tragédia em cinco atos

Segunda versão

DER TOD DES EMPEDOKLES
Ein Trauerspiel in fünf Akten

Zweite Fassung

PERSONAGENS

PERSONEN

Empédocles
Pausânias
Panteia
Délia
Hermócrates
Mécades
Anfares ⎤
Demócles ⎥ Agrigentinos
Hilas ⎦

Empedokles
Pausanias
Panthea
Delia
Hermokrates
Mekades
Amphares ⎤
Demokles ⎥ *Agrigentiner*
Hylas ⎦

A cena desenrola-se em parte em Agrigento, em parte junto ao Etna.
Der Schauplatz ist teils in Agrigent, teils am Aetna.

ERSTER AKT

ERSTER AUFTRITT

Chor der Agrigentiner in der Ferne
Mekades. Hermokrates

MEKADES
Hörst du das trunkne Volk?

HERMOKRATES
Sie suchen ihn.

MEKADES
Der Geist des Manns
Ist mächtig unter ihnen.

HERMOKRATES
Ich weiß, wie dürres Gras
Entzünden sich die Menschen.

MEKADES
Daß Einer so die Menge bewegt, mir ists,
Als wie wenn Jovis Blitz den Wald
Ergreift, und furchtbarer.

HERMOKRATES
Drum binden wir den Menschen auch
Das Band ums Auge, daß sie nicht
Zu kräftig sich am Lichte nähren.
Nicht gegenwärtig werden
Darf Göttliches vor ihnen.
Es darf ihr Herz
Lebendiges nicht finden.
Kennst du die Alten nicht,
Die Lieblinge des Himmels man nennt?

PRIMEIRO ATO

Primeira Cena

*Coro de Agrigentinos à distância
Mécades. Hermócrates*

MÉCADES
Ouves o povo embriagado?

HERMÓCRATES
Procuram-no.

MÉCADES
Poderoso entre eles é
O espírito deste homem.

HERMÓCRATES
Bem sei, qual erva seca
Inflamam-se os homens.

MÉCADES
Que apenas Um agite tanto a multidão, parece
O raio de Júpiter ao varrer
A floresta, e até mais terrível.

HERMÓCRATES
Por isto vendamos
Os olhos dos homens; que não
Se nutram em demasia de luz.
O divino não pode
Mostrar-se a eles.
Não é permitido a seu corações
Encontrar o vivente.
Desconheces os antigos
Que são chamados os prediletos do céu?

Sie nährten die Brust
An Kräften der Welt
Und den Hellaufblickenden war
Unsterbliches nahe,
Drum beugen die Stolzen
Das Haupt auch nicht
Und vor den Gewaltigen konnt
Ein Anderes nicht bestehn,
Es ward verwandelt vor ihnen.

MEKADES
Und er?

HERMOKRATES
Das hat zu mächtig ihn
Gemacht, daß er vertraut
Mit Göttern worden ist.
Es tönt sein Wort dem Volk,
Als käm es vom Olymp;
Sie dankens ihm,
Daß er vom Himmel raubt
Die Lebensflamm und sie
Verrät den Sterblichen.

MEKADES
Sie wissen nichts, denn ihn,
Er soll ihr Gott,
Er soll ihr König sein.
Sie sagen, es hab Apoll
Die Stadt gebaut den Trojern,
Doch besser sei, es helf
Ein hoher Mann durchs Leben.
Noch sprechen sie viel Unverständiges
Von ihm und achten kein Gesetz
Und keine Not und keine Sitte.
Eir Irrgestirn ist unser Volk
Geworden und ich fürcht,
Es deute dieses Zeichen

Nutriam a alma
Com as forças do mundo e
O imortal estava próximo de quem
Alçava o olhar luminoso para o alto;
Eis porque os orgulhosos
Não baixavam a cabeça
E nenhum outro podia
Manter-se ante os poderosos:
Tudo transformava-se na presença deles.

    MÉCADES
E ele?

    HERMÓCRATES
A intimidade com os deuses
Tornou-o
Demasiado poderoso.
Sua palavra ressoa no povo,
Como se viesse do Olimpo;
Agradecem-lhe
Por arrebatar dos céus
A chama da vida,
Revelando-a aos mortais.

    MÉCADES
Nada querem saber além dele,
Deve ser seu Deus,
Deve ser seu rei.
Dizem que Apolo
Construiu a cidade para os troianos,
Mas é melhor que um grande
Homem ajude os mortais a viver.
Ainda falam muitas coisas insensatas
Sobre ele; não respeitam leis,
Deveres e costumes.
Nosso povo tornou-se
Um astro errante e temo
Seja isto presságio

Zukünftiges noch, das er
Im stillen Sinne brütet.

HERMOKRATES
Sei ruhig, Mekades!
Er wird nicht.

MEKADES
Bist du denn mächtiger?

HERMOKRATES
Der sie versteht,
Ist stärker, denn die Starken.
Und wohlbekannt ist dieser Seltne mir.
Zu glücklich wuchs er auf;
Ihm ist von Anbeginn
Der eigne Sinn verwöhnt, daß ihn
Geringes irrt; er wird es büßen,
Daß er zu sehr geliebt die Sterblichen.

MEKADES
Mir ahndet selbst,
Es wird ihm nicht lange dauern,
Doch ist es lang genug,
So er erst fällt, wenn ihms gelungen ist.

HERMOKRATES
Und schon ist er gefallen.

MEKADES
Was sagst du?

HERMOKRATES
Siehst du denn nicht? es haben
Den hohen Geist die Geistesarmen
Geirrt, die Blinden den Verführer.
Die Seele warf er vor das Volk, verriet
Der Götter Gunst gutmütig den Gemeinen,

De algo futuro que ele
Esteja tramando em silêncio.

    HERMÓCRATES
Acalma-te, Mécades!
Ele não o fará.

    MÉCADES
Acaso és mais poderoso?

    HERMÓCRATES
Quem entende os fortes
É mais forte que eles.
Conheço muito bem esse homem estranho.
Cresceu demasiadamente feliz;
Desde o início sua alma
Foi mimada: basta qualquer
Insignificância para desconcertá-lo; pagará
Por haver amado em demasia os mortais.

    MÉCADES
Eu mesmo pressinto
Que não durará muito tempo,
Mas terá sido o suficiente
Se, ao cair, houver alcançado seu intento.

    HERMÓCRATES
E ele já caiu.

    MÉCADES
O quê?!

    HERMÓCRATES
Não vês? Os pobres
De espírito enganaram seu nobre
Espírito, e os cegos, o sedutor.
Entregou a própria alma ao povo, revelando
À plebe, sem malícia, o favor dos deuses.

Doch rächend äffte leeren Widerhalls
Genug denn auch aus toter Brust den Toren.
Und eine Zeit ertrug ers, grämte sich
Geduldig, wußte nicht,
Wo es gebrach; indessen wuchs
Die Trunkenheit dem Volke; schaudernd
Vernahmen sie's, wenn ihm vom eignen Wort
Der Busen bebt', und sprachen:
So hören wir nicht die Götter!
Und Namen, so ich dir nicht nenne, gaben
Die Knechte dann dem stolzen Trauernden.
Und endlich nimmt der Durstige das Gift,
Der Arme, der mit seinem Sinne nicht
Zu bleiben weiß und Ähnliches nicht findet,
Er tröstet mit der rasenden
Anbetung sich, verblindet, wird, wie sie,
Die seelenlosen Aberglaubigen;
Die Kraft ist ihm entwichen,
Er geht in einer Nacht, und weiß sich nicht
Herauszuhelfen und wir helfen ihm.

MEKADES
Des bist du so gewiß?

HERMOKRATES
Ich kenn ihn.

MEKADES
Ein übermütiges Gerede fällt
Mir bei, das er gemacht, da er zuletzt
Auf der Agora war. Ich weiß es nicht,
Was ihm das Volk zuvor gesagt; ich kam
Nur eben, stand von fern — Ihr ehret mich,
Antwortet' er, und tuet recht daran;
Denn stumm ist die Natur,
Es leben Sonn und Luft und Erd und ihre Kinder
Fremd umeinander,
Die Einsamen, als gehörten sie sich nicht.

Mas por fim, vingando-se, o eco vazio
De corações sem vida arremedou o tolo.
Ele suportou por algum tempo, afligiu-se
Paciente, não sabendo
Onde estava o erro; no entanto, aumentava
A embriaguez entre o povo; perceberam,
Estremecendo, quando o peito lhe fremia pelas próprias
Palavras e diziam:
Não é assim que os deuses falam!
E ao orgulhoso e aflito os escravos
Deram nomes que não quero mencionar.
O sedento, enfim, toma o veneno,
O mísero que não consegue manter
Seu tino nem encontrar quem lhe seja semelhante,
Consola-se com a furiosa
Adoração; cego, torna-se como eles,
Os supersticiosos sem alma;
A força escapou-lhe,
Caminha na noite, não sabe como
Dela sair e nós o ajudaremos.

    MÉCADES
Tens tanta certeza?

    HERMÓCRATES
Conheço-o.

    MÉCADES
Lembro-me de um discurso
Arrogante que pronunciou por último
Na Ágora. Não sei
O que o povo ter-lhe-ia dito antes; eu acabara
De chegar, mantendo-me distante — Me honrais,
Retrucou, e é justo;
Pois muda é a Natureza,
E vivem sol, ar, terra e seus filhos
Estranhos um ao lado do outro,
Sós, como se não se pertencessem.

Wohl wandeln immerkräftig
Im Göttergeiste die freien
Unsterblichen Mächte der Welt
Rings um der andern
Vergänglich Leben,
Doch wilde Pflanzen
Auf wilden Grund
Sind in den Schoß der Götter
Die Sterblichen alle gesäet
Die Kärglichgenährten und tot
Erschiene der Boden, wenn Einer nicht
Des wartete, lebenerweckend,
Und mein ist das Feld. Mir tauschen
Die Kraft und Seele zu Einem,
Die Sterblichen und die Götter.
Und wärmer umfangen die ewigen Mächte
Das strebende Herz und kräftiger gedeihn
Vom Geiste der Freien die fühlenden Menschen,
Und wach ists! Denn ich
Geselle das Fremde,
Das Unbekannte nennet mein Wort,
Und die Liebe der Lebenden trag
Ich auf und nieder; was Einem gebricht,
Ich bring es vom andern, und binde
Beseelend, und wandle
Verjüngend die zögernde Welt
Und gleiche keinem und Allen.
So sprach der Übermütige.

HERMOKRATES
Das ist noch wenig. Aergers schläft in ihm.
Ich kenn ihn, kenne sie, die überglücklichen
Verwöhnten Söhne des Himmels,
Die anders nicht, denn ihre Seele, fühlen.
Stört einmal sie der Augenblick heraus —
Und leichtzerstörbar sind die Zärtlichen —
Dann stillet nichts sie wieder, brennend
Treibt eine Wunde sie, unheilbar gärt

Em torno da vida
Fugaz dos outros,
No espírito divino
As forças livres e imortais do mundo
Movem-se, sempre vigorosas.
Mas, plantas selváticas
Em terreno selvático,
Estão todos os mortais,
Os malnutridos, semeados
No seio dos deuses; e morto
Pareceria o solo, se Um
Dele não cuidasse, suscitando vida,
E esse é meu campo. Em mim
Os mortais e os deuses trocam
Força e alma, tornando-se Um.
E com mais calor as forças eternas abraçam
O coração anelante e crescem mais fortes
Os homens sensíveis de espírito liberto.
Tudo desperta! Pois eu
Concilio o que é estranho,
Minha palavra nomeia o desconhecido,
Governa o amor dos
Viventes: o que falta a um,
Tomo do outro; unifico
Animando e transformo,
Rejuvenescendo o mundo vacilante,
Igualando a nenhum e a todos.
Assim falava o arrogante.

HERMÓCRATES
Ainda é pouco. Há nele coisas piores.
Conheço-o, assim como conheço aos afortunados,
Filhos mimados do céu,
Que nada sentem além da própria alma.
Se num átimo algo os turba —
E os emotivos deixam-se facilmente fragilizar —
Nada mais os aquieta, uma ferida
Ardente os açula, queimando-lhes o peito

Die Brust. Auch er! so still er scheint,
So glüht ihm doch, seit ihm das Volk mißfällt,
Im Busen die tyrannische Begierde,
Er oder wir! Und Schaden ist es nicht,
So wir ihn opfern. Untergehen muß
Er doch!

MEKADES

O reiz ihn nicht! schaff ihr nicht Raum und laß
Sie sich ersticken, die verschloßne Flamme!
Laß ihn! gib ihm nicht Anstoß! findet den
Zu frecher Tat der Übermütge nicht,
Und kann er nur im Worte sündigen,
So stirbt er, als ein Tor, und schadet uns
Nicht viel. Ein kräftger Gegner macht ihn furchtbar.
Sieh nur, dann erst, dann fühlt er seine Macht.

HERMOKRATES

Du fürchtest ihn und alles, armer Mann!

MEKADES

Ich mag die Reue nur mir gerne sparen,
Mag gerne schonen, was zu schonen ist.
Das braucht der Priester nicht, der alles weiß,
Der Heilge der sich alles heiliget.

HERMOKRATES

Begreife mich, Unmündiger! eh du
Mich lästerst. Fallen muß der Mann; ich sag
Es dir und glaube mir, wär er zu schonen,
Ich würd es mehr, wie du. Denn näher ist
Er mir, wie dir. Doch lerne dies:
Verderblicher denn Schwert und Feuer ist
Der Menschengeist, der götterähnliche,
Wenn er nicht schweigen kann, und sein Geheimnis
Unaufgedeckt bewahren. Bleibt er still
In seiner Tiefe ruhn, und gibt, was not ist,
Wohltätig ist er dann, ein fressend Feuer,

E não há cura. Ele também! Parece tranquilo,
Mas se o povo lhe desagrada, apoderam-se
De seu coração desejos de tirano.
Ele ou nós! Não é um dano
Se o sacrificarmos. Afinal deve
Perecer!

MÉCADES

Não o provoques, não alimentes a
Chama contida! Que se apague por si.
Deixa-o! Não lhe dês pretexto algum! Se o arrogante
Não encontrar justificativas para um ato audaz,
Podendo pecar apenas pelas palavras,
Morrerá como um tolo não nos prejudicando
Muito. Um inimigo forte torna-o terrível.
Pois vê, só então percebe seu poder.

HERMÓCRATES

Pobre homem, tens medo dele e de tudo!

MÉCADES

Apenas gostaria de evitar o remorso
E de salvar o que é possível.
Não precisa disso o sacerdote que de tudo sabe,
O santo que tudo santifica.

HERMÓCRATES

Tenta entender, jovem imaturo, antes de
Ofender-me. Digo-te: esse homem deve
Cair e acredita, se fosse possível salvá-lo,
Antes de ti o faria, sendo ele mais próximo de mim
Que de ti. Procura aprender:
O espírito do homem, o semelhante aos deuses
É mais pernicioso que espada e fogo
Quando não sabe calar e conservar
Intacto seu segredo. Enquanto repousa
Quieto no profundo doando o necessário,
É benéfico; mas torna-se fogo que devora

Wenn er aus seiner Fessel bricht.
Hinweg mit ihm, der seine Seele bloß
Und ihre Götter gibt, verwegen
Aussprechen will Unauszusprechendes
Und sein gefährlich Gut, als wär es Wasser,
Verschüttet und vergeudet, schlimmer ists
Wie Mord, und du, du redest für diesen?
Bescheide dich! Sein Schicksal ists. Er hat
Es sich gemacht und leben soll,
Wie er, und vergehn wie er, in Weh und Torheit jeder,
Der Göttliches verrät, und allverkehrend
Verborgenherrschendes
In Menschenhände liefert!
Er muß hinab!

MEKADES
So teuer büßen muß er, der sein Bestes
Aus voller Seele Sterblichen vertraut?

HERMOKRATES
Er mag es, doch es bleibt die Nemesis nicht aus,
Mag große Worte sagen, mag
Entwürdigen das keuschverschwiegne Leben,
Ans Tageslicht das Gold der Tiefe ziehn.
Er mag es brauchen, was zum Brauche nicht
Den Sterblichen gegeben ist, ihn wirds
Zuerst zu Grunde richten – hat es ihm
Den Sinn nicht schon verwirrt, ist ihm
Bei seinem Volke denn die volle Seele,
Die Zärtliche, wie ist sie nun verwildert?
Wie ist denn nun ein Eigenmächtiger
Geworden dieser Allmitteilende?
Der gütge Mann! wie ist er so verwandelt
Zum Frechen, der wie seiner Hände Spiel
Die Götter und die Menschen achtet.

Quando rompe seus grilhões.
Pereça o homem que revela a alma
E seus deuses e, temerário,
Quer exprimir o inexprimível,
Vertendo e desperdiçando, como se fosse água,
O bem perigoso que possui. É pior
Que assassínio. E ainda falas a favor dele?!
Resigna-te! É seu destino. Ele o
Forjou e como ele,
Quem trai o divino, tudo invertendo,
Entregando nas mãos dos homens
O poder oculto,
Deve viver e morrer na dor e na loucura!
Tem de sucumbir!

MÉCADES
Deve pagar tão caro quem confia o melhor
De sua alma plena aos mortais?

HERMÓCRATES
Que o faça, de qualquer modo a Nêmesis ocorrerá.
Diga grandes palavras, avilte
A vida casta e secreta, traga
À luz do dia o ouro do profundo.
Use o que não é dado usar
Aos mortais; será o
Primeiro a tocar o fundo — já não lhe
Haverá confundido a mente? Como
Tornou-se selvagem junto a seu povo, ele,
Alma plena e sensível?
Como se transformou agora em tirano
Quem tudo com todos dividia?
Esse homem benévolo! Como se converteu em
Insolente a ponto de considerar deuses e homens
Joguete em suas mãos?

MEKADES
Du redest schröcklich, Priester, und es dünkt
Dein dunkel Wort mir wahr. Es sei!
Du hast zum Werke mich. Nur weiß ich nicht,
Wo er zu fassen ist. Es sei der Mann
So groß er will, zu richten ist nicht schwer.
Doch mächtig sein des Übermächtigen,
Der, wie ein Zauberer, die Menge leitet,
Es dünkt ein anders mir, Hermokrates.

HERMOKRATES
Gebrechlich ist sein Zauber, Kind, und leichter,
Denn nötig ist, hat er es uns bereitet.
Es wandte zur gelegnen Stunde sich
Sein Unmut um, der stolze stillempörte Sinn
Befeindet itzt sich selber, hätt er auch
Die Macht, er achtets nicht, er trauert nur,
Und siehet seinen Fall, er sucht
Rückkehrend das verlorne Leben,
Den Gott, den er aus sich
Hinweggeschwätzt.
Versammle mir das Volk; ich klag ihn an,
Ruf über ihn den Fluch, erschrecken sollen sie
Vor ihrem Abgott, sollen ihn
Hinaus verstoßen in die Wildnis
Und nimmer wiederkehrend soll er dort
Mirs büßen, daß er mehr, wie sich gebührt,
Verkündiget den Sterblichen.

MEKADES
Doch wes beschuldigest du ihn?

HERMOKRATES
Die Worte, so du mir genannt,
Sie sind genug.

MÉCADES
É espantoso o que dizes, sacerdote, tua obscura
Palavra parece-me verdadeira. Assim seja!
Podes contar comigo! Só não sei
Onde atingi-lo. Não é difícil
Julgar um homem por maior que seja.
Porém, Hermócrates, parece-me outra coisa
Ter poder sobre um superpoderoso
Que, como um mago, conduz a multidão.

   HERMÓCRATES
Frágil é seu encanto, criança, e bem mais fácil
Ele tornou nosso caminho.
Seu mau humor mudou na
Hora propícia, a mente orgulhosa, em silêncio indignada,
Volta-se contra si mesma; tivesse ainda
Poder, não se importaria. Aflige-se apenas
E contempla sua queda: lembrando o passado
Procura a vida perdida,
O deus que expulsou com
Suas conversas.
Convoca o povo; acuso-o,
Invocando o anátema, ficarão abismados
Com seu ídolo,
Expulsá-lo-ão para o deserto
E de lá, jamais retornará,
Expiando por haver revelado aos mortais
Mais do que convém.

   MÉCADES
Mas de que o acusas?

   HERMÓCRATES
Bastam as palavras
Que mencionaste.

MEKADES
                Mit dieser schwachen Klage
Willst du das Volk ihm von der Seele ziehn?

HERMOKRATES
Zu rechter Zeit hat jede Klage Kraft
Und nicht gering ist diese.

MEKADES
Und klagtest du des Mords ihn an vor ihnen,
Es wirkte nichts.

HERMOKRATES
Dies eben ists! die offenbare Tat
Vergeben sie, die Aberglaubigen,
Unsichtbar Aergernis für sie
Unheimlich muß es sein! ins Auge muß es
Sie treffen, das bewegt die Blöden.

MEKADES
Es hängt ihr Herz an ihm, das bändigest,
Das lenkst du nicht so leicht! Sie lieben ihn!

HERMOKRATES
Sie lieben ihn? ja wohl! solang er blüht'
Und glänzt'
                        naschen sie.
Was sollen sie mit ihm, nun er
Verdüstert ist, verödet? Da ist nichts
Was nützen könnt, und ihre lange Zeit
Verkürzen, abgeerntet ist das Feld.
Verlassen liegts, und nach Gefallen gehn
Der Sturm und unsre Pfade drüber hin.

MEKADES
Empör ihn nur! empör ihn! siehe zu!

MÉCADES
>Queres, com esta frágil acusação,
Arrancar o povo de sua alma?

HERMÓCRATES
Na hora certa toda acusação tem força
E esta não é pouca.

MÉCADES
Mesmo se diante deles o acusasses de homicídio,
Seria inútil.

HERMÓCRATES
De fato! Eles, os supersticiosos
Perdoam a culpa evidente,
Mas o escândalo oculto
Os inquieta. Deve atingi-los
Nos olhos, só então os estúpidos se movem.

MÉCADES
Está no coração deles. Não te será
Fácil freá-los e dirigi-los! Amam-no!

HERMÓCRATES
Amam-no? Pois sim! Enquanto ele floresce
E brilha
>desejam-no.
Mas o que farão com ele, agora que
Está triste e desolado? Nada há
Que se possa fazer e abreviar seu longo
Tempo. O campo está ceifado
E abandonado. Livremente atravessam-no,
Nossas sendas e a tempestade.

MÉCADES
Provoca-o! Provoca-o e verás!

HERMOKRATES
Ich hoffe, Mekades! er ist geduldig.

MEKADES
So wird sie der geduldige gewinnen!

HERMOKRATES
Nichts weniger!

MEKADES
Du achtest nichts, wirst dich
Und mich und ihn und alles verderben.

HERMOKRATES
Das Träumen und das Schäumen
Der Sterblichen, ich acht es wahrlich nicht!
Sie möchten Götter sein, und huldigen
Wie Göttern sich, und eine Weile dauerts!
Sorgst du, es möchte sie der Leidende
Gewinnen, der Geduldige?
Empören wird er gegen sich die Toren,
An seinem Leide werden sie den teuern
Betrug erkennen, werden unbarmherzig
Ihms danken, dass der Angebetete
Doch auch ein Schwacher ist, und ihm
Geschiehet recht, warum bemengt er sich
Mit ihnen,

MEKADES
Ich wollt, ich wär aus dieser Sache, Priester!

HERMOKRATES
Vertraue mir und scheue nicht, was not ist.

MEKADES
Dort kömmt er. Suche nur dich selbst,
Du irrer Geist! indes verlierst du alles.

HERMÓCRATES
Assim o espero, Mécades! Ele é paciente.

MÉCADES
Sim, com sua paciência ele os conquistará!

HERMÓCRATES
De modo algum!

MÉCADES
Nada respeitas! Perderás
Tudo, a ti mesmo, a mim e a ele!

HERMÓCRATES
Na verdade, não prezo mesmo
Os sonhos e o fervilhar dos homens!
Gostariam de ser deuses, homenageiam-se
A si mesmos como deuses, e isso dura por algum tempo!
Temes que o sofredor possa
Conquistá-los com sua paciência?
Sublevará contra si os tolos,
No sofrimento dele reconhecerão
O grave engano; sem misericórdia
Agradecerão a ele, adorado,
Por ser até ele um fraco.
Bem o merece, por misturar-se
A eles,

MÉCADES
Gostaria de não me envolver neste assunto, sacerdote!

HERMÓCRATES
Confia em mim e não temas o que for necessário.

MÉCADES
Ele vem vindo. Busca-te a ti mesmo,
Espírito desatinado! Estás pondo tudo a perder.

HERMOKRATES
Laß ihn! hinweg!

ZWEITER AUFTRITT

EMPEDOKLES
(allein)
In meine Stille kamst du leise wandelnd,
Fandst drinnen in der Halle Dunkel mich aus,
Du Freundlicher! du kamst nicht unverhofft
Und fernher, wirkend über der Erde vernahm
Ich wohl dein Wiederkehren, schöner Tag
Und meine Vertrauten euch, ihr schnellgeschäftigen
Kräfte der Höh! — und nahe seid auch ihr
Mir wieder, seid wie sonst ihr Glücklichen
Ihr irrelosen Bäume meines Hains!
Ihr ruhetet und wuchst und täglich tränkte
Des Himmels Quelle die Bescheidenen
Mit Licht und Lebensfunken säte
Befruchtend auf die Blühenden der Aether. —
O innige Natur! ich habe dich
Vor Augen, kennest du den Freund noch,
Den Hochgeliebten, kennest du mich nimmer?
Den Priester, der lebendigen Gesang,
Wie frohvergoßnes Opferblut, dir brachte?

O bei den heilgen Brunnen,
Wo Wasser aus Adern der Erde
Sich sammeln und
Am heißen Tag
Die Dürstenden erquicken! In mir,
In mir, ihr Quellen des Lebens, strömtet
Aus Tiefen der Welt ihr einst
Zusammen und es kamen
Die Dürstenden zu mir — wie ists denn nun?

HERMÓCRATES
Deixa-o! Vamos embora!

SEGUNDA CENA

EMPÉDOCLES
   (*só*)
Acorreste a meu silêncio, perpassando de leve
E me achaste no fundo, na escuridão da sala,
Dia benigno; não vieste porém de longe
E de improviso; te senti retornar e
Agir sobre a terra, belo dia,
E vós, minhas confidentes, forças do alto,
Ativas e velozes! Como outrora vos
Tenho de novo junto a mim, vós ditosas
Árvores imperturbáveis do meu bosque!
Crescíeis no silêncio e o manancial celeste
Banhava todos os dias as discretas criaturas.
Com luz e faísca de vida o Éter
Semeava, fecundando florescências. —
Ó íntima Natureza, tenho-te ante
Meus olhos, conheces ainda o amigo,
O muito amado, ou não me conheces mais?
O sacerdote que te ofertava cânticos vivos
Como sangue do sacrifício vertido com prazer?

Ah, junto às nascentes sacras
Onde as águas, das veias da terra
Se unificam e
No dia fogoso
Refrigeram os sedentos! Para dentro,
Para dentro de mim, vós, Fontes da Vida, outrora
Confluíeis das profundezas do mundo
E eles vinham,
Os sedentos a mim — e agora?

Vertrauert? bin ich ganz allein?
Und ist es Nacht hier außen auch am Tage?
Der höhers, denn ein sterblich Auge, sah
Der Blindgeschlagene tastet nun umher —
Wo seid ihr, meine Götter?
Weh! laßt ihr nun
Wie einen Bettler mich
Und diese Brust
Die liebend euch geahndet,
Was stoßt ihr sie hinab
Und schließt sie mir in schmählichenge Bande
Die Freigeborene, die aus sich
Und keines andern ist? und wandeln soll
Er nun so fort, der Langverwöhnte,
Der selig oft mit allen Lebenden
Ihr Leben, ach, in heiligschöner Zeit
Sie, wie das Herz gefühlt von einer Welt,
Und ihren königlichen Götterkräften,
Verdammt in seiner Seele soll er so
Da hingehn, ausgestoßen? freundlos er,
Der Götterfreund? an seinem Nichts
Und seiner Nacht sich weiden immerdar
Unduldbares duldend gleich den Schwächlingen, die
Ans Tagewerk im scheuen Tartarus
Geschmiedet sind. Was daherab
Gekommen? um nichts? ha! Eines,
Eins mußtet ihr mir lassen! Tor! bist du
Derselbe doch und träumst, als wärest du
Ein Schwacher. Einmal noch! noch Einmal
Soll mirs lebendig werden, und ich wills!
Fluch oder Segen! täusche nun die Kraft
Demütiger! dir nimmer aus dem Busen!
Weit will ichs um mich machen, tagen solls
Von eigner Flamme mir! Du sollst
Zufrieden werden, armer Geist,
Gefangener! sollst frei und groß und reich
In eigner Welt dich fühlen —
Und wieder einsam, weh! und wieder einsam?

Angustiado?! Estarei tão só?
E aqui fora é noite mesmo de dia?
Quem viu mais alto que todo olhar mortal,
Tateia agora em volta, ferido pela cegueira —
Onde estais, meus deuses?
Ai! Como um mendigo
Me abandonais agora
E a este peito
Que amando vos pressentia;
Me impelis ao fundo,
Forçando o nascido livre, que pertence
A si próprio e a mais ninguém, em grilhões ignóbeis
E apertados? E deve agora continuar
Vagando quem tanto tempo foi mimado,
Ah, quem, feliz, em dias sagrados e belos
Muitas vezes sentia com todos os viventes, a eles
E a sua vida como o coração de um mundo,
O coração de régias forças divinas;
Tão condenado na alma tem de ser
Expulso e desaparecer? Sem amigos, ele,
O amigo dos deuses? Deleitando-se
Para sempre em seu nada e em sua noite,
Suportando o insuportável, como os fracos
Forjados no Tártaro opressivo,
Na tarefa cotidiana. A que ponto
Caí? Por nada? Ai! Ao menos
Uma coisa deveríeis deixar-me! Tolo! És
Sempre o mesmo e sonhas como se fosses
Um fraco. Uma vez ainda! Ainda Uma vez
Devo sentir-me pleno de vida. Eu quero!
Maldição ou bênção! Jamais te enganes,
Ó humilde, que não há forças em teu peito!
Quero espaço a minha volta! Amanhecerá
Por minha própria chama! Ficarás
Satisfeito, pobre espírito,
Prisioneiro, sentindo-te livre, grande
E rico em teu próprio mundo —
E de novo só? Ai! E de novo só?

Weh! einsam! einsam! einsam!
Und nimmer find ich
Euch, meine Götter,
Und nimmer kehr ich
Zu deinem Leben, Natur!
Dein Geächteter! — weh! hab ich doch auch
Dein nicht geachtet, dein
Mich überhoben, hast du
Umfangend doch mit den warmen Fittigen einst
Du Zärtliche! mich vom Schlafe gerettet?
Den Törigen ihn, den Nahrungsscheuen,
Mitleidig schmeichelnd zu deinem Nektar
Gelockt, damit er trank und wuchs
Und blüht', und mächtig geworden und trunken,
Dir ins Angesicht höhnt' — o Geist,
Geist, der mich groß genährt, du hast
Dir deinen Herrn, hast, alter Saturn,
Die einen neuen Jupiter
Gezogen, einen schwächern nur und frechern.
Denn schmähen kann die böse Zunge dich nur,
Ist nirgend ein Rächer, und muß ich denn allein
Den Hohn und Fluch in meine Seele sagen?
Muß einsam sein auch so?

Dritter Auftritt

Pausanias. Empedokles

EMPEDOKLES
Ich fühle nur des Tages Neige, Freund!

Ai de mim! Só! Só! Só!
Nunca mais vos
Encontrar, ó deuses,
Nem retornar
À tua vida, Natureza!
Expulsaste-me! Ai! É verdade, tampouco
Te respeitei
Tornando-me soberbo! Porém, foste tu, a
Abraçar-me um dia com as tuas asas tépidas
E a salvar-me do sono, ó terna!
Piedosa, atraíste com lisonjas o insensato,
Hesitante em aceitar o alimento, a beber teu néctar
Para crescer e florescer
E, tornando-se potente e ébrio
Escarnecesse diante de teu rosto — ó espírito,
Espírito, nutrindo-me tanto, criaste
O teu senhor: velho Saturno,
Criaste um novo Júpiter
Só mais fraco e insolente,
Pois essa língua malévola só pode injuriar-te.
Não existe em lugar algum um vingador, e devo sozinho
Invocar o escárnio e o anátema em minha alma?
Devo estar só nisso também?

TERCEIRA CENA

Pausânias. Empédocles

EMPÉDOCLES
Sinto que o dia declina no poente, amigo!

Und dunkel will es werden mir und kalt!
Es gehet rückwarts, lieber! nicht zur Ruh,
Wie wenn der beutefrohe Vogel sich
Das Haupt verhüllt zu frischer erwachendem
Zufriednem Schlummer, anders ists mit mir!
Erspare mir die Klage! laß es mir!

        PAUSANIAS
Sehr fremde bist du mir geworden,
Mein Empedokles! kennest du mich nicht?
Und kenn ich nimmer dich, du Herrlicher? —
Du konntst dich so verwandeln, konntest so
Zum Rätsel werden, edel Angesicht,
Und so zur Erde beugen darf der Gram
Die Lieblinge des Himmels? bist du denn
Es nicht? und sieh! wie danken dir es all,
Und so in goldner Freude mächtig war
Kein anderer, wie du, in seinem Volke.

        EMPEDOKLES
Sie ehren mich? o sag es ihnen doch,
Sie sollens lassen — Übel steht
Der Schmuck mir an und welkt
Das grüne Laub doch auch
Dem ausgerißnen Stamme!

        PAUSANIAS
Noch stehst du ja, und frisch Gewässer spielt
Um deine Wurzel dir, es atmet mild
Die Luft um deine Gipfel, nicht von Vergänglichem
Gedeiht dein Herz; es walten über dir
Unsterblichere Kräfte.

        EMPEDOKLES
Du mahnest mich der Jugendtage, lieber!

E será escuro e frio para mim!
É como retornar, caro, não ao repouso,
Como o pássaro que, feliz pela presa,
Esconde a cabeça em um sonho beato e restaurador
Até o despertar. Diverso é meu destino!
Poupa-me os lamentos. Deixa-os para mim!

    PAUSÂNIAS
Como te tornaste estranho,
Meu Empédocles! Não me conheces?
Ou sou eu a não mais te conhecer, esplêndido —
Como pudeste mudar tanto, nobre vulto,
Tornando-te um enigma,
E como pode a angústia prostrar tanto
Os prediletos do céu? Acaso não és um
Deles? Vê! Como todos te agradecem,
Em alegria sublime não houve outro
Tão potente como tu entre seu povo.

    EMPÉDOCLES
Honram-me? Oh, dize a eles
Que desistam — os ornamentos
Não condizem comigo e murcha
Também a verde folhagem
No tronco desarraigado!

    PAUSÂNIAS
Ainda estás aí. A água fresca borbulha
Em tuas raízes e, suave, o ar
Exala em torno de teu cume, mas teu peito não
Se nutre do efêmero; forças bem mais imortais
Reinam acima de ti.

    EMPÉDOCLES
Caro, tu me lembras os dias da juventude!

PAUSANIAS
Noch schöner dünkt des Lebens Mitte mir.

   EMPEDOKLES
Und gerne sehen, wenn es nun
Hinab sich neigen will, die Augen
Der Schnellhinschwindenden noch Einmal
Zurück, der Dankenden. O jene Zeit!
Ihr Liebeswonnen, da die Seele mir
Von Göttern, wie Endymion, geweckt,
Die kindlich schlummernde, sich öffnete,
Lebendig sie, die Immerjugendlichen,
Des Lebens große Genien
Erkannte — schöne S o n n e ! Menschen hatten mich
Es nicht gelehrt, mich trieb mein eigen Herz
Unsterblich liebend zu Unsterblichen,
Zu dir, zu dir, ich konnte Göttlichers
Nicht finden, stilles L i c h t ! und so wie du
Das Leben nicht an deinem Tage sparst
Und sorgenfrei der goldnen Fülle dich
Entledigest, so gönnt auch ich, der Deine,
Den Sterblichen die beste Seele gern
Und furchtlosoffen gab
Mein Herz, wie du, der ernsten E r d e sich,
Der schicksalvollen; ihr ein Jünglingsfreude
Das Leben so zu eignen bis zuletzt,
Ich sagt ihrs oft in trauter Stunde zu,
Band so den teuern Todesbund mit ihr.
Da rauscht' es anders, denn zuvor, im Hain,
Und zärtlich tönten ihrer Berge Quellen —
All deine Freuden, E r d e ! wahr, wie sie,
Und warm und voll, aus Müh und Liebe reifen,
Sie alle gabst du mir. Und wenn ich oft
Auf stiller Bergeshöhe saß und staunend
Der Menschen wechselnd Irrsal übersann,
Zu tief von deinen Wandlungen ergriffen,
Und nah mein eignes Welken ahndete,
Dann atmete der A e t h e r , so wie dir,

PAUSÂNIAS
Ainda mais bela parece a metade da vida.

EMPÉDOCLES
E quando esta declina
Os agonizantes gostam de ainda
Uma vez olhar para trás,
Agradecidos. Ah, aquele tempo!
Vós, delícias do amor, quando a alma,
Dormitando como criança, foi despertada
Pelos deuses, como Endimião, abriu-se
E sentiu vivos os sempre jovens e
Grandes gênios da vida —
S o l esplêndido! Os homens não me haviam
Ensinado, mas o meu próprio coração
Que ama o imortal, impeliu-me aos imortais,
A ti, a ti, l u z silente; nada me parecia
Mais divino. E como tu
Não poupas a vida em teu dia,
E despreocupado cumpres a plenitude
Dourada, assim também eu, que te pertenço,
Concedia com alegria o melhor de minha alma
Aos mortais e meu coração liberto,
Sem medo, como tu, se entregava à t e r r a grave,
Plena de destino; tantas vezes, em hora de
Confidência, prometi-lhe, em alegria juvenil,
Dedicar-lhe a vida inteira até o fim;
Assim estreitei com ela o pacto mortal.
Perpassava então outro sussurro no bosque consagrado
E suavemente ressoavam as nascentes de suas montanhas —
Todas as tuas alegrias, t e r r a ! Genuínas
E cálidas, plenas, amadurecendo em fadiga e amor,
Todas as tuas alegrias me deste. E muitas vezes,
Ao meditar no alto da montanha silenciosa, atônito
Ante o mutável equívoco humano,
Por demais turbado pelas tuas metamorfoses
E pressentindo próximo meu próprio declínio;
Ao respirar o É t e r que envolvia o peito

Mir heilend um die liebeswunde Brust,
Und, wie Gewölk der Flamme, löseten
Im hohen Blau die Sorgen mir sich auf.

    PAUSANIAS
O Sohn des Himmels!

    EMPEDOKLES
Ich war es! ja! und möcht es nun erzählen,
Ich Armer! möcht es Einmal noch
Mir in die Seele rufen,
Das Wirken deiner Geniuskräfte
Der Herrlichen deren Genoß ich war, o Natur,
Daß mir die stumme todesöde Brust
Von deinen Tönen allen widerklänge,
Bin ich es noch? o Leben! und rauschten sie mir
All deine geflügelten Melodien und hört
Ich deinen alten Einklang, große Natur?
Ach! ich der Einsame, lebt ich nicht
Mit dieser heilgen Erd und diesem Licht
Und dir, von dem die Seele nimmer läßt,
O Vater Aether, und mit allen Lebenden
Der Götter Freund im gegenwärtigen
Olymp? ich bin heraus geworfen, bin
Ganz einsam, und das Weh ist nun
Mein Tagsgefährt' und Schlafgenosse mir.
Bei mir ist nicht der Segen, geh!
Geh! frage nicht! denkst du, ich träum?
O sieh mich an! und wundre des dich nicht,
Du Guter, daß ich daherab
Gekommen bin; des Himmels Söhnen ist,
Wenn überglücklich sie geworden sind,
Ein eigner Fluch beschieden.

    PAUSANIAS
Ich duld es nicht,
Weh! solche Reden! du? ich duld es nicht.
Du solltest so die Seele dir und mir

Ferido de amor, curei-me como a ti mesma, [t e r r a ,]
E, como nuvens de labareda, minhas preocupações
Dissolviam-se no azul sublime.

    PAUSÂNIAS
Filho do céu!

    EMPÉDOCLES
Sim, o fui! E agora, eu, mísero,
Gostaria de contar e evocar
Ainda Uma vez,
A eficácia das forças esplêndidas
De teu gênio, das quais eu era companheiro, ó Natureza!
Assim pudesse meu peito calado nas areias da morte
Ressoar teus múltiplos acordes;
Existo? Ó vida! E sussurravam para mim
Todas as tuas aladas melodias e eu sentia
A tua antiga harmonia, grande Natureza!
Ah! Eu, o abandonado, não vivia
Com esta terra consagrada, com esta luz
E contigo, a quem a alma jamais renuncia,
Ó pai Éter e com todos os viventes
No presente Olimpo, eu, o amigo
Dos deuses? Fui expulso, estou
Completamente só, e agora o sofrimento é
Meu companheiro diurno e convive comigo no sono.
Não há bênção para mim! Vai!
Vai! Não perguntes! Pensas que estou sonhando?
Olha-me! E não te espantes,
Se me precipitei tão
Baixo, ó benévolo; aos filhos do céu está
Destinado um anátema singular
Quando transbordam de felicidade.

    PAUSÂNIAS
Tu? Com tais discursos?!
Não posso suportá-los! Não posso!
Não deverias angustiar assim

Nicht ängstigen. Ein böses Zeichen dünkt
Es mir, wenn so der Geist, der immerfrohe, sich
Der Mächtigen umwölket.

EMPEDOKLES
Fühlst dus? Es deutet, daß er bald
Zur Erd hinab im Ungewitter muß.

PAUSANIAS
O laß den Unmut, lieber!
O dieser, was tat er euch, dieser Reine,
Daß ihm die Seele so verfinstert ist,
Ihr Todesgötter! haben die Sterblichen denn
Kein Eigenes nirgendswo, und reicht
Das Furchtbare denn ihnen bis ans Herz,
Und herrscht es in der Brust der Stärkeren noch
Das ewige Schicksal? Bändige den Gram
Und übe deine Macht, bist du es doch
Der mehr vermag, denn andere, o sieh
An meiner Liebe, wer du bist,
Und denke dein, und lebe!

EMPEDOKLES
Du kennest mich und dich und Tod und Leben nicht.

PAUSANIAS
Den Tod, ich kenn ihn wenig nur,
Denn wenig dacht ich seiner.

EMPEDOKLES
Allein zu sein,
Und ohne Götter, ist der Tod.

PAUSANIAS
Laß ihn, ich kenne d i c h , an deinen Taten
Erkannt ich dich, in seiner Macht
Erfuhr ich deinen Geist, und seine Welt,
Wenn oft ein Wort von dir

Tua alma e a minha. Parece-me mau agouro
Que o espírito dos fortes, sempre feliz,
Se anuvie deste modo.

EMPÉDOCLES
Percebes? Significa que ele logo
Se precipitará na tempestade.

PAUSÂNIAS
Recupera o ânimo, caríssimo!
Ó deuses da morte, o que vos fez este puro
Para sua alma obscurecer-se
A tal ponto?! Em parte alguma os mortais
Têm algo de próprio? E o terrível
Os atinge até o coração?
E o destino eterno reina também no peito
Dos mais fortes? Refreia a angústia,
Exerce tua força; és mais
Potente que os outros, reconhece
No meu amor quem és,
Pensa em ti e vive!

EMPÉDOCLES
Não conheces a mim, a ti, nem morte nem vida.

PAUSÂNIAS
Conheço pouco a morte
Pois pouco tenho pensado nela.

EMPÉDOCLES
Estar só
E sem deuses, é a morte.

PAUSÂNIAS
Deixa-a! Conheço- t e , pelas tuas ações
Te reconheci; em sua força
Discerni teu espírito e seu mundo;
Muitas vezes uma palavra tua dita

Im heilgen Augenblick
Das Leben vieler Jahre mir erschuf,
Daß eine neue große Zeit von da
Dem Jünglinge begann. Wie zahmen Hirschen,
Wenn ferne rauscht der Wald und sie
Der Heimat denken, schlug das Herz mir oft,
Wenn du vom Glück der alten Urwelt sprachst,
Der reinen Tage kundig und dir lag
Das ganze Schicksal offen, zeichnetest
Du nicht der Zukunft große Linien
Mir vor das Auge, sichern Blicks, wie Künstler
Ein fehlend Glied zum ganzen Bilde reihn?
Und kennst du nicht die Kräfte der Natur,
Daß du vertraulich wie kein Sterblicher
Sie, wie du willst, in stiller Herrschaft lenkest?

EMPEDOKLES
Recht! alles weiß ich, alles kann ich meistern.
Wie meiner Hände Werk, erkenn ich es
Durchaus, und lenke, wie ich will
Ein Herr der Geister, das Lebendige.
Mein ist die Welt, und untertan und dienstbar
Sind alle Kräfte mir,

     zur Magd ist mir
Die herrnbedürftige Natur geworden.
Und hat sie Ehre noch, so ists von mir.
Was wäre denn der Himmel und das Meer
Und Inseln und Gestirn, und was vor Augen
Den Menschen alles liegt, was wär es,
Dies tote Saitenspiel, gäb ich ihm Ton
Und Sprach und Seele nicht? was sind
Die Götter und ihr Geist, wenn ich sie nicht
Verkündige? nun! sage, wer bin ich?

PAUSANIAS
Verhöhne nur im Unmut dich und alles
Was Menschen herrlich macht,

No instante santo
Dava-me vida por muitos anos:
Para mim, jovem, uma época
Nova e grande se iniciava. Como os mansos cervos
Recordam o país natal, quando ao longe
Sussurra a floresta, muitas vezes bateu meu coração,
Ao falares da ventura de origens remotas e distantes.
Conhecias o dia puro e diante de ti se abria
Em sua inteireza o destino; não traçaste
Ante meus olhos grandes
Linhas do futuro, como o olhar seguro do artista
Dispondo um elemento que falta ao quadro inteiro?
Não conheces as forças da natureza,
Que diriges como nenhum outro mortal
Com poderio íntimo e secreto?

EMPÉDOCLES
Certo. Tudo conheço e tudo posso dominar.
Como se fosse obra de minhas mãos,
Senhor dos espíritos, reconheço tudo
O que vive e o dirijo como quero.
O mundo me pertence e todas as suas forças
Me são submissas e serviçais,

    a Natureza, necessitando
Um senhor, tornou-se minha serva.
E se ainda recebe honras, a mim o deve.
O que seria do céu, do mar
Das ilhas e estrelas, de tudo o que se
Descortina ante os olhos dos homens, o que seria
Desta cítara calada, se eu não lhe infundisse
Som, alma e palavras? O que seriam
Os deuses e seu espírito, se eu não os
Proclamasse? Dize-me, agora, quem sou eu?

PAUSÂNIAS
Escarnece com amargura de ti mesmo e de tudo
Que torna esplêndidos os mortais:

Ihr Wirken und ihr Wort, verleide mir
Den Mut im Busen, schröcke mich zum Kinde
Zurück. O sprich es nur heraus! du hassest dich
Und was dich liebt und was dir gleichen möcht;
Ein anders willst du, denn du bist, genügst dir
In deiner Ehre nicht und opferst dich an Fremdes.
Du willst nicht bleiben, willst
Zu Grunde gehen. Ach! in deiner Brust
Ist minder Ruhe, denn in mir.

EMPEDOKLES
Unschuldiger!

PAUSANIAS
Und dich verklagst du?
Was ist es denn? o mache mir dein Leiden
Zum Rätsel länger nicht! mich peinigts.

EMPEDOKLES
Mit Ruhe wirken soll der Mensch,
Der sinnende, soll entfaltend
Das Leben um ihn fördern und heitern
             denn hoher Bedeutung voll,
Voll schweigender Kraft umfängt
Den ahnenden, daß er bilde die Welt,
Die große Natur,
Daß ihren Geist hervor er rufe, strebt
Tief wurzelnd
Das gewaltige Sehnen ihm auf.
Und viel vermag er und herrlich ist
Sein Wort, es wandelt die Welt
Und unter den Händen

Sua eficácia e palavra; turva-me
O ânimo no peito, apavorando-me como se fora
Uma criança. Mas, fala afinal! Odeias a ti
E a quem te ama e gostaria de assemelhar-se a ti;
Queres ser diverso do que és, não te contentas
Com tua honra e te sacrificas ao desconhecido,
Não queres permanecer, queres
Sucumbir. Ai! Em teu peito há
Menos paz do que no meu.

    EMPÉDOCLES
Inocente!

    PAUSÂNIAS
                De que te acusas?
O que se passa, afinal? Não faças que tua dor
Continue sendo um enigma para mim e me atormente!

    EMPÉDOCLES
Com calma deve agir o homem
Que pensa, ao manifestar a vida,
Deve promovê-la a seu redor e torná-la serena,
              plena de alto significado,
Repleta de força silenciosa; a grande Natureza
Acolhe quem a pressagia a fim de plasmar
O mundo
E evocar o seu espírito; das
Raízes profundas
Nele surge a aspiração poderosa.
Muito ele pode e magnífica é
Sua palavra, transforma o mundo
E entre as mãos

DER SCHLUSS DES ZWEITEN AKTES
(Zweiter Fassung)

PANTHEA

Hast du doch, menschlich Irrsal!
Ihm nicht das Herz verwöhnt,
Du Unbedeutendes! was gabst
Du Armes ihm? nun da der Mann
Zu seinen Göttern fort sich sehnt,
Wundern sie sich, als hätten sie
Die Törigen ihm, die hohe Seele, geschaffen.
Umsonst nicht sind, o, die du alles ihm
Gegeben, Natur!
Vergänglicher deine Liebsten, denn andre!
Ich weiß es wohl!
Sie kommen und werden groß, und keiner sagt,
Wie sie's geworden, so entschwinden sie auch,
Die Glücklichen! wieder, ach! laßt sie doch.

DELIA
Ists denn nicht schön,
Bei Menschen wohnen; es weiß
Mein Herz von andrem nicht, es ruht
In diesem Einen, aber traurig dunkel droht
Vor meinem Auge das Ende
Des Unbegreiflichen, und du heißest ihn auch
Hinweggehn, Panthea?

PANTHEA
Ich muß. Wer will ihn binden?

Final do Segundo Ato
(da Segunda Versão)

PANTEIA

Equívoco humano, tu, insignificante,
Não lhe terás viciado
O coração? Mísero, o que
Lhe deste? Agora que este homem
Anseia retornar a seus deuses,
Os tolos se admiram, como se
Eles houvessem criado sua alma sublime.
Ó Natureza, não é em vão que lhe
Deste tudo!
Quem mais amas é mais efêmero que os outros.
Bem sei!
Vêm, tornam-se poderosos e ninguém sabe dizer
Como e, por sua vez, também eles desaparecem,
Os ditosos! Ai! Deixai-os, então!

DÉLIA
Não é belo
Viver entre os homens? Meu coração
Não sabe de outra coisa e se aquieta
Neste Ser único, mas diante de meus olhos
O fim do incompreensível
É iminente, triste e obscuro e também tu, Panteia,
O exortas a partir?

PANTEIA
Devo fazê-lo. Quem o poderia reter,

Ihm sagen, mein bist du,
Ist doch sein eigen der Lebendige,
Und nur sein Geist ihm Gesetz,
Und soll er, die Ehre der Sterblichen
Zu retten, die ihn geschmäht,
Verweilen, wenn ihm
Der Vater die Arme
Der Aether öffnet?

DELIA
Sieh! herrlich auch
Und freundlich ist die Erde.

PANTHEA
Ja, herrlich, und herrlicher itzt.
Es darf nicht unbeschenkt
Von ihr ein Kühner scheiden.
Noch weilt er wohl
Auf deiner grünen Höhen einer, o Erde
Du Wechselnde!
Und siehet über die wogenden Hügel
Hinab ins freie Meer! und nimmt
Die letzte Freude sich. Vielleicht sehn wir
Ihn nimmer. Gutes Kind!
Mich trifft es freilich auch und gerne möcht
Ichs anders, doch ich schäme dessen mich.
Tut er es ja. Ists so nicht heilig?

DELIA
Wer ist der Jüngling, der
Vom Berge dort herabkömmt?

PANTHEA
Pausanias. Ach! müssen wir so
Uns wiederfinden, Vaterloser?

Dizer-lhe: és meu?
Pleno de vida, só pertence a si mesmo
E apenas o espírito é sua lei.
E deveria acaso permanecer,
Para salvar a honra dos
Mortais que o ultrajaram,
Quando o pai, o Éter,
Lhe abre os braços?

    DÉLIA
Vê! A terra também é esplêndida
E amiga.

    PANTEIA
Sim, esplêndida e agora mais que nunca.
Um homem audaz dela
Não pode separar-se sem dons.
Ele talvez se demore ainda
Em uma de suas verdes colinas, ó terra
Mutável!
E olhe além do ondular dos montes,
Lá embaixo, o mar livre
E desfrute a última alegria. Talvez nunca mais
O vejamos. Meiga menina!
Por certo, isto também me atinge e gostaria que
Não fosse assim, porém envergonho-me disso.
Ele cometerá tal gesto: não será pois sagrado?

    DÉLIA
Quem é esse jovem
Que vem descendo a montanha?

    PANTEIA
Pausânias. Ai, assim
Teremos de reencontrar-nos, órfão de pai?

Letzter Auftritt des zweiten Aktes

Pausanias. Panthea. Delia

PAUSANIAS
Wo ist er? o Panthea!
Du ehrst ihn, suchest ihn auch,
Willst Einmal noch ihn sehn,
Den furchtbarn Wanderer, ihn, dem allein
Beschieden ist, den Pfad zu gehen mit Ruhm,
Den ohne Fluch betritt kein anderer.

PANTHEA
Ists fromm von ihm und groß
Das Allgefürchtete?
Wo ist er?

PAUSANIAS
Er sandte mich hinweg, indessen sah
Ich ihn nicht wieder. Droben rief
Ich im Gebürg ihn, doch ich fand ihn nicht.
Er kehrt gewiß. Bis in die Nacht
Versprach er freundlich mir zu bleiben.
O käm er! Es flieht, geschwinder, wie Pfeile
Die liebste Stunde vorüber.
Denn freuen werden wir uns noch mit ihm,
Du wirst es, Panthea, und sie,
Die edle Fremdlingin, die ihn
Nur Einmal sieht, ein herrlich Meteor.
Von seinem Tode, ihr Weinenden,
Habt ihr gehört?
Ihr Trauernden! o sehet ihn
In seiner Blüte, den Hohen,
Ob trauriges nicht
Und was den Sterblichen schröcklich dünkt,
Sich sänftige vor seligem Auge.

ÚLTIMA CENA DO SEGUNDO ATO

Pausânias. Panteia. Délia

PAUSÂNIAS
Onde ele está, ó Panteia?
Tu o veneras e também procuras por ele,
Queres vê-lo ainda Uma vez,
O viandante terrível, a quem
É concedido percorrer sozinho com glória a senda
Que mais ninguém trilha sem anátema.

PANTEIA
Fazer o que todos temem
É para ele algo piedoso e grande.
Onde estará?

PAUSÂNIAS
Disse que me afastasse, no entanto, não
Tornei a vê-lo. No alto da
Montanha gritei, chamando-o, em vão.
Voltará por certo. Prometeu-me
Com afeto esperar até o anoitecer.
Ah, se viesse! Mais veloz que uma seta
Se evola a hora mais desejada.
Mas seremos ainda felizes com ele
Tu, Panteia, e ela,
A nobre estrangeira, que o verá
Apenas Uma vez, um esplêndido meteoro.
Chorais, ouvistes
Falar de sua morte
E entristecestes? Olhai-o,
O sublime em seu florir,
Se acaso a tristeza
E o que aos mortais parece terrível, não se
Suaviza ante seu olhar bem-aventurado.

DELIA
Wie liebst du ihn! und batest du umsonst
Den Ernsten? mächtger ist, denn er
Die Bitte, Jüngling! Und ein schöner Sieg
Wärs dir gewesen!

PAUSANIAS
Wie konnt ich? trifft
Er doch die Seele mir, wenn er
Antwortet, was sein Will ist.
Denn Freude nur gibt sein Versagen.
Dies ists und es tönt, je mehr auf Seinem
Der Wunderbare besteht,
Nur tiefer das Herz ihm wider. Es ist
Nicht eitel Überredung, glaub es mir,
Wenn er des Lebens sich
Bemächtiget.
Oft wenn er stille war
In seiner Welt,
Der Hochgenügsame, sah ich ihn
Nur dunkel ahnend, rege war,
Und voll die Seele mir, doch konnt ich nicht
Sie fühlen, und es ängstigte mich fast
Die Gegenwart des Unberührbaren.
Doch kam entscheidend von seiner Lippe das Wort,
Dann tönt' ein Freudenhimmel nach in ihm
Und mir und ohne Widerred
Ergriff es mich, doch fühlt ich nur mich freier.
Ach, könnt er irren, inniger
Erkennt ich daran den unerschöpflich Wahren
Und stirbt er, so flammt aus seiner Asche nur heller
Der Genius mir empor.

DELIA
Dich entzündet, große Seele! der Tod
Des Großen, aber es sonnen
Die Herzen der Sterblichen auch
An mildem Lichte sich gern, und heften

DÉLIA
Como o amas! E em vão lhe pediste,
Ao homem austero? Mais forte que ele é
A prece, jovem! Terias alcançado
Uma bela vitória!

PAUSÂNIAS
Como eu teria podido? Ele
Toca minha alma ao
Dizer-me sua vontade.
Mesmo uma sua recusa proporciona ventura.
É assim! Quanto mais o homem
Prodigioso insiste em seu desígnio,
Mais fundo lhe ressoa o coração. Vã
Persuasão não é, acredita-me,
Quando ele dispõe
De sua vida.
Muitas vezes, quando ele, modesto
E grande, ficava
Silencioso em seu mundo, eu o olhava
Com obscuro pressentimento, viva e
Plena era minha alma, mas não conseguia
Senti-la e quase me angustiava
A presença do intangível.
Mas a palavra decisiva saía-lhe dos lábios,
Então ressoava um céu de ventura nele
E em mim e sem resistir
Abandonava-me, sentindo-me porém mais livre.
Ah, pudesse ele enganar-se, no mais íntimo
Eu o reconheceria como o verdadeiro e inesgotável.
Ao morrer, mais clara se alçará de suas cinzas
A chama do gênio.

DÉLIA
Alma nobre! A morte do sublime
Te exalta, mas os corações
Dos mortais também gostam de aquecer-se
Em luz tépida e fixam

Die Augen an Bleibendes. O sage, was soll
Noch leben und dauern? Die Stillsten reißt
Das Schicksal doch hinaus und haben
Sie ahnend sich gewagt, verstößt
Es bald die Trauten wieder, und es stirbt
An ihren Hoffnungen die Jugend.
In seiner Blüte bleibt
Kein Lebendes — ach! und die Besten,
Noch treten zur Seite der tilgenden,
Der Todesgötter, auch sie und gehen dahin
Mit Lust und machen zur Schmach es uns
Bei Sterblichen zu weilen!

   PAUSANIAS
Verdammest du

   DELIA
O warum lässest du
Zu sterben deinen Helden
So leicht es werden, Natur?
Zu gern nur, Empedokles,
Zu gerne opferst du dich,
Die Schwachen wirft das Schicksal um, und die andern
Die Starken achten es gleich, zu fallen, zu stehn,
Und werden, wie die Gebrechlichen.
Du Herrlicher! was du littest,
Das leidet kein Knecht
Und ärmer denn die andern Bettler
Durchwandertest du das Land,
Ja! freilich wahr ists,
Nicht die Verworfensten
Sind elend, wie eure Lieben, wenn einmal
Schmähliches sie berührt, ihr Götter.
Schön hat ers genommen.

O olhar no que permanece. Dize-me, o que poderá
Ainda viver e durar? O destino
Desenraiza os homens mais calados e se,
Afeiçoados a ele, ousaram, plenos de presságios,
Logo são rechaçados para fora e a juventude
Morre com a sua esperança.
Nada de mortal permanece
Em seu florir — Ai! E também os melhores
Passam para o lado dos deuses da morte,
Os exterminadores, também eles. E se vão
Com alegria, envergonhando-nos
De permanecer entre os mortais!

      PAUSÂNIAS
Condenas

      DÉLIA
Natureza, por que deixas
Teus heróis morrerem
Tão fácil?
Estás contente, contente demais
De sacrificar-te, Empédocles!
O destino abate os fracos e quanto aos outros,
Aos fortes, é indiferente sucumbir ou permanecer,
Tornando-se no fim como os fracos.
O que sofreste, sublime,
Nenhum servo poderá sofrer,
E percorreste esta terra
Mais pobre que qualquer outro mendigo.
Sim, é bem verdade,
Os mais abjetos não são
Tão miseráveis como os vossos amados, ó deuses,
Quando a ignomínia os toca.
Ele aceitou de bom grado seu destino.

PANTHEA
O nicht wahr?
Wie sollt er auch nicht?
Muß immer und immer doch
Was übermächtig ist
Der Genius überleben — gedachtet ihr,
Es halte der Stachel ihn auf? es beschleunigen ihm
Die Schmerzen den Flug und wie der Wagenlenker,
Wenn ihm das Rad in der Bahn
Zu rauchen beginnt, eilt
Der Gefährdete nur schneller zum Kranze!

DELIA
So freudig bist du, Panthea?

PANTHEA
Nicht in der Blüt und Purpurtraub
Ist heilge Kraft allein, es nährt
Das Leben vom Leide sich, Schwester!
Und trinkt, wie mein Held, doch auch
Am Todeskelche sich glücklich!

DELIA
Weh! mußt du so
Dich trösten, Kind?

PANTHEA
O nicht! es freuet mich nur,
Daß heilig, wenn es geschehn muß,
Das Gefürchtete, daß es herrlich geschieht.
Sind nicht, wie er, auch
Der Heroen einige zu den Göttern gegangen?
Erschrocken kam, lautweinend
Vom Berge, das Volk, ich sah
Nicht einen, ders ihm hätte gelästert,
Denn nicht, wie die Verzweifelnden
Entfliehet er heimlich, sie hörten es all,
Und ihnen glänzt' im Leide das Angesicht
Vom Worte, das er gesprochen —

PANTEIA
Não é verdade?
Poderia ser de outra forma?
O gênio deve sempre
Sobreviver ao que
Lhe é mais poderoso — pensastes
Que um espinho o detivesse? As dores
Aceleram seu voo e, como o auriga em perigo
Quando a roda na pista
Começa a soltar fumaça, corre
Mais rapidamente a conquistar a coroa.

DÉLIA
Estás tão feliz assim, Panteia?

PANTEIA
Não só na florescência e na uva purpúrea
Se manifesta a força sagrada, a vida
Se nutre do sofrimento, irmã,
E bebe, qual meu herói, com alegria
Até o cálice da morte!

DÉLIA
Ai, criança, deves
Consolar-te deste modo?

PANTEIA
Ó não! Só me alegra
Que o que tememos e deve mesmo acontecer,
Seja sagrado e esplêndido.
Não foram até alguns heróis,
Como ele, à morada dos deuses?
Apavorado descia o povo da montanha,
Aos prantos; não vi
Quem imprecasse contra ele,
Porquanto não foge em segredo
Como os desesperados, mas todos o ouviam
E na dor os rostos resplandeciam
Pelas palavras que ele proferira —

PAUSANIAS
So gehet festlich hinab
Das Gestirn und trunken
Von seinem Lichte glänzen die Täler?

PANTHEA
Wohl geht er festlich hinab —
Der Ernste, dein Liebster, Natur!
Dein treuer, dein Opfer!
O die Todesfürchtigen lieben dich nicht,
Täuschend fesselt ihnen die Sorge
Das Aug, an deinem Herzen
Schlägt dann nicht mehr ihr Herz, sie verdorren
Geschieden von dir — o heilig All!
Lebendiges! inniges! dir zum Dank
Und daß er zeuge von dir, du Todesloses!
Wirft lächelnd seine Perlen ins Meer,
Aus dem sie kamen, der Kühne.
So mußt es geschehn.
So will es der Geist
Und die reifende Zeit,
Denn Einmal bedurften
Wir Blinden des Wunders.

PAUSÂNIAS
Assim festivo desce
O astro e resplendecem
Os vales ébrios de sua luz?

PANTEIA
Por certo, desce festivo —
O homem austero, teu dileto, ó Natureza!
A tua vítima, fiel.
Oh, os que temem a morte, não te amam,
A preocupação os engana e lhes venda
Os olhos, seus corações
Não batem mais contra o teu, separados
De ti, murcham — Ó todo sagrado!
Vivente! Profundo! Para agradecer-te
E testemunhar-te, tu, imortal,
O audaz lança sorrindo as suas pérolas
Ao mar do qual vieram.
Assim tinha de acontecer.
Assim exigem o espírito
E o tempo da maturação,
Pois nós, cegos, necessitávamos
Uma vez o milagre.

A MORTE DE EMPÉDOCLES

TERCEIRA VERSÃO

DER TOD DES EMPEDOKLES

DRITTE FASSUNG

PERSONAGENS

Empédocles
Pausânias, seu amigo
Manes, um egípcio
Strato, senhor de Agrigento,
    irmão de Empédocles
Panteia, sua irmã
Séquito
Coro de Agrigentinos

PERSONEN

Empedokles
Pausanias, sein Freund
Manes, ein Aegyptier
Strato, Herr von Agrigent,
    Bruder des Empedokles
Panthea, seine Schwester
Gefolge
Chor der Agrigentiner

ERSTER AKT

ERSTER AUFTRITT

EMPEDOKLES
(vom Schlaf erwachend)
Euch ruf ich über das Gefild herein
Vom langsamen Gewölk, ihr heißen Strahlen
Des Mittags, ihr Gereiftesten, daß ich
An euch den neuen Lebenstag erkenne.
Denn anders ists wie sonst! vorbei, vorbei
Das menschliche Bekümmernis! als wüchsen
Mir Schwingen an, so ist mir wohl und leicht
Hier oben, hier, und reich genug und froh
Und herrlich wohn ich, wo den Feuerkelch
Mit Geist gefüllt bis an den Rand, bekränzt
Mit Blumen, die er selber sich erzog,
Gastfreundlich mir der Vater Aetna beut.
Und wenn das unterirdische Gewitter
Itzt festlich auferwacht zum Wolkensitz
Des nahverwandten Donnerers hinauf
Zur Freude fliegt, da wächst das Herz mir auch.
Mit Adlern sing ich hier Naturgesang.
Das dacht er nicht, daß in der Fremde mir
Ein anders Leben blühte, da er mich
Mit Schmach hinweg aus unsrer Stadt verwies,
Mein königlicher Bruder. Ach! er wußt es nicht,
Der kluge, welchen Segen er bereitete,
Da er vom Menschenbande los, da er mich frei
Erklärte, frei, wie Fittige des Himmels.
Drum galt es auch! Drum ward es auch erfüllt!
Mit Hohn und Fluch drum waffnete das Volk,
Das mein war, gegen meine Seele sich
Und stieß mich aus und nicht vergebens gellt'
Im Ohre mir das hunderstimmige,
Das nüchterne Gelächter, da der Träumer,
Der närrische, des Weges weinend ging.

PRIMEIRO ATO

Primeira Cena

EMPÉDOCLES
(*despertando*)
Esquivando-se das lentas nuvens, ó raios ardentes
Do meio-dia, os mais maduros, eu vos chamo
Aqui, sobre os campos: fazei-me
Conhecer por vós o novo dia de vida.
Tudo mudou! Foram-se
As aflições humanas! Como se
Me crescessem asas, sinto-me bem e leve
Aqui no alto, aqui, e rico, alegre,
Vivo esplendidamente, onde o pai Etna,
Acolhedor, me oferece o cálice de fogo,
Pleno até às bordas de espírito, coroado
De flores que ele mesmo cultivou.
E quando a tempestade subterrânea
Desperta agora festivamente do profundo e se lança
Rumo às nuvens, morada do fraterno
Trovão, então, meu coração também se eleva.
Com as águias canto à Natureza.
Quando ele, meu régio irmão me expulsou
Com ignomínia de nossa cidade,
Não imaginava que florescesse para mim
No exílio uma vida nova. Ah, não sabia,
Ele, o inteligente, que bênção me proporcionava
Desobrigando-me dos laços humanos, declarando-me
Livre, livre como asas no céu.
Por isso tudo foi válido! Por isso tudo se cumpriu!
Eis porque munido das armas do escárnio e da maldição, o povo
Que era meu, armou-se contra minha alma,
Expulsou-me e não em vão, ressoam
Em meus ouvidos as centenas de vozes,
A risada sem sentido, eu, o sonhador,
O tolo, me afastava chorando pelo caminho.

Beim Totenrichter! wohl hab ichs verdient!
Und heilsam wars; die Kranken heilt das Gift
Und eine Sünde straft die andere.
Denn viel gesündiget hab ich von Jugend auf,
Die Menschen menschlich nie geliebt, gedient,
Wie Wasser nur und Feuer blinder dient,
Darum begegneten auch menschlich mir
Sie nicht, o darum schändeten sie mir
Mein Angesicht, und hielten mich, wie dich
Allduldende Natur! du hast mich auch,
Du hast mich, und es dämmert zwischen dir
Und mir die alte Liebe wieder auf,
Du rufst, du ziehst mich nah und näher an.
Vergessenheit — o wie ein glücklich Segel
Bin ich vom Ufer los, des Lebens Welle
                mich von selbst
Und wenn die Woge wächst, und ihren Arm
Die Mutter um mich breitet, o was möcht
Ich auch, was möcht ich fürchten. Andre mag
Es freilich schröcken. Denn es ist ihr Tod.
O du mir wohlbekannt, du zauberische
Furchtbare Flamme! wie so stille wohnst
Du da und dort, wie scheuest du dich selbst
Und fliehest dich, du Seele des Lebendigen!
Lebendig wirst du mir und offenbar,
Mir birgst du dich, gebundner Geist, nicht länger,
Mir wirst du helle, denn ich fürcht es nicht.
Denn sterben will ja ich. Mein Recht ist dies.
Ha! Götter, schon, wie Morgenrot, ringsum
Und drunten tost der alte Zorn vorüber!
Hinab hinab ihr klagenden Gedanken!
Sorgfältig Herz! ich brauche nun dich nimmer.
Und hier ist kein Bedenken mehr. Es ruft
Der Gott —
     (da er den Pausanias gewahr wird)
           und diesen Allzutreuen muß
Ich auch befrein, mein Pfad ist seiner nicht.

Pelo juiz dos mortos! Bem o mereci!
E foi salutar; o veneno cura os enfermos
E um pecado pune o outro.
Pois muito pequei desde a juventude,
Nunca amei os homens com calor humano,
Servia mais às cegas como só água e fogo podem servir,
Eis porque também eles não me trataram
Humanamente, ultrajando
Meu rosto e considerando-me como a ti,
Ó Natureza que tudo toleras! Agora sou teu!
Pertenço-te, entre ti
E mim renasce o antigo amor,
Tu me chamas e me atrais para perto, sempre mais perto.
Esquecimento — sinto-me livre, feliz
Como um barco à vela no infinito, onda da vida,
    eu mesmo,
E quando a onda subir e seu braço
Materno me envolver, o que mais
Poderia temer? Outros, por certo, podem
Amedrontar-se com ela: para eles é a morte.
Conheço-a bem, ó chama encantadora,
Temível. Como vives silenciosamente
Em toda a parte, temes a ti mesma
E te esquivas, alma de tudo o que vive!
Espírito cativo, tornas-te vivente e
Manifesto a mim, não mais te escondes
E te tornas claro, pois nada temo.
Quero morrer. É meu direito.
Ó deuses, tudo em torno já é aurora
E lá embaixo passa rugindo a antiga ira!
Longe de mim lamentações!
Coração ansioso, já não preciso mais de ti,
Nem é possível hesitar. O deus
Chama —
  (*percebendo a presença de Pausânias*)
    devo ainda liberar esta alma
Demasiado fiel; minha senda não é a dele.

ZWEITER AUFTRITT

Pausanias. Empedokles

PAUSANIAS
Du scheinest freudig auferwacht, mein Wanderer.

EMPEDOKLES
Schon hab ich, lieber, und vergebens nicht
Mich in der neuen Heimat umgesehn.
Die Wildnis ist mir hold, auch dir gefällt,
           die edle Burg,
                    unser Aetna.

PAUSANIAS
Sie haben uns verbannt, sie haben dich,
Du Gütiger! geschmäht und glaub es mir,
Unleidlich warst du ihnen längst und innig
In ihre Trümmer schien, in ihre Nacht
Zu helle den Verzweifelten das Licht.
Nun mögen sie vollenden, ungestört
Im uferlosen Sturm, indes den Stern
Die Wolke birgt, ihr Schiff im Kreise treiben.
Das wußt ich wohl, du Göttlicher, an dir
Entweicht der Pfeil, der andre trifft und wirft.
Und ohne Schaden, wie am Zauberstab
Die zahme Schlange, spielt' um dich von je
Die ungetreue Menge, die du zogst,
Die du am Herzen hegtest, liebender!
Nun! laß sie nur! sie mögen ungestalt
Lichtscheu am Boden taumeln, der sie trägt,
Und allbegehrend, allgeängstiget
Sich müde rennen, brennen mag der Brand,
Bis er erlischt — wir wohnen ruhig hier!

Segunda Cena

Pausânias. Empédocles

PAUSÂNIAS
Pareces ter despertado contente, meu viandante.

EMPÉDOCLES
Já explorei e não em vão
A nova pátria, amado.
Este lugar selvático me é propício, também te agradará
    este nobre refúgio,
       nosso Etna.

PAUSÂNIAS
Eles nos exilaram, ultrajando-te
Em tua bondade; mas há tempos, acredita-me,
Não podiam mais suportar-te e no profundo
De suas ruínas, em sua noite, brilhava
Clara demais a luz aos desesperados.
Podem agora, sem estorvo, na tempestade sem fim,
Completar a obra, enquanto a nuvem cobre
O astro, gira em círculo seu navio.
Eu bem sabia, divino, desvia-se de ti
A flecha que a outros fere e abate.
E sem dano, como na varinha mágica
A cobra dócil, a multidão desleal
Que criaste e nutriste no coração,
Sempre se movia a teu redor, amado.
Deixa-os, agora! Possam informes,
Tenebrosos, cambalear ao solo que os sustém,
E em infinitos desejos e angústias
Extenuar-se de tanto correr; queime o incêndio
Até extinguir-se — nós aqui vivemos tranquilos.

EMPEDOKLES
Ja! ruhig wohnen wir; es öffnen groß
Sich hier vor uns die heilgen Elemente.
Die Mühelosen regen immergleich
In ihrer Kraft sich freudig hier um uns.
An seinen festen Ufern wallt und ruht
Das alte Meer, und das Gebirge steigt
Mit seiner Ströme Klang, es wogt und rauscht
Sein grüner Wald von Tal zu Tal hinunter.
Und oben weilt das Licht, der Aether stillt
Den Geist und das geheimere Verlangen.
Hier wohnen ruhig wir!

PAUSANIAS
So bleibst du wohl
Auf diesen Höhn, und lebst in deiner Welt,
Ich diene dir und sehe, was uns not ist.

EMPEDOKLES
Nur weniges ist not, und selber mag
Ich gerne dies von jetzt an mir besorgen.

PAUSANIAS
Doch lieber! hab ich schon für einiges,
Was du zuerst bedarfst, zuvorgesorgt.

EMPEDOKLES
Weißt du, was ich bedarf?

PAUSANIAS
Als wüßt ich nicht,
Womit genügt dem Hochgenügsamen.
Und wie das Leben, das zu lieber Not
Der innigen Natur geworden ist,
Das kleinste dem Vertrauten viel bedeutet.
Indes du gut auf kahler Erde hier
In heißer Sonne schliefst, gedacht ich doch,
Ein weicher Boden, und die kühle Nacht

EMPÉDOCLES
Sim! Vivemos tranquilos; imensos abrem-se
Diante de nós, os elementos sagrados.
Incansáveis e constantes
Em sua força, movem-se alegres à nossa volta.
O mar antigo ondula e repousa
Em suas praias firmes e se eleva a montanha
Ao ressoar de seus rios; flutua e murmura
A floresta verde de vale em vale.
E no alto flameja a luz: o éter aplaca
O espírito e os desejos mais secretos.
Aqui vivemos tranquilos!

PAUSÂNIAS
              Assim permanecerás
Nestas alturas, vivendo em teu mundo;
Eu te servirei, provendo o necessário.

EMPÉDOCLES
De pouco preciso e eu mesmo desejo,
De agora em diante, cuidar deste pouco.

PAUSÂNIAS
Mas, já providenciei, amado,
Algo que logo necessitarás.

EMPÉDOCLES
Sabes do que necessito?

PAUSÂNIAS
              Como se não soubesse
O que basta ao grande e modesto.
E como a vida, mesmo a mais insignificante,
Se transformou em grata necessidade da
Íntima Natureza, muito significa a seu confidente.
Enquanto estavas imerso no sono,
Sob o sol ardente, sobre a terra nua,
Pensei que para a noite fria fosse melhor

In einer sichern Halle wäre besser.
Auch sind wir hier, die Allverdächtigen,
Den Wohnungen der andern fast zu nah.
Nicht lange wollt ich ferne sein von dir
Und eilt hinauf und glücklich fand ich bald,
Für dich und mich gebaut, ein ruhig Haus.
Ein tiefer Fels, von Eichen dicht umschirmt,
Dort in der dunkeln Mitte des Gebirgs,
Und nah entspringt ein Quell, es grünt umher
Die Fülle guter Pflanzen, und zum Bett
Ist Überfluß von Laub und Gras bereitet.
Da lassen sie dich ungeschmäht, und tief und still
Ists wenn du sinnst, und wenn du schläfst, um dich,
Ein Heiligtum ist mir mit dir die Grotte.
Komm, siehe selbst, und sage nicht, ich tauge
Dir künftig nicht, wem taugt ich anders denn?

   EMPEDOKLES
Du taugst zu gut.

   PAUSANIAS
      Wie könnt ich dies?

   EMPEDOKLES
        Auch du
Bist allzutreu, du bist ein töricht Kind.

   PAUSANIAS
Das sagst du wohl, doch klügers weiß ich nicht,
Wie des zu sein, dem ich geboren bin.

   EMPEDOKLES
Wie bist du sicher?

   PAUSANIAS
      Warum denn nicht?
Wofür denn hättest du auch einst, da ich,
Der Waise gleich, am heldenarmen Ufer

Um solo macio em abrigo mais seguro.
Além do mais nós, suspeitos a todos,
Moramos perto demais dos outros.
Para não permanecer muito tempo longe de ti,
Subi apressado e tive a ventura de
Encontrar um teto tranquilo, que nos convém.
Uma gruta profunda, circundada por densos carvalhos,
No meio sombrio da montanha;
Perto brota uma nascente, ao redor verdejam
Plantas frutíferas em abundância e como leito
Há folhagens e ervas em profusão.
Lá não poderão ultrajar-te; e profundo silêncio
Te envolverá, ao meditares ou dormires;
Contigo, a gruta parecer-me-á um santuário.
Vem! Verás por ti mesmo; e não digas mais tarde que sou
Incapaz de servir-te. A quem mais poderia ser útil?

  EMPÉDOCLES
Sois útil demais.

  PAUSÂNIAS
    Como assim?

  EMPÉDOCLES
      És
Fiel demais, uma criança tola.

  PAUSÂNIAS
Tu o dizes. Mas nada há de mais sábio
Que pertencer àquele para quem nasci.

  EMPÉDOCLES
Tens certeza?

  PAUSÂNIAS
    Por que não?
Por qual motivo me terias outrora,
Benévolo, estendido as mãos quando, como um órfão,

Mir einen Schutzgott sucht und traurig irrte,
Du Gütiger, die Hände mir gereicht?
Wofür mit irrelosem Auge wärst du
Auf deiner stillen Bahn, du edles Licht
In meiner Dämmerung mir aufgegangen?
Seitdem bin ich ein anderer, und dein
Und näher dir und einsamer mit dir,
Wächst froher nur die Seele mir und freier.

EMPEDOKLES
O still davon!

PAUSANIAS
Warum? Was ists? wie kann
Ein freundlich Wort dich irren, teurer Mann?

EMPEDOKLES
Geh! Folge mir, und schweig und schone mich
Und rege du nicht auch das Herz mir auf. —
Habt ihr zum Dolche die Erinnerung
Nicht mir gemacht? nun wundern sie sich noch
Und treten vor das Auge mir und fragen.
Nein! du bist ohne Schuld — nur kann ich, Sohn!
Was mir zu nahe kömmt, nicht wohl ertragen.

PAUSANIAS
Und mich, mich stößest du von dir? o denk an dich,
Sei, der du bist, und siehe mich, und gib,
Was ich nun weniger entbehren kann,
Ein gutes Wort aus reicher Brust mir wieder.

EMPEDOKLES
Erzähle, was dir wohlgefällt, dir selbst,
Für mich ist, was vorüber ist, nicht mehr.

PAUSANIAS
Ich weiß es wohl, was dir vorüber ist,
Doch du und ich, wir sind uns ja geblieben.

Errava triste ao longo da praia, sem heróis,
Procurando um deus protetor?
Por que em teu caminho silencioso
Terias surgido com olhar decidido
Em meu crepúsculo, nobre luz?
A partir desse momento, sou outro; mais alegre
E mais livre viceja-me a alma
Por pertencer-te, estando mais próxima e só contigo.

EMPÉDOCLES
Cala-te!

PAUSÂNIAS
Por quê? O que é isto? Como pode
Uma palavra amiga perturbar-te, meu caro?

EMPÉDOCLES
Vem comigo, em silêncio e me poupa
E não agites meu coração! —
Não basta ter-me transformado a lembrança
Em punhal? Agora ainda se espantam,
Aparecem diante de meus olhos e indagam.
Não! Não tens culpa, filho — sou eu que não posso
Suportar que penetrem demais em minha intimidade.

PAUSÂNIAS
E é a mim que repudias? Oh, pensa em ti,
Sê quem és, olha-me para dar-me
O que agora tanto necessito:
Uma boa palavra de teu coração tão pródigo!

EMPÉDOCLES
Dize a ti mesmo o que te aprouver;
Para mim, o que passou não mais existe.

PAUSÂNIAS
Bem sei o que passaste
Mas tu e eu, nos mantivemos próximos.

EMPEDOKLES
Sprich lieber mir von anderem, mein Sohn!

PAUSANIAS
Was hab ich sonst?

EMPEDOKLES
Verstehest du mich auch?
Hinweg! ich hab es dir gesagt und sag
Es dir, es ist nicht schön, daß du dich
So ungefragt mir an die Seele dringest,
An meine Seite stets, als wüßtest du
Nichts anders mehr, mit armer Angst dich hängst.
Du mußt es wissen, dir gehör ich nicht
Und du nicht mir, und deine Pfade sind
Die meinen nicht; mir blüht es anderswo.
Und was ich mein', es ist von heute nicht,
Da ich geboren wurde, wars beschlossen.
Sieh auf und wags! was Eines ist, zerbricht,
Die Liebe stirbt in ihrer Knospe nicht
Und überall in freier Freude teilt
Des Lebens luftger Baum sich auseinander.
Kein zeitlich Bündnis bleibet, wie es ist,
Wir müssen scheiden, Kind! und halte nur
Mein Schicksal mir nicht auf und zaudre nicht.

O sieh! es glänzt der Erde trunknes Bild,
Das göttliche, dir gegenwärtig, Jüngling,
Es rauscht und regt durch alle Lande sich
Und wechselt, jung und leicht, mit frommem Ernst
Der geschäftge Reigentanz, womit den Geist
Die Sterblichen, den alten Vater, feiern.
Da gehe du und wandle taumellos
Und menschlich mit und denk am Abend mein.
Mir aber ziemt die stille Halle, mir
Die hochgelegene, geräumige,
Denn Ruhe brauch ich wohl, zu träge sind,
Zum schnellgeschäftigen Spiel der Sterblichen,

    EMPÉDOCLES
Fala-me de outra coisa, filho!

    PAUSÂNIAS
De que mais?

    EMPÉDOCLES
            Consegues compreender-me?
Vai embora! Eu te disse e
Repito, não é agradável que tu, não solicitado,
Te insinues em minha alma,
Sempre a meu lado, apegando-te a mim
Com deplorável angústia, como se não soubesses fazer mais nada.
Tens de saber: eu não sou teu
Nem tu és meu; e a tua senda não
É a minha; meu futuro floresce noutra parte.
Este pensamento não é de hoje,
Já estava decidido desde meu nascimento.
Ergue os olhos e ousa! O Uno se
Fragmenta, o amor não morre em seu botão
E por toda a parte a árvore esvoaçante
Da vida se ramifica em livre alegria.
Nenhum vínculo temporal permanece o mesmo;
Devemos separar-nos, filho!
Não hesites! Não detenhas meu destino!

Olha! Esplende diante de ti, meu jovem,
A imagem inebriada e divina da terra;
E por toda a parte murmura e faz-se sentir,
E, vai-se alternando com devota gravidade, leve e jovem,
A dança operosa com a qual os mortais
Celebram o espírito, o antigo pai.
Vai também e humano e resoluto
Caminha ao lado deles; e, à noite, recorda-te de mim.
Mas a mim condiz o espaço silencioso,
Elevado e amplo,
Pois necessito paz; meus membros estão
Preguiçosos demais para o jogo agitado e

Die Glieder mir und hab ich sonst dabei
Ein feiernd Lied in Jugendlust gesungen,
Zerschlagen ist das zarte Saitenspiel.
O Melodien über mir! es war ein Scherz!
Und kindisch wagt ich sonst euch nachzuahmen,
Ein fühllos leichtes Echo tönt' in mir,
Und unverständlich nach —
Nun hör ich ernster euch, ihr Götterstimmen.

    PAUSANIAS
Ich kenne nimmer dich, nur traurig ist
Mir, was du sagst, doch alles ist ein Rätsel.
Was hab ich auch, was hab ich dir getan,
Daß du mich so, wie dirs gefällt, bekümmerst
Und namenlos dein Herz, des Einen noch,
Des Letzten los zu sein, sich freut und müht.
Das hofft ich nicht, da wir Geächtete
Den Wohnungen der Menschen scheu vorüber
Zusammen wandelten in wilder Nacht,
Und darum, lieber! war ich nicht dabei,
Wenn mit den Tränen dir des Himmels Regen
Vom Angesichte troff, und sah es an,
Wenn lächelnd du das rauhe Sklavenkleid
Mittags an heißer Sonne trocknetest
Auf schattenlosem Sand, wenn du die Spuren
Wohl manche Stunde wie ein wundes Wild
Mit deinem Blute zeichnetest, das auf
Den Felsenpfad von nackter Sohle rann.
Ach! darum ließ ich nicht mein Haus und lud
Des Volkes und des Vaters Fluch mir auf,
Daß du mich, wo du wohnen willst und ruhn,
Wie ein verbraucht Gefäß, bei Seite werfest.
Und willst du weit hinweg? wohin? wohin?
Ich wandre mit, zwar steh ich nicht wie du
Mit Kräften der Natur in trautem Bunde,
Mir steht wie dir Zukünftiges nicht offen,
Doch freudig in der Götter Nacht hinaus
Schwingt seine Fittige mein Sinn, und fürchtet

Operoso dos mortais e se outrora, na alegria
Da juventude, me uni a seu canto festivo,
Em pedaços está agora a suave cítara.
Ó melodias do alto! Foi um gracejo!
De modo pueril, ousei outrora imitar-vos
Ressoava em mim um eco tênue, imperceptível,
Incompreensível —
Agora mais seriamente vos escuto, vozes divinas.

PAUSÂNIAS
Não te conheço mais; e o que dizes
Me entristece, tudo é enigma.
O que eu, o que eu te fiz?
Por que te comprazes em afligir-me tanto
E estranhamente teu coração se alegra
Esforçando-se em livrar-se do único e derradeiro amigo?
Não esperava por isso, pois nós, banidos,
Passávamos, furtivos, pelas casas
Dos homens na noite hostil;
Portanto, meu caro, não era eu que estava a teu lado
Quando a chuva do céu deslizava por tua face
Misturando-se com as lágrimas, olhava-te, e tu sorrias,
Secando a roupa rude
De escravo no sol ardente do meio-dia,
Na areia sem sombras? E muitas vezes,
Como animal ferido, desenhavas teus
Rastros com sangue a escorrer
De teus pés descalços na senda rochosa.
Ai de mim! Não deixei minha casa, nem atrai
Sobre mim o anátema do povo e de meu pai,
Para me jogares fora como um jarro usado
Querendo fixar domicílio e repousar.
Vais para longe? Aonde? Aonde?
Acompanhar-te-ei, embora não esteja como tu
Em estreita união com as forças da Natureza
Nem descortine o futuro como tu.
Todavia meu espírito lança alegre
Suas asas na noite dos deuses, sempre sem

Noch immer nicht die mächtigeren Blicke.
Ja! wär ich auch ein Schwacher, dennoch wär
Ich, weil ich so dich liebe, stark, wie du.
Beim göttlichen Herakles! stiegst du auch,
Und die Gewaltigen, die drunten sind,
Versöhnend die Titanen heimzusuchen,
Ins bodenlose Tal, vom Gipfel dort,
Und wagtest dich ins Heiligtum des Abgrunds,
Wo duldend vor dem Tage sich das Herz
Der Erde birgt und ihre Schmerzen dir
Die dunkle Mutter sagt, o du der Nacht
Des Aethers Sohn! ich folgte dir hinunter.

EMPEDOKLES
So bleib!

PAUSANIAS
Wie meinst du dies?

EMPEDOKLES
Du gabst
Dich mir, bist mein; so frage nicht!

PAUSANIAS
Es sei!

EMPEDOKLES
Und sagst du mirs noch einmal, Sohn, und gibst
Dein Blut und deine Seele mir für immer?

PAUSANIAS
Als hätt ich so ein loses Wort gesagt
Und zwischen Schlaf und Wachen dirs versprochen?
Unglaubiger! ich sags und wiederhol es:
Auch dies, auch dies, es ist von heute nicht,
Da ich geboren wurde, wars beschlossen.

Temer os olhares mais potentes.
Sim! Mesmo se eu fosse um fraco, por amar-te
Tanto, tornar-me-ia forte como tu.
Pelo divino Hércules! E se descesses das alturas
Para visitar os Titãs aplacando
As potências lá embaixo,
Chegando ao vale sem fundo e ousasses
Entrar no santuário do abismo
Onde, antes do alvorecer, se oculta paciente
O coração da terra: mãe sombria
Confidenciando-te suas dores, filho da noite
E do éter, eu te seguiria até lá!

    EMPÉDOCLES
Então permanece!

    PAUSÂNIAS
      O que queres dizer?

    EMPÉDOCLES
                Tu te entregaste
A mim, és meu; portanto, não perguntes!

    PAUSÂNIAS
              De acordo!

    EMPÉDOCLES
Queres dizer-me novamente, filho, que doas
Teu sangue e tua alma para sempre?

    PAUSÂNIAS
Acaso eu disse palavras vazias,
Promessas entre sonho e vigília?
Incrédulo! Eu digo e repito:
Não é de hoje isto também, não é!
Já estava decidido, quando nasci.

EMPEDOKLES
Ich bin nicht, der ich bin, Pausanias,
Und meines Bleibens ist auf Jahre nicht,
Ein Schimmer nur, der bald vorüber muß,
Im Saitenspiel ein Ton —

PAUSANIAS
So tönen sie,
So schwinden sie zusammen in die Luft!
Und freundlich spricht der Widerhall davon.
Versuche nun mich länger nicht und laß
Und gönne du die Ehre mir, die mein ist!
Hab ich nicht Leid genug, wie du, in mir?
Wie möchtest du mich noch beleidigen!

EMPEDOKLES
O allesopfernd Herz! und dieser gibt
Schon mir zulieb die goldne Jugend weg!
Und ich! o Erd und Himmel! siehe! noch,
Noch bist du nah, indes die Stunde flieht,
Und blühest mir, du Freude meiner Augen.
Noch ists, wie sonst, ich halt im Arme,
Als wärst du mein, wie meine Beute dich,
Und mich betört der holde Traum noch einmal.
Ja! herrlich wärs, wenn in die Grabesflamme
So Arm in Arm statt Eines Einsamen
Ein festlich Paar am Tagesende ging',
und gerne nähm ich, was ich hier geliebt,
Wie seine Quellen all ein edler Strom,
Der heilgen Nacht zum Opfertrank, hinunter.
Doch besser ists, wir gehen unsern Pfad
Ein jeder, wie der Gott es ihm beschied.
Unschuldiger ist dies, und schadet nicht.
Und billig ists und recht, daß überall
Des Menschen Sinn sich eigen angehört.
Und dann — es trägt auch leichter seine Bürde
Und sicherer der Mann, wenn er allein ist.
So wachsen ja des Waldes Eichen auch
Und keines kennt, so alt sie sind, das andre.

EMPÉDOCLES
Não sou mais eu mesmo, Pausânias,
Nem permanecerei aqui por muitos anos;
Sou simples vislumbre que logo passará,
Som de cítara —

PAUSÂNIAS
              Ressoam as notas,
Juntas esvanecem no ar!
E amavelmente o eco as repercute.
Não me tentes mais, deixa!
Concede-me a honra que me pertence.
Já não sofri bastante, como tu?
Como podes ainda ultrajar-me?

EMPÉDOCLES
Ó coração disposto a todo sacrifício! Este rapaz
Renuncia por mim à dourada juventude!
E eu! Ó terra e céu! Vê, enquanto
A hora se vai, me estás ainda perto
E floresces por mim, alegria de meus olhos.
Como outrora, tenho-te ainda nos braços
Como se fosses meu, minha presa,
E ainda uma vez o doce sonho me seduz.
Sim, seria esplêndido se na chama fúnebre
Em vez de Um Só subisse de braço dado
Um par festivo ao fim do dia;
E de bom grado levaria comigo o que na terra amei
Como um rio nobre todas as suas nascentes,
Para brindar em sacrifício à noite sagrada.
Melhor porém cada um trilhar
A senda que Deus lhe destinou.
É mais inocente e inócua.
Pois justo e certo é que por toda a parte
O ânimo do homem a ele pertença.
Além do mais, estando só, o homem suporta com mais
Facilidade e maior segurança o próprio fardo.
Assim, crescem os carvalhos do bosque
E, mesmo antigos, nenhum conhece o outro.

PAUSANIAS
Wie du es willst! Ich widerstrebe nicht.
Du sagst es mir und wahr ists wohl und lieb
Ist billig mir dies letzte Wort von dir.
So geh ich denn! und störe deine Ruhe
Dir künftig nicht, auch meinest du es gut,
Daß meinem Sinne nicht die Stille tauge.

EMPEDOKLES
Doch, lieber, zürnst du nicht?

PAUSANIAS
           Mit dir? Mit dir?

EMPEDOKLES
Was ist denn? ja! weißt du nun, wohin?

PAUSANIAS
Gebiet es mir.

EMPEDOKLES
      Es war mein letzt Gebot,
Pausanias! die Herrschaft ist am Ende.

PAUSANIAS
Mein Vater! rate mir!

EMPEDOKLES
           Wohl manches sollt
Ich sagen, doch verschweig ich dirs,
Es will zum sterblichen Gespräche fast
Und eitlem Wort die Zunge nimmer dienen.
Sieh! liebster! anders ists und leichter bald
Und freier atm' ich auf, und wie der Schnee
Des hohen Aetna dort am Sonnenlichte
Erwarmt und schimmert und zerrinnt, und los
Vom Berge wogt und Iris froher Bogen sich
Der blühende beim Fall der Wogen schwingt,

PAUSÂNIAS
Como quiseres! Não me oponho.
O que dizes é, por certo, verdadeiro e bom,
Justas são estas tuas últimas palavras.
Vou-me então! E não mais perturbarei
Tua paz, tens razão
O silêncio não condiz comigo.

EMPÉDOCLES
Zangaste comigo, amigo?

PAUSÂNIAS
     Eu? Contigo?

EMPÉDOCLES
O que foi? Então, já sabes aonde ir?

PAUSÂNIAS
Dispõe de mim!

EMPÉDOCLES
    Foi minha última ordem,
Pausânias! Meu poder chegou ao fim.

PAUSÂNIAS
Aconselha-me, pai!

EMPÉDOCLES
      Deveria sem dúvida
Dizer-te muitas coisas, mas prefiro calar-me.
À palavras vãs e à conversa mortal
A minha língua mal se presta a servir.
Vê! Caríssimo! Tudo mudou! Logo
Respirarei mais leve e livre; como a neve
Do alto Etna, se aquece e resplendece
À luz do sol e derretendo-se, escorre livre
Pela montanha, assim o sereno arco-íris em flor
Se desdobra ao descer das águas;

So rinnt und wogt vom Herzen mir es los,
So hallt es weg, was mir die Zeit gehäuft,
Die Schwere fällt, und fällt, und helle blüht
Das Leben, das ätherische, darüber.
Nun wandre mutig, Sohn, ich geb und küsse
Verheissungen auf deine Stirne dir,
Es dämmert dort Italiens Gebirg,
Das Römerland, das tatenreiche, winkt,
Dort wirst du wohlgedeihn, dort, wo sich froh
Die Männer in der Kämpferbahn begegnen,
O Heldenstädte dort! und du, Tarent!
Ihr brüderlichen Hallen, wo ich oft
Lichttrunken einst mit meinem Plato ging
Und immerneu uns Jünglingen das Jahr
Und jeder Tag erschien in heilger Schule.
Besuch ihn auch, o Sohn, und grüß ihn mir,
Den alten Freund an seiner Heimat Strom,
Am blumigen Ilissus, wo er wohnt.
Und will die Seele dir nicht ruhn, so geh
Und frage sie, die Brüder in Aegyptos.
Dort hörest du das ernste Saitenspiel
Uraniens und seiner Töne Wandel.
Dort öffnen sie das Buch des Schicksals dir.
Geh! fürchte nichts! es kehret alles wieder.
Und was geschehen soll, ist schon vollendet.

(Pausanias geht ab)

Dritter Auftritt

Manes. Empedokles

MANES
Nun! säume nicht! bedenke dich nicht länger.
Vergeh! vergeh! damit es ruhig bald
Und helle werde, Trugbild!

Assim solta-se e flui livremente meu coração,
Diluindo o que o tempo acumulou.
Esvai-se a opressão; e, no alto floresce,
Clara e etérea, a vida.
Caminha agora com coragem, filho; beijando-te
À testa, eu te revelo estas profecias:
Descortinam-se ao longe as montanhas da Itália,
A terra operosa dos romanos te chama,
Lá serás próspero, lá onde os homens
Alegres, enfrentam-se em competição.
Ó cidades de heróis! E tu, Tarento!
Vós, pórticos fraternos, onde eu, outrora,
Ébrio de luz, muitas vezes passeava com meu amigo Platão,
E a nós, jovens, cada dia e cada ano
Na escola sagrada, sempre novo parecia.
Vai visitá-lo também, filho; saúda-o por mim,
O velho amigo que vive às margens floridas
Do Ilisso, rio de sua terra natal.
E se tua alma não encontrar paz, vai
E interroga meus irmãos no Egito.
Lá escutarás a cítara solene
De Urânia e seus sons mutáveis.
Lá te abrirão o livro do destino.
Vai! Não temas! Tudo retorna.
E o que deve acontecer, já se consumou.
(Pausânias afasta-se)

Terceira Cena

Manes. Empédocles

MANES
Pois bem! Não tardes! Não hesites mais.
Dissipa-te, fantasma, esvanece! Para que tudo
Volte logo à luz e à calma!

EMPEDOKLES
                    Was? woher?
Wer bist du, Mann!

        MANES
                Der Armen Einer auch
Von diesem Stamm, ein Sterblicher, wie du.
Zu rechter Zeit gesandt, dir, der du dich
Des Himmels Liebling dünkst, des Himmels Zorn,
Des Gottes, der nicht müßig ist, zu nennen.

        EMPEDOKLES
Ha! kennst du den?

        MANES
                Ich habe manches dir
Am fernen Nil gesagt.

        EMPEDOKLES
                Und du? du hier?
Kein Wunder ists! Seit ich den Lebenden
Gestorben bin, erstehen mir die Toten.

        MANES
Die Toten reden nicht, wo du sie fragst.
Doch wenn du eines Worts bedarfst, vernimm.

        EMPEDOKLES
Die Stimme, die micht ruft, vernehm ich schon.

        MANES
So redet es mit dir?

        EMPEDOKLES
                Was soll die Rede, Fremder!

EMPÉDOCLES
      O quê? De onde vens,
Homem? Quem és?

MANES
    Como tu,
Sou da mesma estirpe, um pobre mortal.
Enviado a tempo a ti que te
Julgas predileto do céu, anunciando-te
A ira celeste, do Deus sempre ativo.

EMPÉDOCLES
Tu o conheces?

MANES
     Muito te falei
Às margens do longínquo Nilo.

EMPÉDOCLES
     És mesmo tu? Aqui?
Não é de espantar! Desde que morri
Para os vivos, ressurgem-me os mortos.

MANES
Os mortos não respondem, se os interrogares,
Porém, se pode uma palavra servir-te, escuta!

EMPÉDOCLES
Já percebo a voz que me chama.

MANES
Assim se fala contigo?

EMPÉDOCLES
    Para que a discussão, estrangeiro?

MANES
Ja! fremde bin ich hier und unter Kindern.
Das seid ihr Griechen all. Ich hab es oft
Vormals gesagt. Doch wolltest du mir nicht,
Wie dirs erging bei deinem Volke, sagen?

EMPEDOKLES
Was mahnst du mich? Was rufst du mir noch einmal?
Mir ging es, wie es soll.

MANES
Ich wußt es auch
Schon längst voraus, ich hab es dir geweissagt.

EMPEDOKLES
Nun denn! was hältst du es noch auf? was drohst
Du mit der Flamme mir des Gottes, den
Ich kenne, dem ich gern zum Spiele dien,
Und richtest mir mein heilig Recht, du Blinder!

MANES
Was dir begegnen muß, ich ändr' es nicht.

EMPEDOKLES
So kamst du her, zu sehen, wie es wird?

MANES
O scherze nicht, und ehre doch dein Fest,
Umkränze dir dein Haupt, und schmück es aus,
Das Opfertier, das nicht vergebens fällt.
Der Tod, der jähe, er ist ja von Anbeginn,
Das weißt du wohl, den Unverständigen
Die deinesgleichen sind, zuvorbeschieden.
Du willst es und so seis! Doch sollst du mir
Nicht unbesonnen, wie du bist, hinab,
Ich hab ein Wort, und dies bedenke, Trunkner!
Nur Einem ist es Recht, in dieser Zeit,
Nur Einen adelt deine schwarze Sünde.

MANES
Sim, sou estrangeiro aqui, entre crianças
Como todos vós, gregos. Muitas vezes
O disse. Mas não gostarias de
Contar-me o que se passou contigo entre teu povo?

EMPÉDOCLES
Por que me fazes recordar? O que me evocas ainda uma vez?
Aconteceu-me o que devia acontecer.

MANES
      Eu também o
Sabia, há muito e o predissera.

EMPÉDOCLES
Pois bem! O que esperas? Por que me
Ameaças com a chama do Deus que
Eu bem conheço, a quem me presto como joguete;
E, cego, ousas julgar o meu direito sagrado?

MANES
Eu não mudarei o que te deve acontecer.

EMPÉDOCLES
Então vieste só para ver como se dará?

MANES
Oh, não brinques, mas honra a tua festa,
Cinge de grinalda a tua cabeça e a enfeita,
A vítima, para que não caia em vão,
Bem o sabes, a morte súbita
Está desde o início reservada
Aos insensatos como tu.
Queres assim? Assim seja! Porém não deves precipitar-te
No abismo desatinado, como estás agora!
Tenho uma palavra para dizer-te; reflete sobre ela, ébrio!
Só a Um se faz justiça neste tempo,
Só Um enobrece teu negro pecado,

Ein größrer ists, denn ich! denn wie die Rebe
Von Erd und Himmel zeugt, wenn sie getränkt
Von hoher Sonn aus dunklem Boden steigt,
So wächst er auf, aus Licht und Nacht geboren.
Es gärt um ihn die Welt, was irgend nur
Beweglich und verderbend ist im Busen
Der Sterblichen, ist aufgeregt von Grund aus.
Der Herr der Zeit, um seine Herrschaft bang,
Thront finster blickend über der Empörung.
Sein Tag erlischt, und seine Blitze leuchten,
Doch was von oben flammt, entzündet nur,
Und was von unten strebt, die wilde Zwietracht.
Der Eine doch, der neue Retter faßt
Des Himmels Strahlen ruhig auf, und liebend
Nimmt er, was sterblich ist, an seinen Busen,
Und milde wird in ihm der Streit der Welt.
Die Menschen und die Götter söhnt er aus
Und nahe wieder leben sie, wie vormals.
Und dass, wenn er erschienen ist, der Sohn
Nicht größer, denn die Eltern sei, und nicht
Der heilge Lebensgeist gefesselt bleibe
Vergessen über ihm, dem Einzigen,
So lenkt er aus, der Abgott seiner Zeit,
Zerbricht, er selbst, damit durch reine Hand
Dem Reinen das Notwendige geschehe,
Sein eigen Glück, das ihm zu glücklich ist,
Und gibt, was er besaß, dem Element,
Das ihn verherrlichte, geläutert wieder.
Bist du der Mann? derselbe? bist du dies?

EMPEDOKLES
Ich kenne dich im finstern Wort, und du,
Du Alleswissender, erkennst mich auch.

MANES
O sage, wer du bist! und wer bin ich?

E ele é bem maior que eu! Como a videira
Presta testemunho do céu e da terra, ao ser banhada
Pelo alto sol erguendo-se do solo escuro,
Assim ele, nascido de luz e noite;
Faz o mundo fervilhar a sua volta, agitando
E revolvendo toda a corrupção e o tumulto
Que há no peito dos mortais.
O senhor do tempo, afligindo-se por seu poder,
Domina a revolta com olhar tenebroso.
Seu dia declina e lampejam seus raios,
Todavia tudo o que flameja do alto
E pressiona de baixo, só acirra a feroz discórdia.
Mas Um, o novo salvador, recolhe
Sereno os raios celestes, estreitando
Amorosamente em seu seio o que é mortal,
Amenizando o conflito do mundo.
E reconcilia homens e deuses
Que voltam a viver próximos, como outrora.
E a fim que, ao aparecer, o filho
Não seja maior que os pais, e o
Sagrado espírito da vida não permaneça prisioneiro e
Esquecido por causa dele, do Único,
Ele mesmo, o ídolo de seu tempo se desarvora,
Espedaçando a própria felicidade
Que lhe parece excessiva; e assim possa, com mão pura,
Cumprir o que, para ele, puro, é necessário
E purificado, restituir ao elemento
O que possuía e enaltecia.
És esse homem? Ele mesmo? Ele, és tu?

    EMPÉDOCLES
Reconheço-te pelo falar obscuro e também
Tu, onisciente, me reconheces.

    MANES
Dize-me quem és, e quem sou eu?

EMPEDOKLES

Versuchst du noch, noch immer mich, und kömmst,
Mein böser Geist, zu mir in solcher Stunde?
Was lässest du mich nicht stille gehen, Mann?
Und wagst dich hier an mich und reizest mich,
Daß ich im Zorn die heilgen Pfade wandle?
Ein Knabe war ich, wußte nicht, was mir
Ums Auge fremd am Tage sich bewegt',
Und wunderbar umfingen mir die großen
Gestalten dieser Welt, die freudigen,
Mein unerfahren schlummernd Herz im Busen.
Und staunend hört ich oft die Wasser gehn
Und sah die Sonne blühn, und sich an ihr
Den Jugendtag der stillen Erd entzünden.
Da ward in mir Gesang und helle ward
Mein dämmernd Herz im dichtenden Gebete,
Wenn ich die Fremdlinge, die gegenwärtgen,
Die Götter der Natur mit Namen nannt
Und mir der Geist im Wort, im Bilde sich,
Im seligen, des Lebens Rätsel löste.
So wuchs ich still herauf, und anderes
War schon bereitet. Denn gewaltsamer,
Wie Wasser, schlug die wilde Menschenwelle
Mir an die Brust, und aus dem Irrsal kam
Des armen Volkes Stimme mir zum Ohre.
Und wenn, indes ich in der Halle schwieg,
Um Mitternacht der Aufruhr weheklagt',
Und durchs Gefilde stürzt', und lebensmüd
Mit eigner Hand sein eignes Haus zerbrach,
Und die verleideten verlaßnen Tempel,
Wenn sich die Brüder flohn, und sich die Liebsten
Vorübereilten, und der Vater nicht
Den Sohn erkannt, und Menschenwort nicht mehr
Verständlich war, und menschliches Gesetz,
Da faßte mich die Deutung schaudernd an:
Es war der scheidende Gott meines Volks!
Den hört ich, und zum schweigenden Gestirn
Sah ich hinauf, wo er herabgekommen.

EMPÉDOCLES

Sempre e ainda me tentas e vens a mim,
Meu espírito malvado, justo nesta hora?
Por que não me deixas seguir em silêncio, homem,
E te confrontas comigo aqui provocando-me,
Assim que eu transponha em ira as sendas sagradas?
Era menino e nada sabia das coisas estranhas
Que se agitavam aos meus olhos durante o dia,
E as grandes e alegres formas
Deste mundo envolviam maravilhosamente
Meu coração inexperiente, adormecido no peito.
E muitas vezes ouvia, atônito, o fluir das águas
E via o sol florescer, acendendo
Em sua luz o novo dia da terra silenciosa.
Fez-se canto em mim e, na prece poética,
Aclarou-se meu coração turbado,
Quando dava nome aos estranhos,
Presentes deuses da Natureza,
O espírito resolvia na palavra, na imagem
Bem-aventurada o enigma da vida.
Assim crescia tranquilo e já algo diferente
Se preparava. Então, mais violenta
Que a água, a selvagem vaga humana
Golpeou meu peito e do alvoroço me subia
Aos ouvidos a voz do povo necessitado.
E quando, à meia-noite, estava no átrio
Em silêncio, o lamento do povo em revolta
Precipitou-se pelos campos e, cansado de viver,
Destruía com suas mãos a própria casa
E os templos abandonados com desgosto;
Quando os irmãos se evitavam e os amantes
Se ignoravam e o pai não
Reconhecia o filho; e a palavra e as leis
Humanas não mais eram compreensíveis,
Estarrecido, compreendi o significado:
Era o deus a abandonar meu povo!
Eu o ouvi e alcei os olhos ao astro
Silencioso, de onde descera.

Und ihn zu sühnen, ging ich hin. Noch wurden uns
Der schönen Tage viel. Noch schien es sich
Am Ende zu verjüngen; und es wich,
Der goldnen Zeit, der allvertrauenden,
Des hellen kräftgen Morgens eingedenk,
Der Unmut mir, der furchtbare vom Volk,
Und freie feste Bande knüpfen wir,
Und riefen die lebendgen Götter an.
Doch oft, wenn mich des Volks Dank bekränzte,
Wenn näher immer mir, und mir allein,
Des Volkes Seele kam, befiel es mich,
Denn wo ein Land ersterben soll, da wählt
Der Geist noch Einen sich zuletzt, durch den
Sein Schwanensang, das letzte Leben tönet.
Wohl ahndet ichs, doch dient ich willig ihm.
Es ist geschehn. Den Sterblichen gehör ich
Nun nimmer an. O Ende meiner Zeit!
O Geist, der uns erzog, der du geheim
Am hellen Tag und in der Wolke waltest,
Und du o Licht! und du, du Mutter Erde!
Hier bin ich, ruhig, denn es wartet mein
Die längstbereitete, die neue Stunde.
Nun nicht im Bilde mehr, und nicht, wie sonst,
Bei Sterblichen, im kurzen Glück, ich find
Im Tode find ich den Lebendigen
Und heute noch begegn' ich ihm, denn heute
Bereitet er, der Herr der Zeit, zur Feier,
Zum Zeichen ein Gewitter mir und sich.
Kennst du die Stille rings? kennst du das Schweigen
Des schlummerlosen Gotts? erwart ihn hier!
Um Mitternacht wird er es uns vollenden.
Und wenn du, wie du sagst, des Donnerers
Vertrauter bist, und Eines Sinns mit ihm
Dein Geist mit ihm, der Pfade kundig, wandelt,
So komm mit mir, wenn itzt, zu einsam sich,
Das Herz der Erde klagt, und eingedenk
Der alten Einigkeit die dunkle Mutter
Zum Aether aus die Feuerarme breitet

Fui oferecer-me a ele em expiação. Tivemos ainda
Muitos belos dias.Tudo parecia afinal
Rejuvenescer; e na lembrança
Da idade de ouro, plenitude de confiança,
Manhã límpida e vigorosa, minha ira
Cedeu e a cólera terrível do povo;
Invocando os deuses viventes,
Contraímos laços sólidos e livres.
Mas muitas vezes, quando por gratidão o povo me coroava,
E sua alma cada vez mais se aproximava
De mim e só de mim, ocorreu-me:
Quando uma terra é destinada a perecer,
O espírito escolhe afinal Um eleito, por meio
Do qual entoa seu canto de cisne, a derradeira vida.
Bem o pressenti, mas o servi, de bom grado.
Tudo se consumou. Já não mais
Pertenço aos mortais. Ó fim do meu tempo!
Ó espírito que nos nutriu, que reinas
Em segredo no dia claro e nas nuvens,
E tu, luz! E tu, mãe terra!
Aqui permaneço sereno, pois me espera
A nova hora, longamente preparada:
Não mais em imagem como outrora
Entre os mortais, encontro o vivente
Em efêmera bem-aventurança, mas sim na morte,
E ainda hoje o encontrarei; hoje
Ele, o senhor do tempo, prepara para si e para mim
Uma tormenta em sinal de festa.
Conheces esta calma que nos circunda? E o silêncio
Do deus insone? Espera-o aqui!
À meia-noite tudo estará consumado.
E se és como dizes, confidente do deus
Trovão e teu espírito Uno
Com ele que vagueia, conhecedor dos atalhos,
Vem comigo; se agora, por demais solitário
O coração se lamenta à terra, e a mãe
Obscura, lembrando-se da antiga unidade,
Estende os braços de fogo ao éter

331

Und itzt der Herrscher kömmt in seinem Strahl,
Dann folgen wir, zum Zeichen, daß wir ihm
Verwandte sind, hinab in heilge Flammen.
Doch wenn du lieber ferne bleibst, für dich,
Was gönnst du mir es nicht? wenn dir es nicht
Beschieden ist zum Eigentum, was nimmst
Und störst du mirs! O euch, ihr Genien,
Die ihr, da ich begann, mir nahe waret,
Ihr Fernentwerfenden! euch dank ich, daß ihr mirs
Gegeben habt, die lange Zahl der Leiden
Zu enden hier, befreit von andrer Pflicht
In freiem Tod, nach göttlichem Gesetze!
Dir ists verbotne Frucht! drum laß und geh,
Und kannst du mir nicht nach, so richte nicht!

MANES
Dir hat der Schmerz den Geist entzündet, Armer.

EMPEDOKLES
Was heilst du denn, Unmächtiger, ihn nicht?

MANES
Wie ists mit uns? siehst du es so gewiß?

EMPEDOKLES
Das sage du mir, der du alles siehst!

MANES
Laß still uns sein, o Sohn! und immer lernen.

EMPEDOKLES
Du lehrtest mich, heut lerne du von mir.

MANES
Hast du nicht alles mir gesagt?

EMPEDOKLES
                O nein!

Vem agora o dominador em seu raio;
Sigamo-lo, então, às profundezas, às chamas sagradas,
Em sinal de nossa afinidade.
Se preferes, porém, permanecer à parte,
Por que negá-lo a mim? Se este bem não te
É destinado, por que usurpá-lo,
Estorvando-me? Ó vós, gênios,
Que estivestes próximos em meus primeiros passos,
Vós, que projetais o futuro! Agradeço-vos por me
Haverdes concedido terminar enfim
A longa série de sofrimentos, livre de outros deveres
Na morte livre, de acordo com a lei divina!
Fruto proibido para ti! Deixa-me portanto e vai,
E se não podes seguir-me, não julgues!

    MANES
Pobre de ti, o sofrimento exaltou-te o espírito!

    EMPÉDOCLES
Por que não o curas, fraco?

    MANES
Sabes com tal certeza o que será de nós?

    EMPÉDOCLES
Dize-me tu, que tudo vês!

    MANES
Fiquemos em silêncio, filho, e aprendamos sempre.

    EMPÉDOCLES
Já me ensinaste; hoje aprende de mim.

    MANES
Não me disseste tudo?

    EMPÉDOCLES
                Oh, não!

MANES
So gehst du nun?

EMPEDOKLES
Noch geh ich nicht, o Alter!
Von dieser grünen guten Erde soll
Mein Auge mir nicht ohne Freude gehen.
Und denken möchte ich noch vergangner Zeit,
Der Freunde meiner Jugend noch, der Teuern,
Die fern in Hellas frohen Städten sind,
Des Bruders auch, der mir geflucht, so musst
Es werden; laß mich itzt, wenn dort der Tag
Hinunter ist, so siehest du mich wieder.

SCHLUSSCHOR

Des Ersten Aktes
(Entwurf)

Neue Welt

     und es hängt, ein ehern Gewölbe
der Himmel über uns, es lähmt Fluch
die Glieder den Menschen, und die stärkenden, die erfreuenden
Gaben der Erde sind, wie Spreu, es
spottet unser, mit ihren Geschenken, die Mutter
und alles ist Schein —
O wann, wann
    schon öffnet sie sich
    die Flut über die Dürre.

Aber wo ist er?

    Daß er beschwöre den lebendigen Geist

MANES
Então, já vais embora?

EMPÉDOCLES
Ainda não, velho!
Meus olhos não devem afastar-se
Sem alegria, desta terra verde e aprazível.
E gostaria de evocar ainda o tempo passado,
Os caros amigos de minha juventude
Que se encontram distantes, nas alegres cidades da Grécia.
E o irmão que me amaldiçoou; isto
Devia acontecer, deixa-me agora; quando o dia
Declinar, me verás de novo.

CORO FINAL

DO PRIMEIRO ATO
(*Esboço*)

Mundo novo

        e pende — abóbada de bronze —
o céu sobre nós, a maldição paralisa
os membros do homem, e os dons regenerantes e
jubilosos da terra são como joio;
com suas dádivas, a mãe zomba de nós
e tudo é aparência —
Ó quando, quando
    já se abre
      a torrente sobre a aridez.

Mas onde ele está?

    Que evoque o espírito vivente

CADASTRO
ILUMINURAS

Para receber informações sobre nossos lançamentos e promoções, envie e-mail para:

cadastro@iluminuras.com.br

Este livro foi composto em Garamond pela *Iluminuras* e terminou de ser impresso nas oficinas da *Meta Brasil Gráfica*, em Cotia, SP, em papel off-white 80 gramas.